我用眼睛去旅行

美狄亚 ◎ 编著

中央编译出版社
Central Compilation & Translation Press

图书在版编目(CIP)数据

我用眼睛去旅行 / 美狄亚编著. —— 北京:中央编译出版社,2014.2
ISBN 978-7-5117-2002-3

Ⅰ.①我… Ⅱ.①美… Ⅲ.①游记-作品集-中国-当代 Ⅳ.①I267.4

中国版本图书馆 CIP 数据核字(2013)第 311939 号

我用眼睛去旅行

出 版 人:刘明清
出版统筹:薛晓源
策划编辑:黄海明
责任编辑:韩继海
责任印制:尹　珺
出版发行:中央编译出版社
地　　址:北京市西城区车公庄大街乙 5 号鸿儒大厦 B 座邮编:100044
电　　话:(010)52612345(总编室)　(010)52612313(编辑室)
　　　　　(010)66161011(团购部)　(010)52612332(网络销售)
　　　　　(010)52612316(发行部)　(010)66509618(读者服务部)
网　　址:www.cctpbook.com
经　　销:全国新华书店
印　　刷:北京柯蓝博泰印务有限公司
开　　本:710 毫米×1000 毫米　1/16
字　　数:190 千字
印　　张:18
版　　次:2014 年 2 月第 1 版第 1 次印刷
定　　价:36.00 元

本社常年法律顾问:北京市吴栾赵阎律师事务所律师　闫军　梁勤
凡有印装质量问题,本社负责调换。电话:(010)66509618

前　言

在人类伟大的、神奇的历史上，我们的祖先曾经创造过无数让人咋舌、让人称羡、让人刻骨铭心的美——生前死后、皇权凡俗，甚而灵魂寄托，都给了潜能无限的人类以无穷的发挥空间。

今日，我们遥望那些或硕大、或典雅、或神圣、或威严、或钢筋铁骨、或灵异变形的作品，想象着每一个作品的个体，研究着其时代的烙印和自身的传奇——

从亚马孙河岸沉睡的雨林，到那不勒斯湾猛然惊醒的火山口；

从遗失在荒草间的古文明，到繁华美丽的现代都市；

从传说中俯瞰着人类智慧的古文明，到用残缺书写着辉煌的遗址；

从壮美的大海、纯美的雪山，到恬美的古堡、完美的建筑；

从瑰丽的峡谷到美丽的生物；

从绮丽的山岳到绚丽的溶洞；

从遥远的上古传说，到一次次深刻而亲切的回忆；

从南半球到北半球；

从过去到今天；

……

本书是我们为读者采撷的，人类有史以来修筑起的最绮丽多姿的奇观。

可以说，这是一本让你用眼睛去旅行的书，它集中了那些浩如烟海的岁月里地球与人类的奇迹。

诚然，我们相信科学，而我们也只能依靠科学来继续人类的文明进程。但，我们谁也不能否认，自然的伟力与神奇远远超出了我们的想象——本书还收集了大量神秘与悬疑事件，尤其是那些令人震惊与迷惑的人类死亡事件，在书中这些案例的记载中,既有生动的事件描述,也有许多历史和人文知识。本书——

既有远古玛雅文明的神秘莫测,也有"外星人基地"的令人心生畏惧;

既有恰好建在地球大陆重力中心的古埃及金字塔群,也有令人难解的狮身人面像之谜;

还有神秘的北非撒哈拉沙漠达西里的"火神火种"壁画、死海、巴比伦的"空中花园";

……

那些历史建筑或以巧夺天工的构建令人称奇,或以神秘莫测的破坏力让人闻风丧胆,它们是偶然巧合,还是造物主的有意安排,抑或是受人类暂不可知的某种力量主宰?

……

不可否认的是,面对大千世界,人类的想象力目前还难以超越,未知的世界还有待于人类去研究,去揭开那些现象背后的秘密与规律。

所以,希望每一位读者在阅读完本书后,都可以虔诚地说一声:与自然和谐相处,保护我们赖以生存的环境。这是人类在未来得以继续发展的不二法门。

是的,必须要保持对自然和未知的敬畏,必须要怀着谦逊感恩的心,我们才能在探索的道路上走得更远。

那么,动动你的眼睛,翻开本书,就可以开始你的探秘之旅。

目 录

CONTENTS

第一章 冷酷之旅——最具挑战的荒蛮奇境 ………… 1

　　荒蛮以它的冷漠,以它的残酷,令万物并不能停下驻留的脚步。但,时间把这份冷漠与残酷变成了神奇,而万物之灵的人类就开始了他们的探险之旅……

塞伦盖蒂草原——永远流动的土地 ………… 2
亚马孙河——魅惑妖艳的女妖 ………… 5
好望角——希望起航的海角 ………… 7
奥杜威峡谷——远古的魅惑 ………… 9
罗布泊——生命的禁区 ………… 11
刚果盆地——宝石处女地 ………… 13
横断山脉——永远的世外桃源 ………… 14
犹他州荒原——血色西部 ………… 15
澳洲金伯利——允满荒蛮魅力的土地 ………… 17
巴塔哥尼亚——在地球的"边陲"眺望 ………… 20
索诺拉沙漠——太阳之火的王国 ………… 23

第二章 恐怖之旅——最恐怖的生命禁区 ………… 26

　　我们这个世界虽不乏景色秀丽的人间天堂,但也有不少令人闻之色变、避之唯恐不及的恐怖地方。这些恐怖的地方以其独特的诡异怒视着人类,怒视着一切生灵,它们随时准备吞噬进入它们领地的一切……

1

那不勒斯"死亡谷"——动物的墓场 …………………………… 27

加州"死亡谷"——人性的祭场 …………………………………… 28

万烟谷——恰似仙境又如地狱 …………………………………… 30

印度尼西亚"爪哇谷洞"——死亡的灵幡 ………………………… 32

俄罗斯勘察加"死亡谷"——一切生灵的地狱 …………………… 33

昆仑山上"死亡谷"——丰美的景色掩盖不住的"杀机" ………… 34

塔克拉玛干——走进"死亡之海" ………………………………… 35

日本龙三角——幽蓝色墓穴 ……………………………………… 38

鄱阳湖"魔鬼三角"——魔鬼与天使 ……………………………… 43

黑竹沟——恐怖的死亡之谷 ……………………………………… 45

尼奥斯"杀人湖"——血染的灭顶之灾 …………………………… 47

第三章 远古之旅——最难解密的失落文明 …………………… 48

远古文明给现代人类留下了太多的不能解释的遗迹，它们让我们惊叹与感慨。在古老文明面前，现代人才认识到自己的无知与渺小……

埃及金字塔——伟大文明的遗嘱 ………………………………… 49

奇琴伊察——玛雅指尖的灵魂 …………………………………… 51

英国巨石阵——历史的困惑 ……………………………………… 53

马丘比丘——失落的印加古城 …………………………………… 54

克里特岛米诺斯迷宫——蓝色迷情 ……………………………… 56

佩特拉古城——传说中阿里巴巴的宝库 ………………………… 57

土耳其阿波罗神殿——一切皆于人 ……………………………… 59

蒂亚瓦纳科——太阳门之谜 ……………………………………… 60

奥尔梅克遗迹——美洲的母亲文化 ……………………………… 62

蒂卡尔——圣灵的低啸 …………………………………………… 64

内姆鲁特·达哥山陵墓——人神共舞 …………………………… 66

复活节岛石像——不可破译的灵魂 ……………………………… 67

亚特兰蒂斯——一个魂梦缭绕的传说 …………………………… 69

太平洋"姆大陆"——消逝的超前文明 …………………………… 70
特洛伊传奇——冤魂的呐喊 …………………………………… 72
楼兰古国——永远的西域佳人 ………………………………… 77
古格王城——湮没于高原上的文明 …………………………… 78
特奥蒂瓦坎——诸神的"太阳系" ……………………………… 80

第四章 奇观之旅——最不可思议的地质奇观 …………………… 82

  对探险者来说，最好的探险之地莫过于那些地质奇观了。因为只有陡峭的山峰、幽深的峡谷、湍急的河流，这些最原始的地质奇观才能够挑逗极限探险者的神经，也才能够激起极限探险者的激情。

骷髅海岸——地狱一角 ………………………………………… 83
艾尔湖——无水盐湖 …………………………………………… 84
卡尔斯巴德洞窟——暗战蝙蝠 ………………………………… 85
艾伯塔恐龙公园——探求神秘的恐龙身世 …………………… 86
塞布尔岛——沉船墓地 ………………………………………… 88
乐业天坑群——时光倒流的地方 ……………………………… 89
巨人之路——混沌之初的残片 ………………………………… 91
土耳其地下城——与信仰同在 ………………………………… 93
札达土林——天地灵气 ………………………………………… 96
元谋土林——迷离远古 ………………………………………… 98
塞舌尔群岛——最后的伊甸园 ………………………………… 100
斯里兰卡——印度洋上的明珠 ………………………………… 102

第五章 北纬30度之旅——美轮美奂的地球神秘线 ……………… 104

  人们把北纬30°线称作地球神秘线，因为世界上的好多神秘莫测、鬼斧神工的千古奇观正好都处于这条神秘线附近。这些千古奇观不仅美轮美奂，还聚集了许多令人无法破解的神秘谜团。

泰姬陵——爱情是一次华丽的伤悲 …………………… 105
巴勒贝克遗址——黎巴嫩"太阳之域" …………………… 107
大莱波蒂斯考古遗址——北非最壮观的城市遗址 ……… 108
库塞尔阿姆拉——保存完好的沙漠城堡 ………………… 111
瓦卢比利斯遗址——年代久远的古罗马废墟 …………… 112
布达拉宫——世界屋脊上的明珠 ………………………… 113
乐山大佛——极天下佛像之大 …………………………… 118
武当山古建筑群——天下第一仙山 ……………………… 120
大足石刻——山崖上的杰出艺术品 ……………………… 122
巴比伦空中花园——一个又一个的不解之谜 …………… 125
"巴别"通天塔——引无数英雄竞折腰 …………………… 130
波斯波利斯古城——繁华过后成一梦 …………………… 134
诸葛村——笼罩在八阵图上的千古迷雾 ………………… 137

第六章 "绝版"之旅——寻访地球的独特作品 …………… 140

谁说上帝总是公平的,它偏偏把奇迹赐给了一些地方,让这些地方集万千关注于一身,它们有的壮丽,有的神秘,有的神奇,有的诡异……无论相对应的是哪个关键词,总之这些地方的每一处在这个地球上都"只此一家,别无分号"。

科罗拉多大峡谷——燃烧的红色 ………………………… 141
阿切斯岩拱——荒漠中最闪亮的一抹颜色 ……………… 144
五彩湾——戈壁的绚烂 …………………………………… 145
黄石——地球最美的表面 ………………………………… 146
雅丹地貌——自然的杰出雕刻 …………………………… 149
格雷梅——隐忍于黑暗中的千年地下城 ………………… 152
死海——大地心窝里的一汪泪水 ………………………… 153
艾尔斯岩——巨大醒目的孤独 …………………………… 155
哈莱阿卡拉火山口——另类月球 ………………………… 158
安赫尔瀑布——自然的绝美洗礼 ………………………… 160
魔塔山——攀岩绝佳地 …………………………………… 161

第七章　神秘之旅——最具争议的秘境 ················ 164

被埋葬的繁华，无法阅读的古纸卷，地球过往无语言说……悠长的过往在宁静之中蕴藏着不凡的造化，就算"苹果"这个词语已经占领了全世界，地球上仍然还保留着不少神秘秘境，说不定它们是专门为好奇的你而存在的。

阿尔沃兰海域——地中海的"幽灵" ················ 165
特兰西瓦尼亚——传说中的"吸血鬼故乡" ············ 166
纳斯卡巨画——答案在空中 ······················ 168
撒哈拉岩画——史前奇迹 ························ 170
英国威尔特郡怪圈——圈起来的秘密 ················ 173
喀纳斯湖——潘多拉宝盒 ························ 176
哥斯达黎加大石——天体迷云 ···················· 178
格拉斯顿伯里突岩——西方的乐土岛 ················ 179
西伯利亚通古斯——史无前例的神秘大爆炸 ·········· 180
美国51区——X档案中那处神秘又模糊的地方 ········ 183
爱尔兰丹漠洞——血腥的宝藏 ···················· 185
喀拉喀托火山——巨大灾难的"潜伏地" ············ 188

第八章　挑战之旅——检测勇气的传奇景观 ··········· 196

残酷、浪漫、凶险、传奇，这是勇敢者的游戏，一次次的呼吸与心跳间，或许你会犹如坐上了时光穿梭机一般，可以追溯地球的时光，重新回到地球曾经经历的某一个时期……

维苏威火山——庞贝毁灭者 ······················ 197
若尔盖湿地——母亲河的蓄水池 ·················· 199
巴德兰兹劣地——荒凉的艺术之美 ················ 201
瓦迪拉姆——史诗中的神殿 ······················ 204
岩塔沙漠——荒野的墓标 ························ 206
索诺兰沙漠——灼热的生命之歌 ·················· 207
火焰山——飞鸟千里不敢来 ······················ 209

第九章　静修之旅——探寻生命本源的方向 ················· 222

　　如果，我们远行的目的是为了回归自然，我们远行的乐趣在于挣脱世俗的桎梏，那么有些地方，你无论如何也不能错过。来到这里，整个世界都静了下来，真实和梦境在这里没有界限……

　　雅鲁藏布大峡谷——人类最后的秘境 ················· 223
　　东非大裂谷——世界最长的伤疤 ··················· 226
　　尼罗河上游——文明的曙光 ····················· 230
　　乞力马扎罗山——非洲之王 ····················· 234
　　海螺沟冰川——触得到的冰川 ···················· 237
　　阿里——最美的西藏 ························ 238
　　高黎贡山——横断明珠 ······················ 239
　　刚果河流域——地球的"第二片肺叶" ················ 241

第十章　探索之旅——寻找"匪夷所思"的生命 ················ 242

　　尽管人类文明的印记已经遍布我们所在星球的绝大多数地区，但是从烟雾氤氲的热带雨林到狂风肆虐的极地冰川，仍然有数百万平方千米呈原始状态的土地保持着自己的活力。唯有追随野生动物的足迹，去探索发现，才能找到地球上最纯净的风景。

　　雷阿塞地区热带雨林——"绿毛怪"的传说 ············· 243
　　英国苏格兰高地——"大灰人"的故事 ··············· 246
　　喜马拉雅山——"雪人"的幻想 ·················· 248
　　神农架——传说中的"野人"探秘 ················· 250
　　苏格兰尼斯湖——历时1400年的"湖怪之谜" ············ 257
　　长白山天池——怪兽之谜 ····················· 261
　　南美洲原始森林——"吃人植物"的传闻 ·············· 263
　　云南大理——美丽的蝴蝶"聚会" ················· 265
　　希腊——西法罗尼岛的"毒蛇朝圣" ················ 267
　　地外文明——长期困扰人类思索的UFO ··············· 268

第一章

冷酷之旅

——最具挑战的荒蛮奇境

荒蛮以它的冷漠,以它的残酷,令万物并不能停下驻留的脚步。但,时间把这份冷漠与残酷变成了神奇,而万物之灵的人类就开始了他们的探险之旅……

塞伦盖蒂草原——永远流动的土地

塞伦盖蒂草原位于非洲东部,是肯尼亚和坦桑尼亚之间一片31080平方千米的茫茫大草原,现在这里已经被划为自然保护区。这片草原充满了神秘的色彩,"适者生存"的故事每时每刻都在上演,诠释着自然的本质。

"塞伦盖蒂"在当地土著马赛语中有两种解释,一为"无边的草原",一为"永远流动的土地",都很好地揭示了塞伦盖蒂草原的魅力。

塞伦盖蒂草原上生活着300多万只野生动物,包括牛羚、斑马、角马、狮子以及猎豹等,能容纳这些野生动物驰骋跳跃、奔跑觅食的草原,一定是个无边的自由天地。塞伦盖蒂草原同样是"永远流动的土地",这个名称来源于几千年来此地一直机械地重复发生着的一件事情,就是野生动物群每年大规模在水源地和草场之间来往迁徙。

有人说,野生动物和非洲大陆之间有着一种人类永远无法介入的情缘,塞伦盖蒂草原对这一点作了最佳的诠释。这里有最简单的生物圈,最原始的生命体验,质朴而生生不息,每年迁徙队伍掀起的漫天尘土,体现了生命的顽强。

这里有着最简单的生物圈:"草——食草动物——食肉动物",清晰的食物链演示着这里生存状况的原始而惨烈。丰盛的水草滋养了这里所有的动物。塞伦盖蒂草原的生活只有两个季节:旱季与雨季,这就是食草动物们为什么一年里要不辞辛劳大规模迁徙的原因。塞伦盖蒂草原的草木荣枯也有规律地变换着自己的色彩。

塞伦盖蒂草原有"野旷

天低树"的感觉。塞伦盖蒂草原雨季的雨水丰沛，一望无垠的草场养育了几百万只的食草动物。如果你在雨季来到这里，会看到这里天空湛蓝，金色茅草一直延伸到天际，与天相接处总是雾霭氤氲。河水蜿蜒，岸边稀疏的林子给塞盖伦蒂的"黄袍"镶了条碧绿的腰带。孤傲的金合欢树零零散散地在草原上生长着，金色的阳光照射下来，金合欢的树冠也仿佛在闪耀着金色。这片草原在这个季节是充满希望的，满眼望去都是喜悦的颜色。

  狮子或者猎豹懒散地卧在树下，一边看着小狮子或小猎豹在嬉戏玩耍，一边盯着河边饮水吃草的角马、瞪羚。象群穿行在芭蕉树丛，旁边的小型动物纷纷躲闪，为它让路。优雅的长颈鹿得意地独享着树枝上的嫩叶，步伐不紧不慢，悠然自得。数量庞大的角马、瞪羚成群结队，惬意地享受着草原的恩赐，它们就像割草机一样在塞伦盖蒂草原上扫荡，同时留给草原每天近450吨的粪便。突然，一群角马狂奔起来，卷起漫天的尘土，这一定是狮子或猎豹发起了攻击，角马中的老弱病残往往成为它们口中的食物。秃鹫在上空盘旋，鬣狗在周围游荡，都等着能分一杯残羹。

  广袤的草原、大型食草动物及其一旁的捕食者，这里的一切都很简单。弱肉强食，适者生存，在这里是那么的自然和谐。这里只属于这些动物，每天的生生死死对这些动物来说就像每天的日出日落一样平常，这是自然赋予它们的生活。有人说"这里使非洲其他所有的野生动物公园看起来都像是贫瘠的荒地"，虽然有些夸张，但是却说出了塞伦盖蒂草原的富饶。

  每年的6月，塞伦盖蒂草原的旱季来临，草原上土地的本色逐渐显露，日益干枯的草原迫使以草为生的食草动物开始大规模地迁徙，这种现象被誉为"世界上最伟大的自然景观"。此刻塞伦盖蒂草原成为一个真正的战场，上演着惨烈的生死大战。年年如此，周而复始。一路上不论天气多么恶劣，不论路上四处潜伏的天敌有多少在蠢蠢欲动，不论是否能成功到达新的彼岸，这些食草动物都义无反顾地踏上了征程，这些草原的动物已经把每年的迁徙之路融入了它们的本能之中。直到11月雨季来临，千千万万的角马、瞪羚才会重返故乡。

  几百万只角马、瞪羚、斑马组成的队伍浩浩荡荡地走上了征程，组成了一个触目惊心的兽群。迁徙的队伍没有固定的路线,只有一个大概的方向和感觉引领它们走向别处水草丰美之地。在漫长的旅途中,它们将经过塞伦盖蒂的3个主要动物栖息地:茫茫的南部草原、盘根错节的北部林地、鳄鱼盘踞的河边地带。每通过一处都是一场生死之战。

迁徙的队伍自然天成地按着种群排成方阵,方阵看不到头,亦看不到尾,它们飞奔前进,蹄子翻飞之间黄土飞扬、吼声隆隆、地动山摇,壮观的场面令人类的语言苍白。这里是生命的体现,自由奔驰的角马,快速穿越的瞪羚,那么的美丽动人。

只是这壮观的迁徙之路上却危机重重,杀机四伏,一路上会有无数的狮子等大型食肉动物尾随,威胁伴随始终。食肉动物必须在这个时候让自己好好吃个饱饭,不然以后的几个月里它们的温饱将难以解决。有人说过:竞争就像非洲草原上的一只羚羊,只有比狮子奔跑得更快,才能生存。那些跑不动的老弱病残难逃狮口,这就是"适者生存",我们只能做旁观者。

流淌不息的马拉河是迁徙大军最后的关口,一路狂奔几度生死的角马、瞪羚们来到这里就看到了希望,只是此处之艰险远胜他处,所以马拉河之渡也被称为"天国之渡"。在马拉河平静的水面下,密集着生性凶残的鳄鱼和性情暴躁的河马,为了最后的胜利,已经疲惫不堪的角马、瞪羚们义无反顾地面对这最后的厮杀。角马、瞪羚们的渡河声和遭到鳄鱼、河马袭击的号叫声交织在一起,令人不忍去听。角马、瞪羚们这种本能的勇敢令人震撼,生与死的较量就在那么一瞬间。

一会儿的工夫,河里就布满了角马、瞪羚的尸体。随之而来的队伍前赴后继地渡河,踩着同伴还有体温的尸体。狮子、猎豹们在观望这场厮杀,那些被鳄鱼、河马咬伤的角马、瞪羚们就是它们的下一个目标。其实食肉动物们的围追堵截并不能从本质上影响来年食草动物的数量,明年依然有庞大的食草动物队伍浩浩荡荡地回归故乡。

当地政府曾经在这条迁徙之路上用有刺的金属围栏设卡,想限制那些食草动物的活动范围。但是食草动物们组成的千军万马,以势不可当之势踏平了围栏,继续着它们自然的宿命。没有什么可以阻挡它们,因为它们才是塞伦盖蒂草原真正的主人。

唯一能够介入塞伦盖蒂草原生物圈的人类就是当地的土著人——马赛人,因为他们并不把自己和四肢着地的野生动物们截然分开,在我们看来,生于此、长于此的他们就像那周而复始地忙着迁徙的食草动物们一样,让人不可理解。他们的屋子用牛粪堆砌,特色的马赛民族服装原始自然。他们喜欢饰品,尤其喜欢将饰品挂在脸部所有能挂的地方。他们饲养的家畜和野生动物们一起分享塞伦盖蒂草原的资源。马赛人的文化习俗禁止他们食用野生动物,这也许就是他们能在这片草原上繁衍生息的原因吧?

在这片带有最后荒原气息的非洲大陆上,塞伦盖蒂草原就像一片永远流动的土地。生命在这里流光溢彩,野生动物们生生不息地来来往往,是这片土地上最重要的风景。

亚马孙河——魅惑妖艳的女妖

提到亚马孙河,人们的脑际常会浮现出这样的风光:广阔平静的河面上孤帆远影,河水虽不太清澈,却也能看到里面顺势穿行的生物;河岸两旁生长着繁茂、郁郁葱葱的树木,它们比肩接踵,遥相呼应着屏蔽了上方的一片天空;树荫下幽暗阴凉,凉意袭人。

与世间的水一样,亚马孙河的水也有其温柔细腻的一面。河里的水涤荡尘埃,包容万物,汇成浩浩荡荡、千回百转的宏大水流,蜿蜒曲折地流经秘鲁、巴西、玻利维亚、厄瓜多尔、哥伦比亚和委内瑞拉等国,流

程达6480千米。亚马孙河的流域面积广阔,沿途滋润的低地一派风景秀丽,美不胜收,可以说亚马孙河是孕育各种生命的"河流之王"。

湿润的土地带来了多样的物种,亚马孙河流域内大部分地区覆盖着浓密的热带雨林,植物种类繁多,矿产资源丰富。正是拜河流两边的原始丛林所赐,亚马孙河流域的生物种类之多,令人瞠目。遮天蔽日的丛林中,一派生机勃勃的繁荣景象:葛藤、兰花、凤梨科植物争相攀附高枝生长,期间栖息着猴子、树懒、蜂鸟、金刚鹦鹉、巨大蝴蝶和无数蝙蝠;美洲虎、细腰猫、水豚等在丛林中虽然很难与它们相遇,却很容易找到它们留下的足迹。

最善于孕育生命的亚马孙河中的生物更是数不胜数。凯门鳄、淡水龟以及水栖哺乳类动物,如海牛、淡水海豚等,都依存着亚马孙河生活、繁衍。在那些旖旎的风光和看似平静的背后,却隐藏着危险和杀机,最惊心动魄的莫过于食人鱼的突袭和岸边丛林中吃人族的传说。

在亚马孙河中穿行,最忌讳的就是受伤流血。因为一旦有人受了伤,使水里有了血腥味,长度不超过10厘米的食人鱼们马上就会成群结队地聚集过来,顷刻间将一个人啃成白骨。

对食人鱼的恐惧感犹在心头,吃人族的传说又令人心头一悸。

传说土著人吃人的历史起因是由于粮食的匮乏。如果部落里粮食缺乏,又恰好来了生人,很可能那些生人就会被他们视为猎物吃掉。文明与野蛮的较量,曾经一次次在这片原始蛮荒之地上上演着。

关于印第安人的由来,一些科学家指出,他们与古代的中国人有很多相似的地方,从而得出他们可能是中国人后裔的结论。而在1975年,在美国加利福尼亚附近发现的古石锚来自中国台湾海峡的证据,似乎更加确切地证明了这一点。科学家们由此推测得出:3000多年前,中国人曾来过这片美洲土地。但是,毕竟历经年代久远,科学家们并没有据此草草地妄下结论,这一切还有待更多的比较研究,以揭开人们心头的疑云。

此外,层出不穷的毒蛇、毒虫及其他凶猛的鱼类,都令人防不胜防。看到粗如成年男子躯干的亚马孙巨蚺在树干上或草丛中盘旋伸展,恐怕没有人会镇定自若。它们吞掉2.5米的凯门鳄都绰绰有余,攻击人类,对它们来说更是小菜一碟。潮湿环境中最常滋生的蚊虫总是会神不知鬼不觉地出没,等你发现的时候,身上已经被它们叮了无数次,让你痛痒异常,却又唯恐抓破伤口被病毒感染。在这里,人们还要提防一种手掌般大小的毒蜘蛛所渗出的毒液。人的皮肤一旦碰到这种毒液,就会溃烂。身长近两米的电鳗,可以释放出高达500伏的电压,使你的双脚麻木,难以行走。而身体粗胖、牙齿如剃刀般尖锐的水虎鱼更是危险异常。

最糟糕的不是这些动物们本身的凶猛,而是在于游人们对它们知之甚少,因为不了解,才会愈加感到恐怖。

身处亚马孙河流域,如果要驾船行驶一段未知的行程,一定要战战兢兢,要时刻加倍小心,因为你不知道什么时候危险会悄然迫近,一瞬间你的命运将会发生大逆转。

充满原始风情的热带丛林,潜伏在平静表象背后的致命杀机,真假难辨的考古传奇,建构了亚马孙河魅惑、妖艳的绝代风貌。亚马孙河就像一个风情万种的美丽女妖,使人畏惧不前又欲罢不能,直至深入其中。

好望角——希望起航的海角

无限风光在险峰。捕捉美景所要付出的代价是克服攀登险峰过程中的恐惧心理,所有的探险家均有过类似的心理体验。位于大西洋和印度洋汇合处的好望角被发现的过程,同样经历了充满风险的阵痛。

为了寻找由大西洋进入印度洋的航道,人类

一次次踏上驶向印度洋的未知之路。机缘巧合,遭遇风暴的葡萄牙探险家迪亚士偶然发现了好望角。这里气候莫测,时常西风呼啸,航道难行,无数船只曾在这里遇险。因此,这个令人生畏的海角起初被称为"风暴角",后来改名"好望角"。

人们对"好望角"这个名字的由来众说纷纭,有两种说法最为常见:一种是认为迪亚士历尽磨难回到葡萄牙后,向葡萄牙国王讲述了在"风暴角"的见闻,国王认为绕过这个海角,就有希望到达梦寐以求的印度,因此将"风暴角"改名为"好望角";另一种是认为达伽马自印度返回欧洲后,当时的葡萄牙国王将"风暴角"易名为"好望角",因为国王认为在海上航行时,绕过此海角就能带来好运。

大西洋和印度洋的海水在这里交汇。若是在风平浪静的时刻,碧蓝的海水,天空飘来朵朵浮云,远处天水一色,一眼望不到边际。阴晴不定时,两股急流亲密接触时产生的巨大气流使海水奋力地拍打着海岸,海水翻滚着,咆哮着,如千军万马在奔腾,掀起数米高的巨浪,倏忽平息,又再突起,循环往复,翻腾不止。海浪与坚硬的岩石碰撞,发出天崩地裂的巨响,电光火花般飞溅的浪沫甩到人的身上,一阵沁人心脾的凉意渗入骨髓。更有甚时,会出现传说中的"杀人浪",其起伏不平,犹如一座小山丘,前后翻涌着旋转前进,轮船驶进,便会如同树叶般在风中飘落,一个回旋便不见了踪影,航行到这里的船舶往往都不能安全通过。因此,这里是世界上最危险的航海地段之一。

这样恶劣的自然环境的形成,与好望角所处的地理位置密切相关。好望角是非洲西南端的著名岬角,在南非的西南端,北距开普敦48千米,西濒大西洋,北连开普半岛,这是一条细长的岩石岬角,长约4.8千米。苏伊士运河未开通之前,这里成为欧洲通往亚洲的海上必经之地。冷暖气流的交汇,使这里的风景自有其独特的韵味。

在中国神话中,名山大川、江河湖海总有一个美丽的传说与之相匹配。好望角也不例外,它也有着神奇而惨烈的传说:远在古希腊时,亚当阿斯特鼓动其他99个巨人策划叛乱,反抗以宙斯为代表的诸神,他们呼唤风暴的到来,试图撼动奥林匹斯山,但是却被诸神打败。他们受到了严厉的惩罚,巨人们被流放到世界的尽头,被压在火山群峰之下。亚当阿斯特也难逃一劫,他的身体顺势而倒,化作山脉,形成了好望角。但他的暴戾性格却丝毫未变,他不甘寂寞的灵魂游荡在好望角周围的海面上,每每风暴肆虐,怒吼声不绝于耳,对接近他身旁的人,必定要施与报复。

探险之旅和神话传说赋予了好望角悠远瑰丽的神秘感,令人神往。后人在这里建立了自然保护区,将其纳入观光旅游的范围。这里保留了原生态的景观,除可以乘坐观光汽车游览外,其余车辆禁止入内。保护区内,各种花卉植物竞相生长,在海边铺满红色鹅卵石的海滩上,经常可以看到鸵鸟们昂首挺胸、悠闲踱步的有趣场景,还可以看到南非羚羊、鹿、斑马、猫鼬、狒狒等不同种类动物的身影,它们或追逐嬉戏,或各处觅食,或腾挪跳跃,一派生机勃勃的景象,充满了动感的韵律,让人禁不住想要翩翩起舞。陆地上的景象已令人应接不暇。在近海处,海豚、海狗不时地闪现,不计其数的海中生物在游弋,它们的动作舒缓而流畅,与海水融为一体,美不胜收。

"好望角",带来美好希望的海角。在这里,有奔腾不息的海浪怒潮、品种奇异的植物景观、多种多样的生物群体、旅游点完整齐全的生活设施、奇峻独特的自然风光,林林总总,令人叹为观止。管中窥豹,只见一斑,再华丽的词汇都不能完全概括这里的美好。只有身临其境,美好希望的影子才会如影随形,直至美梦成真。

奥杜威峡谷——远古的魅惑

奥杜威峡谷是东非大裂谷的骄傲。东非大裂谷的一个分支原是一个浅浅的盐湖,在几百万年里蒸发消失,又再次出现,反复多次,形成了由砂岩、黏土、凝灰岩和灰烬组成的地层。一条向东的河流渐渐在这些地层上切出了一道100米深的峡谷,这就是奥杜威峡谷。

从古至今,人类对自身奥秘的追根溯源执著而坚定,像是被从时空深邃处

传来的魅惑之音所牢牢牵引,无法停息。奥杜威峡谷就是这魅惑之音借此由从远古飘落到我们耳朵里的一个神秘所在。

故事可以追溯到350万年之前的奥杜威峡谷,尚未进化成人的南方古猿一家,父母和孩子,正冒着大雨走在泥泞滂沱的火山灰中,留下了串串脚印。之后,他们的脚印随着火山灰岩的冷凝永远留在了这里。350万年之后的1878年,随夫考察的玛丽·利基的脚印在同一个峡谷与之重合,称之为"神迹的见证"绝不为过。

古代河流的深切,使峡谷两壁露出了由漫长岁月沉积的底层剖面。正是由于这里埋藏着丰富的能为我们讲解那些传奇和故事的化石,肯尼亚内罗毕柯林顿纪念博物馆的年轻馆长路易斯·利基夫妇绝对料想不到,奥杜威峡谷居然会因她们的发现而名扬天下,更不会想到他们及他们的子孙能得到"东非考古第一家族"的荣誉。

利基夫妇深信,人类起源于广袤神秘的非洲大陆,为此他们执著探求。1959年的一天,他们在这里发掘出几百块的头骨碎片,并将碎片复原成一个相当完整的头骨结构。经鉴定,该头骨的年代为175万年前,这对利基夫妇的"人类非洲起源说"提供了有力证据。随后,1960年,利基夫妇的儿子乔纳森在发现东非人的地点,又发现了第二具人科动物的牙齿和骨片。这具新的化石代表了一个独特的新种。路易斯·利基将这具化石定为人属,称其为能人。

利基一家的研究发现奠定了奥杜威峡谷在人类起源史上卓绝于世的地位。然而人类究竟从何而来?仍然困扰着从未放弃探寻的古人类学家们。

[第一章 冷酷之旅——最具挑战的荒蛮奇境]

罗布泊——生命的禁区

罗布泊坐落在新疆维吾尔自治区东南,是一个干涸、没有生命的湖泊,与世界第二大流动沙漠——塔克拉玛干沙漠接壤。举目望去,是看不到边际的戈壁沙滩,萧索的风吹过,掀起漫天黄沙,戈壁滩上寸草不生,天空没有一只禽鸟飞过。

说起"生命禁区",这个称呼源于几十年来发生在这一地区的那些诡异而无法解释的事情,无数谜团留在人们心头,无法排解。1949年,一架向西北飞行的飞机在鄯善县上空突然改变航线,就此失踪。直到1958年,有人却发现飞机飞向正南后,在罗布泊东部坠毁,机上人员全部死亡,令人费解。1950年,一名警卫员离奇失踪,30多年后,他的遗体在远离出事地百余千米的罗布泊南岸红柳沟中被发现。时隔多年,已无证可寻,真相难觅。1990年,7人乘坐一辆客货小汽车去罗布泊寻矿,踪影皆无。1992年,人们在距离客货小汽车30千米处发现了3具干尸,其他人下落不明。他们遭遇了什么?至今没有人知道。不可思议的事情接连发生,罗布泊逐渐成为人们心中的"生命禁区"。

更令人震惊的是在1980年6月17日,著名科学家彭加木在罗布泊考察时失踪,国家出动了飞机、军队、警犬,花费了大量的人力、物力,进行地毯式搜索,却一无所获。彭加木的遗体去向成为未解之谜,他永远地长眠在了这片荒凉之地,不知他的灵魂是否有所归依。无独有偶,1996年6月,探险家余纯顺在罗布泊孤身探险时失踪,他的尸体被发现时,已经死亡5天,原因是由于他偏离原定路线约15千米,找不到水源,最终干渴而死。他的出事点距

离他埋藏水和食物的地方仅两千米左右。作为一个探险家,虽然他在开始时做好了充分的物质和心理准备,也还是没有越过横亘在罗布泊的那条"死亡之线"。

事故频发的历史事实,难以捉摸的背后缘故,更加激起探险者们探求的欲望。他们不惧生死,屡次深入罗布泊,寻找隐藏在那里的奥妙与真相。很遗憾的是,和自然界的神秘力量比起来,人类的能力毕竟有限,笼罩在罗布泊上空的疑云并没有被驱散。

说起罗布泊,不得不提到楼兰古城。曾经作为西域三十六国之一的楼兰在历史的长河中如流星般匆匆划过,只在罗布泊留下了些许的痕迹,任后人猜想评说。楼兰古国遗址于1900年3月28日被瑞典探险家斯文·赫定和罗布泊向导奥尔德克发现。它被湮没在沙丘下,占地10万多平方米,残留着高约4米、宽约8米,黄土夯筑的古城墙。居民院落的痕迹也清晰可见,院墙是将芦苇或柳条编织后抹上黏土垒成的,房屋的基本建筑材料是胡杨木,在千年沉默后,门窗的形状还可辨别。那些荒凉而没有生命色彩的废墟,从不理会人们匆匆而过的脚步,依旧孤独地坚守在这里,静默无言。

令人困惑不解的是,曾经作为古丝绸之路重镇的楼兰,为何在短短时间内就销声匿迹?是外族入侵,突发的自然灾害,还是其他原因?科学家们议论纷纷,莫衷一是。其中比较令人信服的是生态平衡被破坏导致自然灾害说。罗布泊的水源逐渐枯竭,树木枯死,农田荒芜,难以生存,城中居民纷纷弃家别移,最终导致楼兰成为一座空城。昔日的绿洲蜕变成荒无人烟的沙漠,直到被日益猛烈的沙尘湮没。

而楼兰美女的发现更是引起巨大的轰动。1980年,大规模考古活动发现了早期楼兰人的墓葬和古尸。在没有采取任何防腐措施的情况下,历经3800多年,那具女性古尸的外形仍保存完好。她脸部瘦削,鼻梁坚挺,眼窝深陷,深褐色的头发披散在肩上,皮肤、指甲都还有存留。简易的安葬方式,一般而随意的随葬品,表明她只是曾经生活在古楼兰的普通居民之一。作为一介平民,这位楼兰美女在几千年后重见天日,以这样的方式名留史册,比起和她同时代的人们似乎更是一种幸运。

永久成谜的频发事故,难觅踪迹的失踪者,神秘重现的楼兰古城,芳华绝代的楼兰美女……所有的一切真相与讹误,都令罗布泊成为人们瞩目的焦点。挺进罗布泊,突破生命的禁区,揭开一切真相,无数人为之不懈努力着。

刚果盆地——宝石处女地

非洲是一个物产富饶、原始风情浓郁的地方。那一片片未曾开垦过的处女地,如宝石般点缀在充满魅力的土地上,引起无数"英雄"竞折腰,纷纷前去探险,去开采矿藏以获取财富。被称作"中非宝石"的刚果盆地便是其中的佼佼者。

刚果盆地南北两方被高原围绕,东部是举世闻名的东非大裂谷,唯有西部留有一个缺口。刚果河流经此地,滋润着这片土地。刚果河的体贴、温柔,化解了土地的刚硬,灵动的气息弥漫开来,而它对刚果盆地最大的馈赠,则是孕育了郁郁葱葱的热带雨林地区。刚果盆地终年绿树成荫,黑檀木、红木、乌木等珍贵木材随处可见。由于热带雨林气候显著,这里终年高温,雨量充沛,空气中充满了水汽、树木、动植物腐烂等混杂的味道,每一个来过这里的人,都不会忘记这种热带雨林里独特的气味。而刚果盆地最引人瞩目的特点,是那些埋藏在盆地边缘丰富的矿产资源,这里金刚石、铜、锡等贵金属的储量,令人艳羡不已,刚果盆地"中非宝石"的美誉绝对名不虚传。

刚果盆地大部分是杳无人烟的无人居住区,但是你不要以为这样刚果盆地的美景就可以尽情欣赏,随意游览,有时候为此需要付出一定的代价。

蝇、蜂、蚂蚁,这些在平原上最不起眼的昆虫,在这里都会变

成凶猛的野兽,危及人的生命。听无数探险者惊心动魄的讲述,有的探险者曾经被食味蝇叮得浑身痛痒难耐,红肿挂彩;最令人恐怖的是杀人蜂,无数只杀人蜂闹闹哄哄地围着你,找准那些没有被你防护好的部位下手,让你难以招架,倘若你是过敏体质,蜂毒很快会发挥功效,将你永远地留在这片充满魅力的土地上;和中原蚂蚁温顺的性情截然不同,这里的蚂蚁瞬间便能将你噬咬得体无完肤,让你无处藏身。"微型动物"们尚且如此,那些大型动物的危险性就可想而知了。那些鳄鱼、狮子与猎豹,想来都让人噤若寒蝉。

如果你向往刚果盆地,想去看看那里丰富的生物种类和矿产资源,和那里美丽丰饶的热带雨林,除了必须掌握相关的医疗、生存知识外,还需要你有莫大的智慧、勇气和热情,因为这些会激发出你潜在的能量,令你的刚果盆地之行终生难忘。

横断山脉——永远的世外桃源

大雪山、邛崃山脉、怒山、沙鲁里山、云岭、高黎贡山,可谓是山山有奇峰,座座大不同,而它们唯一相同的一点就是,它们同属横断山脉。

打开中国地图,看向青藏高原东南边缘,一片南北走向、东西并列、绵亘1000多千米的山脉跃入眼帘,这里便是雪山高耸、峡谷纵列、河流湍急、森林密布的横断山脉。横断山脉东起邛崃山,西抵伯舒拉岭,北达昌都、甘孜至马尔康一线,南至中缅边境山区,面积60余万平方千米,

海拔4000米至5000米,岭谷的高度差一般在1000米以上。由于这里山高谷深,横断了东西交通,故名横断山脉。

横断山脉自东向西有邛崃山、大渡河、大雪山、雅砻江、沙鲁里山、金沙江、芒康山(宁静山)、澜沧江、怒山、怒江和高黎贡山等,地势北高南低。北部山岭多雪峰冰川,吸引无数人前往,不得不看的云南玉龙雪山就位列其中。玉龙雪山海拔5596米,是中国纬度最南的现代冰川分布区。而大雪山主峰贡嘎山海拔7556米,为横断山脉最高峰。金沙江、澜沧江和怒江,相距最近处直线距离仅66千米和18.6千米,这就是大大有名的"三江并流"。三江江面狭窄,两岸陡峻,尤其是金沙江附近的虎跳峡,是世界著名峡谷之一,无数中外游客不惜背包前往,渴望一览它的惊险与美丽。

横断山脉的美是多种多样的,雪山、冰川给人以刺激,吸引了无数人的目光,但是雪山一般人难以登上,登冰川就要相对容易一些,因为这里的冰川大都是低海拔现代海洋型冰川,由于海拔低,不缺氧,不寒冷,易于人们攀登。最著名的当数梅里雪山的永明冰川,还有贡嘎山的海螺沟冰川。除了雪山冰川,在横断山脉的崇山峻岭中,还有一条充满传奇色彩的古道——茶马古道。千百年来,无数马帮用自己的脚步乃至生命,开拓了穿越西藏、通往西域国家的茶马古道。这条古道沿途风光绮丽,有神山圣水、地热温泉、野花遍地的牧场、炊烟袅袅的帐篷,还有古老的本教仪轨、藏传佛教寺庙塔林、年代久远的摩崖石刻、古色古香的巨型壁画,以及各种风土民情。

走进横断山脉,走进这个世外桃源,在那亘古不变的画面中,有我们要寻找的纯真、纯美。

犹他州荒原——血色西部

看多了美国西部片,总为影片中辽阔寂寥的野外风情而悸动,身骑骏马的牛仔驰骋奔腾,拨弄着左轮手枪,一副潇洒、豪爽的派头令人艳羡。而任由他们驰骋的地方,正是美国西部的犹他州荒原。

犹他州荒原由落基山脉、科罗拉多高原和大盐湖沙漠三部分构成,是一片荒凉、萧索的山地。在这片不毛之地上,有各种形状的红色岩石山丘,这就是犹他州荒原留给人的第一印象。这里到处都是被风和水侵蚀的地形,像是一个个蜂窝,地表被水流切割得千沟万壑。这里特殊的地形地貌是让探险家们乐此不疲、流连忘返的最主要原因。

这里的山脉、高原和沙漠均没有被大面积的植物生长覆盖,最惹人注目的是那些裸露在地表的红色岩石。无论是艳阳高照,还是黄昏日落,这些岩石在阳光的照耀下折射出的光线总是柔和温暖的。由于这里不是地震的频发地带,很多地形保持了几千年前的原始面貌,暴露在亿万年后的今天,它们默默地诉说着历史的传奇,道尽了地表的形成过程,也为地质学家们研究地壳活动和地球历史提供了绝佳的机会。

绵延起伏的落基山脉在犹他州挺立了两座山的脊梁,它们在荒原上蔓延着,伸展着,远远地看去,峰峦迭起,煞是壮观。科罗拉多高原附近建有许多座公园,如阿切斯国家公园、布莱斯峡谷国家公园、科杨伦公园、卡皮特尔岩国家公园、宰恩国家公园等,它们都皆非一般意义上的普通公园。那些公园的规划都依地势而行,使它们都保持着最原始的地形地貌,随处可见的陡峭的群山和湍急的河流,丝毫没有人工斧凿的痕迹,浑然天成,自成一体,一派大峡谷的气势和风范。

犹他州数不尽的怪石,也带给我们无数的遐想空间。布莱斯峡谷有一大片

形态奇异的岩石群,当地人百思不解其来源,之后就固执地认为这本是一个在久远的年代里生活的部落,由于得罪了神,整个部落受到了诅咒,而全体幻化为石柱。每一根石柱虽然没有丝毫鲜活的气息,却都曾经对着一个生命。因此,这些岩

柱被当地人称作"巫毒的化身"。

峡谷的风貌是气象万千的,有阴森的怪石林,也有明朗的景观点。高低不平的丘陵如流星点缀,狭窄细长的红色峡谷似红丝带般缠绕着科罗拉多高原。夕阳西下,光线变得柔和而厚重起来,所有的红色山峰都变成一座座光彩四溢的石头宫殿。这里到处是奇异的山石和沙丘,间或出现漂亮的雪山。峡谷里,无数上端呈红色、下端呈金黄色的石林映入眼帘。石林、森林、残雪和初升的太阳配合默契,中间还夹杂着一条条蜿蜒曲折的溪流,绝美的山水风情画跃然纸上。

当你来到大盐湖沙漠地带时,又是另一番风味。这里没有芳草绿树,只有贫瘠而荒凉的土地。和犹他州其他地区一样,这里到处充满了赤红色的山石,举目望去,似一片红色的海洋,在蓝天的掩映下,倒也色彩分明。而这里的地貌和火星地表又有诸多相似之处,一批年轻的科学家在此地建立了世界上第一个模仿火星上生活环境的基地——犹他州火星沙漠研究站,听上去似乎颇有些神秘的意味——火星和沙漠,奇妙的巧合。也许有一天,人类可以通过大盐湖沙漠这个中介寻找到在火星定居的方式,逃离人口、资源、环境日益紧张恶化的地球。到那时,大盐湖沙漠将成为人类历史上的拯救者而名垂史册。

信步走在阳光和煦、干燥的犹他州荒原上,悠闲地哼着小曲,看喷薄欲出的旭日初升,看红霞满天的壮丽景象,看野外荒原地平线上的大漠落日,这些未曾有过的奇特体验,多么令人心醉。

澳洲金伯利——充满荒蛮魅力的土地

这里是澳洲内陆一片广大、崎岖的荒芜之地,每年有5万名游客造访。这里是名副其实的荒原,总面积约31万平方千米,人口只有3万人,而且那些人基本都住在沿海地带。这里面积广阔,但是只有一条公路通过这里,数千年来这片土地始终未被开发。

金伯利位于西澳大利亚州东北部,地处热带,分为雨季和干季。干季漫长而干旱,一年有8个月滴雨不下,气温高达摄氏五六十度;雨季情况则更糟,空气湿度达到100%,令人感觉湿热难耐,澳洲人称雨季为"自杀季"。所以一般认为每年5~10月的旱季才是最适合到金伯利旅游或探险的月份。在这里,每年都会因为高温、毒蛇或者气旋而夺走几十人的性命。尽管如此,这儿每年仍吸引着许多忠实的游客造访。

早在19世纪中叶,曾经有探险家来到过这片"充满距离感和荒蛮魅力的土地",他们认为金伯利地区"水草丰茂",并极力向一些拓荒者们鼓吹这里是理想的牧羊领地。轻信的拓荒者们拖家带口,一路颠簸地来了。他们穿过无情的澳洲内陆的灌木丛,在近50℃的炎炎夏日中磨砺着自己,让高温炙烤着自己的身体与灵魂。经过几个世纪的开垦,这里仍不过是一片辽阔的红色和土黄色的高原,其边缘是历经3600万年的石灰石暗礁,干燥龟裂、千疮百孔。这里只有长着石头一样坚硬的叶子的灌木、耐受性强的桉树,还有树干里带着"水库"的猴面包树,以及像大袋鼠、针鼹鼠、澳洲野狗和有饰边的蜥蜴这样独特的澳洲生物才有指望活下来。

那些拓荒者们后悔了,他们在来这儿拓荒以前,要是能听听英国大海盗威廉·丹裴尔的话,就不至于如此了。

在1688年,威廉曾经到过这里,他被认为是英国第一个到达这个荒滩探险的人,他却声称这里"连狗都没法待"。

在金伯利,处处可见壮阔的景象:茫茫的草原和巍巍的山脉,灌木丛生的广大沙漠,干枯的河床以及满布峡谷的红砂岩峭壁。松动的岩石,岩石层层剥落,稍微不注意,就有可能让你滑下万丈深渊。部分金伯利的岩石的年龄超过10亿年,堪称世上存在最久的石头。峭壁上酷热难耐,至少还有微风吹拂,下到谷底,简直就像进入烤箱。那里是一片片炙热的旷野,让你感觉仿如刚走出火炉又掉进火堆里面一样。如果进入到金伯利谷底的人没有足够的水源,不超过三个小时就会死亡。因此,在这里,水绝对是比任何东西都重要的。

山下的温度极高,虽有苍翠的绿树,却并不清凉,加上这里的湿度高达100%,让人仿佛置身于摄氏六七十度的高温中。高湿度的环境会导致人排出的汗水无法蒸发,从而降低人的体温,这种情况更容易让人中暑。

炙热温度和饱和湿度是探险者们面临的第一大敌人,所以找到水源或者河流对探险者来说就显得至关重要。

走出炙热的旷野,若发现河流,是一件让人兴奋的事情。沿河而下,河面变得开阔,然而愈接近海洋,愈能遇见鳄鱼。河边往往是淡水鳄进行日光浴的地方,入海口则有更加凶残的咸水鳄,咸水鳄能把人整个吞没,不留一点骨头。所以,不要以为找到水源就可以万事大吉了。

在鳄鱼的势力范围之外,有一个有袋鼠、野牛、野狗和多种鸟类的天然狩猎区,在这里,有一个名叫布鲁姆的国家公园,距离西澳首都柏斯有2054千米,地图上看位置在澳大利亚的正北方,是澳大利亚的世界自然遗产地之一,也是澳大利亚第15个列入世界遗产名单的地方。"布鲁姆"一词来自澳大利亚原住民语,意为"砂石"。这里同时也是澳大利亚原住民的居留地,大量珍贵的洞穴绘画遍布其间。

布鲁姆国家公园以班古鲁班古山脉的独特地形闻名,园内可见此山脉中的褐黑色夹杂砂岩经两千多万年的侵蚀后所留下的圆椎尖顶群,班古鲁班古山脉就是因此独特地形在2003年被列入世界遗产的自然遗产名录中。"班古鲁班古"此词来自澳大利亚原住民基查族,有一说其意为"蜂蜜壶";另一说则是某族群的名称,但亦有可能是当地常见的金巴利草的名字,而意味着"草堆"。

班古鲁班古山脉的海拔约578米,岩层呈现出两种颜色交叠,红色部分为具有钢与锰地质成分的地层,因裸露在外的部分遭受氧化,而形成了红色；黑灰色部分则是因岩层的部分具有多孔性而且透水，加速了蓝绿藻生长。班古鲁班古山脉的地层历史可追溯到泥盆纪，其圆顶群聚的地形则是经河流两千多万年的侵蚀所造成的。目前此地形中最受游客欢迎的是教堂峡谷区。

然而园内并非仅有独特地形，其生态也相当丰富，约有130种的雀鸟，如澳大利亚长尾小鹦鹉、彩虹鸟等，另外也有不少澳大利亚的特有动物，如钉尾小袋鼠和短耳岩袋鼠。

但是在冰河时代之前，这里的大部分区域是被湖水所覆盖着的。鱼类、贝类为6万年前生活在这里的土著居民提供了丰富的食物资源。在约3万年前，那里的土著居民开始为死去的人们举行葬礼，这被看作是人类精神文明的最早表现之一。他们也很早就学会了收集野草的种子来做面粉，这也是人类历史上最早使用磨石的部落之一。

巴塔哥尼亚——在地球的"边陲"眺望

阿根廷独立后，直到1870年通过"征服沙漠"之役结束印第安人的占领之前，巴塔哥尼亚几乎一直无人治理。此后阿根廷政府计划向该地区移民，并使之成为国家的组成部分。虽然人们因各种原因，如在这里可以开发经济资源、享有宗教和政治自由等来此定居，但移民仍不甚踊跃。除里瓦达维亚海军准将城和沿内格罗河流域上游的城镇较多人口聚集外，巴塔哥尼亚人口稀少，且主要聚集在农村。

巴塔哥尼亚地区位于阿根廷本土南部，面积约67.3万平方千米，由广阔的草原和沙漠组成，从南纬37°伸展到南纬51°。其边界大约西抵巴塔哥尼亚安地斯山脉，北濒科罗拉多河，东临大西洋，南濒麦哲伦海峡。麦哲伦海峡南面的火地岛分别隶属于阿根廷和智利，通常也划入巴塔哥尼亚的范围内。

巴塔哥尼亚高原是阿根廷和南美洲的重要地区。西班牙语中，"巴塔哥尼亚"是"巨足"的意思。1519年，麦哲伦环球航行到达这里，看到当地土著居民脚上穿着胖大笨重的兽皮鞋子，在海滩上留下巨大的脚印，便把这里命名为"巴塔哥尼亚"。

巴塔哥尼亚气候条件恶劣，素有"风土高原"之称。受大陆面积狭窄、居安第斯山背风位置及沿海福克兰寒流等的综合影响，当地的荒漠直抵东海岸，但大陆性特征不是很强烈，冬夏没有极端的低温和高温，7月均温0℃~4℃，1月均温为12℃~20℃。这里降水稀少，全区年均降水量不超过300毫米，并呈自西向东递减趋势。且这里风力强盛，尘暴不断。

在大陆上干燥少雨的地区，植被稀疏，风力强劲，地表或者是累累粗石，或者是一片黄沙。干旱的巴塔哥尼亚沙漠多风，那些地面裸露的地区，一般被称为荒漠。

根据荒漠地区的地面形态及组成物质，可将其划分为岩漠、砾漠、泥漠和沙漠等几种类型。

岩漠也叫石质荒漠，主要存在于干燥地区的山地或山麓中。砾漠的特点是地面覆盖着大片砾石，犹如一望无际的石海。泥漠是一种由黏土物质组成的荒漠。

沙漠是荒漠中最主要的类型，它的特点是地面由沙性物质组成，常常是沙波滚滚、沙峦起伏。干燥少雨是沙漠形成必不可少的条件。浩瀚无垠的沙漠中，那丰富的沙源又从何而来呢？一般说来，它们都是松散物质在裸露于地表之后，经长期风力搬运与分选而形成的。沙漠地区大多由连绵起伏的沙丘组成。沙丘形态各异，并且在风力的作用下不断移动，使一些原来不是沙漠的地区沙漠化。

巴塔哥尼亚的水文状况独特，虽然荒漠广布，但内流区域狭小，内流区仅局限于内格罗河与丘布特河之间的狭小地区，其余地区河流因承受山地冰雪融水或冰蚀湖供给而成为过境外流河。但毕竟受干旱气候制约,众多河流中仅有科罗拉多河、内格罗河、丘布特河的河水充沛,可航运、灌溉、发电,成为巴塔哥尼亚发展农、牧、林各业的河谷平原基地。

整个南美洲湖泊贫乏,但巴塔哥尼亚地区安第斯山脉东麓东侧,冰蚀湖、冰碛湖广布,大大小小共有300多个,构成了南美唯一的重要湖群。

巴塔哥尼亚西接安第斯山脉,雪峰与火山映照,冰川同密林交错,开辟有大的国家公园和自然保护区。位于圣克鲁斯省西南部冰川国家公园内的佩里托·莫雷诺大冰川,高达3600米,绵延20000米,冰层不停地移动断裂,加上呼啸盘旋的山风,公园里充斥着雷鸣般的巨响。内乌肯省西北部拉宁国家公园里有21个大大小小的湖泊和一座海拔3774米的拉宁死火山。还保存着远古原始森林,那里的树木,树高干粗,枝繁叶茂,苍劲挺拔。

巴塔哥尼亚地区资源丰富,这里有褐煤、铁、铅、银、钨、绿玉、铀、锌、铜……巴塔哥尼亚是相当富庶的。但要开发这些资源,却并非易事,因为这里的风力过于强劲,而且气候极端严酷。除此之外,这里还分布着内乌肯省布兰卡沼泽自然保护区、圣克鲁斯省佩里托·莫雷诺国家公园、火地岛国家公园保留地、丘布特省瓦尔德斯半岛国家海洋公园等壮美的自然景观及保护区内的骆马、兀鹰、美洲豹、海狮、海象、企鹅等珍贵动物。

巴塔哥尼亚东部则是以辽阔的台地为主的荒漠和半荒漠高原。自西向东作阶梯状倾斜,东部则以陡峭的悬崖直逼大西洋,受古代冰川及现代干旱气候的影响,地表多冰蚀谷、冰碛丘及多种风蚀地貌。

巴塔哥尼亚的原始居民主要为特维尔切印第安人。从麦哲伦海峡沿岸的山洞中发现的多数古代人工制品,如鱼叉,表明他们是在5100年前左右移居大陆沿海的。强壮高大的特维尔切人分为南、北两个族群,分别说各自的方言。西班牙探险者发现特维尔切人以游猎栗色羊驼为生,其后裔现在已经很少,且几乎全部为西班牙文化所同化。

还有些阿劳坎人,他们原居智利境内,因不堪忍受西班牙殖民者的压迫,于18世纪末迁居此地,并同化了特维尔切人。他们使用阿劳坎语,属印第安语系阿劳坎语族。

这里所有的巴塔哥尼亚人信萨满教，迷信万物有灵，主要是河神。他们以肉食为主，因气候严寒，男女均穿兽皮制成的斗篷，住用兽皮制作的名为"托尔多"的帐篷。这些原始居民的体型和生活特点引起世界一些民族学家和人类学家研究的兴趣。

索诺拉沙漠——太阳之火的王国

索诺拉沙漠是美洲四大沙漠之一，沙漠吟游诗人约翰·凡戴克称其为"太阳之火的王国"。虽然它也有一些黄沙漫漫的不毛之地，但由于接近加利福尼亚海湾和太平洋，拥有冬季的雨季和夏季的雨季，每年的降水量达120~300毫米。因灌溉形成大片肥沃农地，境内有许多印第安人保护区。

索诺拉沙漠是北美地区最大和最热的沙漠之一，总面积达30多万平方千米。许多独特的植物和动物在索诺拉沙漠生活，如北美洲巨人柱仙人掌等。

索诺拉沙漠环绕加州海湾向南延伸进入墨西哥。亚热带回归线刚好从这里穿过，所以索诺拉沙漠在气候上很少发生持续24小时的冻结温度。与美国北部的其他沙漠不同，索诺拉沙漠独特的气候和双降雨模式，使这里成为仅有的生机盎然的沙漠。索诺拉沙漠里有居民、有巨大的仙人掌类植物、有矮树丛和多种灌木。在炎热的夏季，这里的气温高达43℃。索诺拉沙漠的南部，冬天天气温和，多种植物和动物在这里休养生息。

索诺拉沙漠是世界上生物最多的沙漠，是世界上最完整、最大的旱地生态系统之一。这个大沙漠里生活着60种哺乳动物，350种鸟类，20种两栖类物种，100种以上

爬行动物,30种当地鱼类,并有超过2000种当地的植物。和一般沙漠降雨量很少不同,索诺拉沙漠被认为是世界上最潮湿的沙漠,一年降雨量最多的地方可达到300毫米以上,很多植物在索诺拉沙漠恶劣的环境下生长茂盛,其中还有很多植物为了适应这里的气候而发生了物种的变化。索诺拉沙漠的植物包括龙舌兰科植物、棕榈科植仙人掌科植物、豆科植物等。这也是巨柱仙人掌为何能在索诺拉沙漠中存活二百多年,并保持旺盛生命力的原因所在。此地最具有象征性的植物就是北美洲巨人柱仙人掌,荒漠上的很多兀鹫都在上面停歇。这种由巨人柱仙人掌构成的类似丛林区域,就像是一座座蓄水池,形成了这里独特的生态环境,滋养着丰沛的生命。

除了仙人掌之外,有许多小乔木也代表了这片沙漠的特色,如小叶扁轴木、蓝花扁轴木、格吉栲、铁木和腺牧豆树;动物们躲到这些小乔木下去休息、消化肚子里的食物时,就把富含种子的粪便排泄出来,刚好让巨柱或厚柱仙人掌得以在保护植物的庇荫下生长,幼年时期的仙人掌就是需要这样的生长环境。

索诺拉沙漠冬天少见冰霜,每年的两个雨季又相隔半年之久,但却拥有如此多样化的动植物,相比起别的沙漠,这里几乎可以算是富饶了。在部分专家眼中,与其说这里是沙漠,倒不如说它就像更南边墨西哥的亚热带荆棘灌丛,只是比较干燥一点。

不管你怎么定义索诺拉沙漠的生态系统,它都是一个惊人的实例,显示出一群群面对严苛环境的生物体如何活得欣欣向荣,而不只是苦撑而已。

如果说索诺拉沙漠真是荒原的话,为何这地方的植物浓密得几乎完全挡住了我们的视线,更别提走过去的时候老是有枝叶往身上戳?如果说这里的生命已被骄阳荼毒得所剩无几,为何在多沙的干谷上还看得见白颈猪、骡鹿、北美节尾浣熊以及许多啮齿类动物留下的凌乱脚印,而这里的啮齿类动物还多到能让每平方千米将近100条的响尾蛇只需守株待兔就能填饱肚子?

看来,对索诺拉沙漠的形象需要重新审视。没错,索诺拉沙漠的美丽是非常著名的,它不像其他沙漠那样除了黄沙漫漫,还是黄沙漫漫。地质研究表明,索诺拉沙漠作为沙漠形象出现实际上只有几千年的历史,从地质上来说还太年轻,还没有完全进化成人们所熟悉的漫漫黄沙所组成的真正沙漠。

那里依然有山，只不过不像一座完整的山，好像是用碎石堆起来的。同时，得益于索诺拉沙漠特殊的地理位置，这里依然有水，沙漠竟然与大海相会。因此，索诺拉沙漠的美丽是浪漫的，是多姿多彩的，就连许多好莱坞的导演也看好这块风水宝地，常把这里作为科幻影片的拍摄地。

为此，美国的亚利桑那州还建立了一家索诺拉沙漠博物馆，该博物馆除了收集传统意义上的各种文物或者展览品外，还收集了沙漠地带的各种爬行动物，这些动物大部分都是在户外生活，因此，这家博物馆更像是一个集动物园、植物园、生态研究为一体的自然中心。

考古学家们发现，其实早在公元3世纪，霍荷卡姆人就已在今天的菲尼克斯和图森自由地生活。在欧洲人来到北美之前，他们就建造了世界上最复杂的灌溉运河。美国著名的考古学家斯蒂夫·勒森说："第一个来到这里的欧洲人看到的是到处摇摇欲坠的废墟。在这里，随便动动脚下的土地——埋一截下水管道或建一段公路，都能碰到霍荷卡姆人留下的尸骨或物品。"霍荷卡姆人是沙漠生活的主人，后来他们突然消失了，但不是因为干旱，而是由于洪水。1353年的冬天，这里下了一场罕见的大雪，后来，融化的雪水把他们冲走了。

现代的菲尼克斯城就是在霍荷卡姆人留下的废墟上建立起来的。通常，人们很难在缺水的地方大量地聚居，然而，索诺拉沙漠却诞生了菲尼克斯、图森等大都会。作家查克·鲍登说："在索诺拉沙漠，没有小城镇，但出现了菲尼克斯、图森这样的大都会，真是让人觉得不可思议。这些城市既像沙漠里的浮舟，又像是人类在月球的定居地。"

第二章

恐怖之旅
——最恐怖的生命禁区

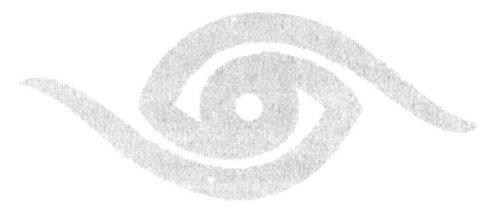

  我们这个世界虽不乏景色秀丽的人间天堂，但也有不少令人闻之色变、避之唯恐不及的恐怖地方。这些恐怖的地方以其独特的诡异怒视着人类，怒视着一切生灵，它们随时准备吞噬进入它们领地的一切……

那不勒斯"死亡谷"——动物的墓场

那不勒斯和瓦维尔诺湖旁边的两处谷底中,原始树木高耸入云,错根盘结,只是在这鸟语花香、湖光山色的如画风景背后,却弥漫着死亡的气息。千百年来,这里是各种动物赖以生存的美好家园,但更是它们无法摆脱的噩梦之地。

清晨,谷中升腾起层层白雾,渺渺中仿若冥界死神即将降临。周遭死一般的安静令人窒息,没有鸟的鸣叫,没有动物的嬉戏声。偶尔的声响却是动物的惨叫,声音凄厉而惨烈。找不到杀害动物的凶手,只能看到地上的血迹和面目狰狞的动物尸体。

各种动物的尸骸在谷中随处可见,零落的骨头上还有残存的腐肉。很明显,它们不是自然死亡,不是自相残杀,也不是集体自杀,更不是人类伤害了它们。那它们究竟遭遇了什么?没有人知道,也无从知道。唯有一些冷冰冰的统计数字透露着谷中不详的味道。据不完全统计,每年被那不勒斯山谷无情吞噬的各种动物多达数万只。所有的动物都对那不勒斯山谷退避三舍,可是总有一些动物误闯其中,最终难逃死亡的厄运。有人怀疑是谷中的毒气在作怪,但是无论科学家们怎么测验,都找不到毒气的影子,反而测得此处空气新鲜,适宜疗养。

那不勒斯山谷如此对待无辜动物的同时,却对人类格外开恩。人类进入山谷内,不仅安然无恙,还可以尽享周边的美景,呼吸这里美妙的空气,这里被当地人称之为"人类的天堂"。"动物的墓地"、"人类的天堂",同处一谷地,为何人畜两重天?意大利方面曾多次组织科学家深入谷地进行周密的调查,结果都无功而返。

而今谷内白骨经年累月,已是层层叠叠。阳光下,那不勒斯山谷游人如织,而动物的白骨却泛着惨白的光影。

加州"死亡谷"——人性的祭场

走入加州死亡谷,贪婪、无知、孤独、畏惧、渺小、退缩,所有人类的弱点都会涌现出来。

长达300千米的谷地拥有了可以称为风景之外的一切:无边的沙漠、凄凉的戈壁、惨淡的荒山、干裂的盐碱地。燥热的空气中弥漫着腐烂的味道,这里是北美洲最炙热、最干燥的地区,曾经连续6个星期气温超过49℃,几乎常年没有一滴雨水落下。谷内有一潭无人敢问津的恶水,湛蓝的水面闪烁着迷幻的色彩。夕阳下的阴影在谷地迅速地移动,很快吞噬了这里的一切,包括那不可知的秘密。

这是一处死亡和财富并存的谷地,人类的贪欲和现实在此地展现得淋漓尽致。淘金热使死亡谷在美国闻名,而"死亡"之名副其实,更令它闻名于全世界。死亡谷内黄金灿灿,大量的金矿、银矿散发着诱人的光彩。无数批淘金者前赴后继地来到这里,期望能在此找到"黄金天堂",但那只是死亡谷昙花一现的绚丽。20世纪初,死亡谷内人声鼎沸,酒吧林立,聚集了来自各地的淘金者。极少数淘金幸运者挖得了自己的财富,可以纵情欢乐,但是更多的人却丧命于此,因为

死亡谷并不喜欢人类的味道。

　　1849年,一支矿藏勘探队进入山谷中寻找山脉深处的金矿,结果所有人几乎全军覆没,连尸体也无处可寻。即使跌跌撞撞逃出来的极少数人,也在几天内莫名的相继死去,至今未查出他们的死亡原因。其后又有数批淘金者在谷中莫名失踪。尽管越来越多的实例证明死亡谷绝对是一个死无葬身之地之所,但是总有疯狂的淘金者不顾死活地在这里做着一日巨富的美梦。只是阴森的谷地风声鹤唳,一批批淘金者的尸骨坠落在地面的裂缝中,风化在猎猎风中,天堂和地狱不过转瞬间的转变。几年间,金矿枯竭,死亡谷又重归阴森可怕,荒废的房屋更如幢幢鬼影,讲述着昔日的辉煌和生命的惨烈……

　　死亡谷内干枯的盐碱地就像一位沧桑老人脸上纵横的沟壑,皱巴巴的表面毫无生气。不过如果我们细致观察,其实可以发现这里也是生机盎然,不过鲜活的生命中却没有人类的影像。坚硬的岩石上百花绽放,它们茎杆上的茸毛吸取着这里仅有的水分;咸咸的恶水中也有鳟鱼在嬉戏;响尾蛇吐着长长的信子,很小心地埋伏在不起眼的角落;大角羊更是跑来跑去寻找着水源和食物。

　　恶劣的环境更凸显了生命力的顽强。据科学家航空侦查,死亡谷内生存着300多种鸟类、2000多头野驴、19种蛇类……这是它们的极乐世界,无人打扰,自成体系,逍遥自在。对它们来说,死亡谷是它们赖以生存的家园,是生命诞生和自然结束的地方。

　　死亡谷内人畜的生死两重天,着实令人费解。美国方面动用了最先进的仪器设备进行了大量的勘测调查。有的地质学家认为距今2000万年前,死亡谷内由于地壳运动,形成了一条大断层,经年累月的风沙暂时将它掩盖。而丧生在死亡谷内的人很有可能是不小心踏上了大断层,最终掉入地壳深处,从而尸骨无存。有的化学专家则坚称死亡谷内岩层复杂,丰富的卤素矿、硼砂矿中很有可能藏有某种剧毒矿物元素,可杀人于无形中。两种说法都能够解释死亡谷内人类的失踪和死亡之谜,却无法圆满说明动物在死亡谷内的繁衍生息。死亡谷是一处不寻常的地带,也许上帝将黄金和死亡放在一起,就是为了考验脆弱的人性吧。

[我用眼睛去旅行]

严格地说,死亡谷并不是绝对的禁区,它毕竟有过短暂的辉煌。而今死亡谷边缘一些怪石嶙峋的地段,已经被开辟为美国著名的自然景区,全世界的摄影爱好者都以能拍下死亡谷黑暗降临一幕为荣。

万烟谷——恰似仙境又如地狱

鲜红炽热的烟云腾空而起,喷薄而出的火山灰直插云霄,滚滚熔岩倾盆落下。火山喷发如烟花般绚烂,亦如烟花般寂寞,瞬间的绽放后是荒芜与寂寥。但是偏偏有一座火山,却将自己的气势一直延续,这就是位于美国阿拉斯加的卡特迈火山。"万烟谷"便是它的得意之作。

"万烟谷"在卡特迈火山西北方向10多千米处,长不过10千米,宽8千米。在数次火山喷发后,山谷已然成为灰砾谷地。厚厚的火山灰砾铺天盖地,使谷内寸草不生。这片灰砾场,犹如蒸汽氤氲的浴场,布满了成千上万个喷气孔,每时每刻都喷发出炽热的气体,遮天蔽日。蒸汽与烟柱混杂在山谷上空,远远望去,恰似仙境又如地狱,令人向往又心生畏惧。

这一切都归功于1912年的卡特迈火山喷发。

卡特迈火山在5天60个小时内将约180亿立方米的火山灰送入大气层中,并使它们以极快的速度向四周快速推进,高压气流将路上所有阻挡之物全部冲倒,而炽热的火山灰更令所到之处的生命消逝,植物碳化。曾经绿草如茵的谷底被厚达200米的火山灰砾覆盖。巨大的

火山力量削平了山尖,在山顶形成了一个巨大的火山湖泊。地下水和雨水的交融令湖内水量充足,水面雾气蒸腾,严冬时节也不会结冰。火山爆炸撕裂了万烟谷的土地,条条狭长的裂缝自然而然成为地下蒸汽喷出的孔道。密密麻麻的喷气孔遍布万烟谷的每一个角落,尤其是山谷上部更为集中。那里的喷气孔紧密相连,延伸长达1000多米。

据估测,谷内每秒喷射出的水蒸汽约200万千克,形成巨大的蒸汽云漂浮在空中。有的气柱直达300米高空,有的气柱如蘑菇云般浓厚,有的气柱时有时无,有的气柱黑烟滚滚。阳光照下来,每一道气柱都折射出耀眼的色彩,十分壮观。光影之间,充满了迷离的色彩。即使火山爆发4年以后,当地温度仍高达649℃,烟雾依然袅袅不散。万烟谷由此得名。

60年代,万烟谷为美国登月成功做出了卓越的贡献。千疮百孔的万烟谷像极了月球表面,美国宇航局就将此处作为训练宇航员的基地,阿姆斯特朗那人类的一小步就是从这里开始的。

一些科学考察队多次进入谷内,试图探寻烟雾笼罩和卡特迈火山再次爆发之间的关联,遗憾的是,每次采集的数据都不相同。万烟谷仿佛时刻正变换着自己的模样,每个气孔都那么的不可捉摸。前一秒钟还热气四射的气孔,下一秒钟可能就偃旗息鼓,或者干脆没了踪影。本来平整的土地,说不定何时就会成为布满气孔的蜂窝煤。万烟谷不可知的地下世界,充满了未知的秘密。人类来到了它的边缘,却找不到进去的通道。唯一可以肯定的是,卡特迈火山的爆发造就了万烟谷的神奇。那火山平静近百年为什么依然烟雾不断呢?

随着时间推移,万烟谷内喷气孔的数量日渐稀少,谷内有了些许生机。一些苔藓藻类出现在了喷气孔周围,麋鹿、驼鹿也会偶尔出现。不过这里依然没有固定的生灵,这里能将食物瞬间蒸熟的温度拒绝动物们的长期生存。1918年,万烟谷被开辟为美国卡特迈国家公园,吸引了众多游人,大家都希望亲眼一睹"月面"的风采。

印度尼西亚"爪哇谷洞"——死亡的灵幡

死亡的灵幡在上空飘动,生命的哀乐在洞中回荡,堆砌的尸骸破碎凌乱,印度尼西亚"爪哇谷洞"中充斥着腐肉的味道。

走进"爪哇谷洞",心跳就不由地加快,周身被莫名恐惧包围。"爪哇谷洞"总共由6个大大的山洞组成,每个山洞都深不可测,洞口呈喇叭状,活脱脱张着漩涡式的血盆大口,吞噬着每一个靠近它的生命。洞中有种可怕的力量,会毫不留情地将周围的一切生命吸入洞中,直至它们成为累累白骨。即使距离洞口六七米远,也难逃被一口吞下的厄运。

一些无畏的科学家通过种种途径进入洞内,却发誓再也不来此地。感谢那些勇敢的探索者,让我们得以知晓洞中景象。一位勇敢者在笔记中写道:"在地球这个弹丸之地,自然界似乎发出了一声声诅咒,凡来到这里的人,无不感到惊惧与恐怖,因为这里的一切都死气沉沉,濒临毁灭。人畜的死亡在这里拉开了序幕,扬起了灵幡,只要看一眼这个见不着活人、动物来必死的地方,不禁令人毛骨悚然……"

洞中可怕的力量是什么?进入洞中的生物经历了何种惨剧才会如此面目狰狞?没人知道。

俄罗斯勘察加"死亡谷"——一切生灵的地狱

嶙峋的地势满目的凄凉,深深浅浅的沟壑纵横交错,时而喷发出的火山气体弥漫着恐怖的气息,随处可见的灰黄色的硫磺毫无生气,累累白骨透露着生命的绝望,这就是位于俄罗斯勘察加半岛的"死亡谷"。寸草不生的谷间,狼、狗熊、獾以及其他不知名动物的尸体横陈,四处散落,空中飞动着死鸟飘落的羽毛。这里是一切生灵的地狱,所有误入其中的生灵都无法摆脱厄运的降临,即使搏击长空的雄鹰飞过这里,也会被死神召唤,当然也包括人类。这条2000米的谷地吞噬的生命不计其数,里面大小不一的骷髅令人不寒而栗。

一位守林人曾亲眼目睹一头饥肠辘辘的大狗熊误入谷内,本想饱餐一顿动物尸体,结果刚刚张开它的血盆大口,就轰然倒地,一命呜呼。各路科学家都曾对此进行过冒险性探索和考察,但结论却众说纷纭,莫衷一是。有的认为罪魁祸首是聚集谷内的硫化氢和二氧化碳气体;有人认为谷内可能含有某种烈性毒剂。但是距"死亡谷"仅一箭之遥,而且没有山峦间隔的村庄却世代平安无恙,过着悠然的田园生活,从无死于非命者。

难道此地受到了上帝的诅咒?无人知晓。只是经年累月,飘零的尸体已渐干枯。

[我用眼睛去旅行]

昆仑山上"死亡谷"
——丰美的景色掩盖不住的"杀机"

昆仑山中一处古老的谷地绝对配得上"天苍苍,野茫茫"的描述,只是风吹草低,不见牛羊。丰美的牧草掩盖不住死亡的气息,狼的皮毛、熊的骨骸、猎人的钢枪、人类的尸骨,那些荒丘孤坟向人们讲述着一个又一个悲惨的故事。这就是昆仑山"死亡谷",一处田野苍茫、湖泊涟漪的谷地,却是人们不敢逾越的禁区。

当黑云笼罩着山谷,伴随着电闪雷鸣,即可看到蓝莹莹的鬼火,听到猎人求救的枪声和牧民及挖金者绝望而悲惨的哭号。果真如此吗?

当地牧民传言谷内有魔鬼出没,专食各种动物——包括人,只要进去就再也出不来。1983年,一位牧民入谷寻找丢失的马匹,几天之后,马回来了,牧民却不见了踪影。后来牧民的尸体出现在一座小山上,衣服已经破碎不堪,他怒目圆睁,嘴巴大张,手中还紧握着猎枪,但是他身上并无任何伤痕。这位牧民是怎么死的,他死前遭遇了什么,为何让他如此的死不瞑目呢?不得而知。而更多失踪在"死亡谷"中的人却至今下落不明,生不见人,死不见尸。曾有羊群误入谷中,便人间蒸发般没了踪迹。

谷内平日风和日丽,但逢天气变化,就会平地生风、电破长空,尤其是那滚滚炸雷,只震得地动山摇,万物枯竭。只要雷雨过后,谷内就会到处是羚羊、野驴、狐狸和飞禽的尸体,那些尸体旁的焦土泛着难闻的气味,草木已经化为灰烬,似乎是一场天火烤焦了这里的一切,如地狱般的景象让人心生畏惧。

地质考察队探测到该地区磁场异常,越往深处越强烈。电磁与云中电荷互相作用形成雷电云,专门袭击奔跑的动物。这种推测有一定道理,但是却解释不了无雷电时人畜的死亡现象。有学者认为"死亡谷"是冻土层,有巨大的冰窟位于其下,炎热的夏日,冻土融化形成暗河藏于绿草之下,当人畜误入其中,就会被暗河拽入无底深渊,以致尸首不存。

空中有雷电,地下有暗河,"死亡谷"内杀机重重,还是少去为妙。具体如何呢?有待科学家们进一步探测了。

塔克拉玛干——走进"死亡之海"

在世界各大沙漠中,塔克拉玛干沙漠是最神秘、最具有诱惑力的一个。在塔克拉玛干腹地海拔1413米的红白山上眺望,苍茫天穹下的塔克拉玛干无边无际,它能于缥缈间产生一种震慑人心的奇异力量,令面对此景的每一个人都会感慨人生得失的微不足道。

塔克拉玛干位于新疆维吾尔自治区南疆塔里木盆地,天山以南,昆仑山以北,帕米尔高原以东的广大地区,东面逐渐过渡,直到罗布泊。在塔克拉玛干的南面和西面,在沙漠和山脉之间,则是由鹅卵石碎屑沉积物构成的一片坡形沙漠低地。

塔克拉玛干沙漠东西长约1000千米,南北宽约400千米,总面积33.7万平方千米,占中国沙漠面积的47.3%,是中国最大的沙漠。在世界各大流动沙漠中,仅次于撒哈拉沙漠,排在第

[我用眼睛去旅行]

二位。

  瑞典探险家斯文·赫定进入塔克拉玛干沙漠后曾说了一句代表他心声的话:"从没有哪个白人的脚触到大地的这部分,所到之处,我都是头一份。"他俨然一副征服者的姿态,自感是沙漠里的君王。然而在接下来的探险中,他的探险队几乎全军覆没,仅剩他一人爬到干涸的河道,一泓泉水救了他的命。因此,他给塔克拉玛干起了个"死亡之海"的别名。

  传说很久以前,人们渴望能引天山和昆仑山上的雪水来浇灌干旱的塔里木盆地。一位慈善的神仙有两件宝贝:一件是金斧子,一件是金钥匙。神仙被百姓的真诚所感动,把金斧子交给了哈萨克族人,用来帮他们劈开阿尔泰山,引来清清的雪水;神仙想把金钥匙交给维吾尔族人,让他们去打开塔里木盆地的宝库,不幸金钥匙却被神仙的小女儿玛格萨丢失了,从此塔里木盆地中央就成了塔克拉玛干沙漠。

  其实,塔克拉玛干这片茫茫沙海,在距今两亿多年前,还是一片汪洋大海。到了距今7000万年的新生代第三纪,强烈的喜玛拉雅造山运动,使周围的山体骤然升高,河流发育,山区风化剥蚀,山岩移动加强,形成戈壁沙滩。冲积平原的不断扩大,经过千万年磨砺风蚀,瀚海沙漠的雏形出现了。大约在10万年以前,塔克拉玛干大沙漠就基本形成了。

  到塔克拉玛干沙漠探险,最大的障碍就是那些流动的沙丘了。整个塔克拉玛干沙漠,除了西部的麻扎塔格等山,中南部的北民丰隆起高地等少数地方没有被沙丘所覆盖外,其余基本全为沙丘所占。其中流动沙丘占85%,只有在沙漠边缘和深入沙漠中的河流沿岸分布有以红柳沙堆为主的固定、半固定灌丛沙堆。这些沙丘高大,形态复杂。沙丘内以裸露的巨大沙丘为主,一般高度在100~150米,也有200~300米的;其中高度在50米以上的沙丘,占全沙漠流动沙丘总面积的80%。沙丘的形态极为复杂,不仅有中国其他沙漠中常见的各种形态的流动沙丘,而且还有着中国其他沙漠中所少有的各种特殊形态的沙丘。一旦遇到大风天气,这些沙丘就成为了探险者的致命杀手。

  白天,塔克拉玛干赤日炎炎,银沙刺眼,沙面温度有时高达70℃~80℃。旺盛的气温蒸发,使地表景物飘忽不定,沙漠旅人常常会看到远方出现模模糊糊的"海市蜃楼"。

在塔克拉玛干沙漠，全年有三分之一的时间是风沙日，大风风速每秒达300米。由于整个沙漠受西北和南北两个盛行风向的交叉影响，风沙活动十分频繁而剧烈，流动沙丘占80%以上。据测算，低矮的沙丘每年可移动约20米，近1000年来，整个沙漠向南延伸了约100千米。尼雅、精绝、小宛、戎卢、圩弥、渠乐、楼兰等古代城镇和许多村落都被流沙所湮没。

沙漠四周，沿叶尔羌河、塔里木河、和田河和车尔臣河两岸生长发育着密集的胡杨林和柽柳灌木，形成"沙海绿岛"。特别是纵贯沙漠的和田河两岸，生长芦苇、胡杨等多种沙生野草构成了沙漠中的"绿色走廊"。"走廊"内流水潺潺，绿洲相连。林带中住着野兔、小鸟等动物，亦为"死亡之海"增添了一点生机。

塔克拉玛干大沙漠汇集了天山南坡、昆仑山北坡的所有水系。这里有中国最长的内陆河塔里木河，它主要由叶尔羌河、阿克苏河、和田河三条支流汇流而成，全长2137千米，像蛟龙般蜿蜒于塔克拉玛干沙漠。但无论是庞然大物塔里木河，还是克里雅河、尼雅河、安迪尔河、且末河，在塔克拉玛干大沙漠中，都显得极为渺小，水流经过这里，均被渗透得无影无踪。这些河流从各大山系出发时，均浩浩荡荡、涛声震天，然而它们都没有走出这片沙漠，到达海洋前，就消失在茫茫的沙漠之中了。

与这些河流相比，胡杨才是沙漠中真正的巨人，是风沙面前的英雄。"生而一千年不死，死而一千年不倒，倒而一千年不朽"。当一切都躲避风沙的时候，只有胡杨树一动不动，巍然屹立，无论是茕茕独立或者三五成群还是密集成林，无论是老态龙钟、肌肤斑驳还是崭露头角，胡杨树永远是一副不屈的形象，这是何等强烈的阳刚之气。

由于地处欧亚大陆的中心，四面为高山环绕，塔克拉玛干沙漠充满了奇幻和神秘的色彩。变幻多样的沙漠形态，丰富而抗盐碱风沙的沙生植物植被，蒸发量高于降水量的干旱气候，以及尚存于沙漠中的湖泊，穿越沙海的绿洲，潜入沙漠的河流，生存于沙漠中的野生动物和飞禽等；特别是被深埋于沙海中的丝绸之路遗址、远古村落、地下石油及多种金属矿藏，都被笼罩在这片神奇的迷雾之中。

生活在塔克拉玛干沙漠南部的人们，把这片大沙漠视为人类不可征服的金黄色怪物。风起时，从飞机上俯瞰这片大沙漠，翻滚的沙浪宛如条条巨龙奔腾前行，扑向沙漠边缘的田园村庄，不久整个大漠便天昏地暗。仅仅塔克拉玛干南缘的策勒县就因"沙进人退"而被迫三迁县城。

20世纪90年代，人们在塔里木盆地腹地中发现了石油、天然气，直接推动了人类改造大沙漠的进程。人们为了向沙漠中运送物资设备，从沙漠中运出石油，1995年9月，全长522千米的第一条塔克拉玛干沙漠公路建成通车。这条公路北起塔克拉玛干沙漠北部的轮南，南到沙漠南缘的民丰县，是目前世界上在流动沙漠中修建的最长的等级公路。这条公路对塔里木盆地石油、天然气资源的开发和南疆地区的发展发挥了重要作用。

人类征服"死亡之海"的序幕拉开了，时隔10年后，第二条纵穿塔克拉玛干腹地的阿克苏—阿拉尔—和田沙漠公路又开工建设。如今，两条沙漠公路如同两把利剑，将滚滚沙海拦腰斩断，在金黄色的沙漠中用"黑色"腰带续写着人类战胜自然的历史。

日本龙三角——幽蓝色墓穴

海洋的那片蔚蓝色，能给人浪漫幻想，也能在瞬间无情夺人性命。北纬25°，东经142°，这里有比百慕大更让人难以捉摸的水域——日本龙三角。船只在这里莫名沉没、潜艇一去不回、飞机无故坠海、时而出没的幽灵……这片水域就像魔鬼一样吞噬了无数人的希望。

自20世纪40年代以来，无数飞机、船只毫无声息地葬身在日本龙三角空旷清冷的海水中。1980年，巨轮德拜夏尔号装载着铁矿驶入日本龙三角，这是当时世界上最完美的巨轮，性能极佳。突然，平静的海面飓风骤起，德拜夏尔号在风浪中失踪了。船长并没有发出求救信号，他发出的最后消息为："我们正在与每小时100千米的狂风和9米高的巨浪搏斗。"

一组触目惊心的数字

二战后期,为了夺取海上优势,美国海军第38航母特遣队对日本的神风突击队发起了三天三夜的猛烈攻击。正当舰队重新补充燃料、准备再战的时候,却在这片海域不得不与恶劣的自然环境展开了一场生存之战。当时在强大的飓风和18米高恶浪的袭击下:16艘舰船遭到严重破坏、200多架飞机从航母

上被掀到了海里、765名美军水兵遇难。这是美国海军在20世纪所遭遇的最严重的自然灾难。

1957年3月22日凌晨4点48分,一架美国货机从威克岛升空,准备前往东京国际机场,机组成员是67名军人。飞行时间预定为9个半小时,飞机上准备的燃料足够13个半小时的航程。在开头的8个小时,飞机的飞行状况一切正常。下午两点,驾驶员发出信号,预计到达时间为下午5点,飞机上所有的设备都处于正常状态。此时飞机所处区域天气晴朗,对于飞机飞行而言,条件几近完美。1小时15分钟以后,驾驶员在距东京300千米的地方发出讯号,空中交通控制中心回复说希望她能够在两小时以内到达。然而,这架美国飞机却永远没能降落到东京机场。

搜救队在方圆数千公里的海面上来回搜索,最终无功而返。这架为战争而造、飞行条件几近完美的飞机究竟发生了什么事情,直到今天依然无人知晓。

在1980年9月9日巨轮德拜夏尔号在此失踪后,仅仅过了几年,她的两艘姐妹船只同样在此遇难。

2002年1月,一艘中国货船林杰号及船上19名船员在日本长崎港外的海面上突然就消失了。没有求救呼叫,没找着残骸,货船就仿佛在人间蒸发了,人们无法知道他们遭遇了什么。

由于日本龙三角海域频发众多神奇海难事故,使它赢得了一个"太平洋中的百慕大三角"的恶名。对此,日本海防机构每年平均要发布发生在日本周围海域约2500件海事事故报告。鉴于在这里搜寻一艘失踪的船要比从干草堆中找出一根针还要困难得多的实际情况,大部分的官方报告只能将事故原因归于"自然的力量",而就此终止调查。然而,众多遇难船员的家人决不希望他们的亲人就这样无声无息地走进黑暗,他们需要更加详尽、更加合理的解释。

1952年9月23日,多名科学家搭乘一艘日本海防研究船前往龙三角区域研究那里的暗礁,目的是监控海底的异常活动,以从这一角度来解开上述沉船之谜。船在离港后一直保持着很高的航行速度,按理说用这种速度只需一天时间就能到达研究海域。然而在接下来的3天中,该船信号全无,于是水上安全厅对外宣布了这艘海防研究船失踪的消息。当搜救船只赶到这片海域时,只找到了一些船只残骸和碎片,但是没有一块碎片上刻着船只的名称,也没有一个生还者能够讲述他们的遭遇……

随后,《纽约时报》上刊登了这艘科考船神秘失踪的报道,第一次将全世界的注意力引向了这片"魔鬼海域"。

假设不等于真相

连续不断的神秘失踪事件引发了人们的好奇,科学工作者们开始以不同的方法和从不同的角度试图去揭开这片"魔鬼海域"之谜。由于实地考察有一定的条件局限性和较大的风险性,因此五花八门的猜测便纷纷出台了。

流传最久的是海洋怪兽兴风作浪的传说,但在当代科技面前这一假设已渐渐褪色。

磁偏角现象说。此种现象使航行中的船只迷航甚至失踪的假设也难以成立。磁偏角是由于地球上的南北磁极与地理上的南北极不重合而造成的自然现象,这种偏差在地球上的任何一个位置都存在,并不是日本龙三角所特有的。早在500年前哥伦布提出磁偏角现象后它早已成为航海者的必备知识,故它不可能简单地成为拥有现代化设备的船只迷航和沉没的原因。

飓风说。据海洋专家观测,强大的飓风经常在日本龙三角的海域中酝酿,这片不幸的海域是飓风的制造工厂，其温暖的水流每年可以制造30起致命的风暴，这一点可在那些失事船只最后发出的只言片语中得到印证。于是有些专家认为是飓风使得那些过往船只的导航仪器在一瞬间全部失灵，最终导致船舶失事的。但是，当今大型的现代化船舶是按照能抵御最坏情况的标准制造的，按理说仅凭一场飓风并不能击沉它们。

认为是外星人所为

1980年8月18日，原苏联的乌拉基米尔号船在完成任务后从日本沿海返航途中，一位随船教授突然发现一个不明物体从海底冲了上来。这个物体呈圆筒状，能够发出耀眼的蓝光，当它滑过船只时，将船的一片区域烤得焦黑。这个来历不明的物体环绕轮船数分钟以后，与它的出现一样突兀，又骤然消失在海洋中。这位教授认为如此怪异的东西绝非地球所有。

拍摄于1985年的电影《魔茧》，故事的构思就来源于人们对大洋深处存在外星人基地的幻想。影片中的人们在一片突如其来的海雾中，被外星人神秘地带走，瞬间消失在海上警卫队面前，所有的人都以为他们遇到了海难，但几年之后他们又神奇地回到了地球。于是人们开始猜想这些在日本龙三角发生的奇怪事件是否是外星人所为。

人们似乎总愿意相信外星生命一定降临过地球，动用外星人似乎是解释世界上任何难解或未解之谜最简单的方法，一切现在所不能理解或无法解释的现象都可以认为它们与外星人有关，从而做出简单的回答。这也许更可以归功于人类思想的惰性，就像中世纪的人们将所有难以解释的现象都归于上帝一样。

但这毕竟是假设。

可喜的发现使研究"渐入佳境"

只有找到能使假设成立的实证，假设才能变为事实。对此，人们或千方百计地为假设寻找证据，或独辟蹊径以求殊途同归，总之人们对未知领域的探索从未间断过，日本龙三角之谜就是这样被揭示的。

在多种科研途径中，日本科学家采取了试图从研究海底世界这一层面来解释海难事故的方法。日本海洋科技中心向这片"魔鬼海域"的黑暗之处投放了一

[我用眼睛去旅行]

些深海探测器,这些探测器可以到达世界大洋最深的底部。海洋科学家们在黑暗的深海花费了大量时间,向人们展现了一个以前看不见的世界。科学家们发现:在日本龙三角西部的深海区,岩浆具有随时冲破薄弱地壳而出的力量,这股力量足以对经过这里的船只构成威胁。这种事情的发生毫无先兆,那股力量之巨,足够穿透海面,而且转瞬之间它又可平息下来,却不会留下任何证据。

当大洋板块发生地震的时候,超声波达到海面表层,形成海啸。海啸引发的巨浪时速可以达到每小时800千米以上,这是任何坚固的船只都禁受不起的。此外,毁灭性的巨大海啸在生成海浪时于广阔的洋面上只有1米或者比这还低的高度,这种在大洋中所发生的缓慢的浪潮起伏是不易被过往船只所察觉的,也很难引起人们的注意。但大约在20分钟至1个小时后,灾难就开始降临。如果在海啸发生时又正好赶上飓风,那么遇难船只甭说自救,就连呼救的时间可能都没有了。

印证结论

在科考工作进行的同时,另一些科学家试图通过寻找到失事的巨轮德拜夏尔号,通过对其失事原因的研究来揭示这片海域的秘密。

大卫·莫恩是一名失事船只搜寻专家,在确定沉船地点方面业绩辉煌,同时,他始终抱着实用主义的态度:从纯科学技术的角度进行研究,给出答案。1994年7月,由大卫·莫恩率领的海洋科技探险队向"魔鬼海域"进发,他们坚信可以揭开事实的真相。

当时他们全部的希望只悬于一条渺茫的线索——德拜夏尔号失踪的时候,搜救飞机曾经报告说,在它最后出现的不远处发现了油渍。但谁也不能确定整个区域到底有多大?油渍是在沉船的正上方,还是漂移了10英里、50英里或100英里?考察队利用了平面扫描声纳、潜水机器人等先进设备,经过长时间的搜寻,最终在水下约4000米的海床上找到了一堆变形的金属,接着考察队又在附近找到了发光的铁矿石。由于知道当年德拜夏尔号运载的就是铁矿石,通过这条线索,人们从而推断变形的金属就是目标物——德拜夏尔号的残骸。

通过对探测器传输回来的图片资料的研究,人们终于找到了沉船的答案:

当年德拜夏尔号行驶到这片海域时就遇到了飓风,但像德拜夏尔号这样的巨轮应该可以抵御最大的飓风,所以船长也自信地认为他们最多也就是晚几天到达目的地。但这时又突然发生了海啸,海啸形成的两个涌浪将钢铁之躯的德拜夏尔号架了起来,于是悬空的德拜夏尔号被自己的重力压成了三段。巨浪进舱,致使整艘巨轮快速下沉,其下沉的速度之快,使得船员们没有任何逃生的机会。此外,随着海水压力的增大,巨轮在下沉过程中被挤压变形,最后沉到海床上时已变为了一堆扭曲的钢铁。

这一建立在科学论证基础上的结论不仅为日本龙三角揭开了神秘的面纱,同时也足以告慰那些碧渊深处的亡灵,也给了那些长久沉浸于痛苦之中的亡者亲人们一个圆满的答案。纵观历史,2000年来,共有100多艘船只长眠在这片深蓝色的水域下,平均每14海里便有一艘沉船,这也说明海洋无愧是地球上最神秘莫测的"生存地狱"。迄今为止,人们依然无法知道在浩瀚的大洋之下到底还隐藏着多少秘密,等待着我们去探索、发现。

鄱阳湖"魔鬼三角"——魔鬼与天使

浩瀚万顷的鄱阳湖,渺无涯际,帆影点点。这片美丽的水域像天使一样孕育了周边富饶安定的生活,也像魔鬼一样吞噬了无数人的生命,尤其鄱阳湖狂傲的滔天浊浪,更是让人闻之色变。仅自1960年以来,这片水域已经掀翻了100多只船,数十位船工葬身湖底。

1945年4月16日,2000多吨级的日本运输船"神户丸"载着抢来的无数珍宝行至该水域时,便无声无息地消失

了，200余名船员无一生还。消息传出后，驻九江的日军大为震惊，派出一支优秀的潜水队伍到事发地搜寻。然而，令人意外的事情又发生了，在30多米深的水域内，除了山下提昭一人外，其余的潜水员均一去不复返。而山下提昭上岸后，也是神色异常、恐惧万分，说不出话来，不久便精神失常了。抗战胜利后，美国著名的潜水专家爱德华·波尔一行人来到鄱阳湖，历经数月的打捞一无所获，除爱德华·波尔外，几名美国潜水员再度在这里失踪。

60年代初，一条渔船在众人送行的目光中，猝然没入水中……

1985年3月10日，一艘载重25吨的货船在晨曦中沉没于老爷庙以南的3000米水面。

1985年8月3日，一天之内十几条船只在该水域莫名失踪。

1986年3月15日，本来如镜的水面突然恶浪滔天，狂风肆虐，瞬间吞噬了一艘载重20吨的机动船。

厚厚的故事记载令人不寒而栗。更令人费解的是，老爷庙水域深不过30米左右，湖底除却游戏的鱼蚌外，没有任何船只的残骸。千百年来沉没于此的上千艘船只去了哪里？屡屡显露杀机的鄱阳湖"魔鬼三角"似乎越来越让人不可捉摸。

每年三、四月，这片水域就会变化无常，晴空丽日下即会有狂涛巨浪，没有任何征兆。浊浪来时，天黑如夜，浓雾弥漫，瞬间又是蓝天白云。就在这短短几分钟内，尽数船只沉没，船员遇难。更出人意料的是，所有事故当天都太阳当空，天气极好，而阴雨天气里从未有船只沉没。疑团越来越多，鄱阳湖"魔鬼三角"的恐怖面纱从未被揭开。

天使般美丽的鄱阳湖，为何像魔鬼那般残暴？

传说，2000年前，一颗硕大的流星坠入鄱阳湖；70年代中期，鄱阳湖上空有圆盘状发光体掠过；老爷庙精确的角度设计使人无论站在哪个方位都与它正面相对，如此精妙的建筑设计令人怀疑是否是人类所为……这些会不会和鄱阳湖"魔鬼三角"有关？我们只能推测。

黑竹沟——恐怖的死亡之谷

位于中国四川盆地西南的小凉山北坡的黑竹沟古木参天,箭竹丛生,但却是一个令世人望而却步的恐怖地带。听说闯进峡谷的人畜都会神秘失踪。

解放初期,胡宗南残部30余人仗着武器精良闯入沟内逃窜,结果无一生还;一架美国飞机取道黑竹沟飞往国外,发生了机毁人亡的惨剧……黑竹沟,至今能亲临其境的旅游者甚少,由于媒体的披露,人们时有所闻,它以新、奇、险的特点,吸引着为数众多的摄影家、科学家组成的考察队深入其中探险揭秘。有人说它是"恐怖魔沟",有人说它是"中国的百慕大",又有人说它是一条普普通通的小山沟,不管怎么说,黑竹沟是一块有争议的处女地。

当地彝族同胞广为流传:在死亡谷最险地段——石门关其上部开阔的谷地便是他们祖先住过的地方,"祖训"不能入内,否则会遭灾。

石门关是由玄武岩组成一段长约3公里的峡谷。那里山势陡峻,高峰夹峙,相对深度达1000—1200米,谷底最窄处仅4—5米,沟内水流湍急,深潭密布,云雾缭绕,气候多变。当地民谣说:石门关,石门关,迷雾暗河伴深潭,猎犬入内无踪影,壮士一去不复还。

大山深处地势雄险,深沟里又是沟壑,纵横交错,森林密布,加之溪涧幽深,迷雾缭绕,给人一种阴沉沉的感觉。此处的山雾千姿百态,清晨紫雾滚滚,傍晚烟雾满天,时近时远,时静时动,忽明忽暗,变幻无穷,海拔2400米以上的山坡上,则又是另一番景象,分布有以"天眼"、"船湖"、"杜鹃池"为代表的10余处高山海子,水面面积最大的约1.334平方千米,湖光山色相映成趣,构成了优美的风光,不可不谓之神奇。

大大小小的奇瀑深潭不胜

枚举,于崇山峻岭和密林深谷中奔腾咆哮而来,其形如雪涛奔涌、滚滚而下,其声如万鸟奔腾、千军呐喊,极为壮观,吸引了无数人前来探险览胜,驻足流连。

在黑竹沟,有个地方叫阴阳界,又叫狐狸山,云雾翻滚,以山梁为界景观迥异:一边是葱葱林海,一边是高山草甸;一边是雨雾天气,一边是蓝天白云,对比十分强烈。当一抹阳光射来,相邻的山体金碧辉煌,恍若仙境。

黑竹沟地区流传着许多古老神奇的传说。其中,以"三箭泉"的传说最为美丽动人。

传说远古时有一位名叫牛批的彝族大力士率众人在沟中打猎,他们在山中不知不觉喝完了所带的饮水,三天过后因又饥又渴,一个个都昏倒在地,隐约中,一位仙女来到牛批的身边对他说:"英雄啊,请不要着急,鼓起勇气来,水是能找到的。"说完舞起彩带指着一处地方。牛批惊醒过来,顺着仙女指的方向望去,看到的是一堵陡岩,他迷惑了,但想起仙女的话,他毅然拉开神弓,连续射出三支神箭,刹时三股泉水从陡岩上喷涌而出,使众乡亲死里逃生。这三股泉从此就被称为"三箭泉"。

黑竹沟地区植被呈垂直分布。其中,生长在海拔1600~2700米的珙桐是国家一级重点保护植物,树形优美,花序下有两片白色大苞片,花开时整个花序像一只展翅欲飞的白鸽,故有"世界鸽子树"的美称。生长于海拔1500~2400米的光叶洪桐,仅存于我国,是世界著名的活化石植物,具有较高的观赏价值。沟内还拥有19种我国稀有或特有的珍贵植物。黑竹沟地区的杜鹃花,花色艳丽多彩,种类达40多种,面积上万平方千米,为世界之冠。

黑竹沟是喀斯特地貌,得天独厚的地形地貌和气候植被孕育了丰富的珍禽异兽。沟内约有国家一、二级重点保护的野生动物29种,一家保护动物有大熊猫、羚牛、云豹、四川山鹧鸪,二级保护动物有猕猴、小熊猫等24种。这些动物具有重要的科学研究价值,又具有很高的文化观赏价值,极其宝贵。除此之外还有许多的鸟类,它们体态优美、色彩艳丽,鸣声婉悦。兽走禽飞,鸟语花杏,蝶飞蝉鸣,一派诗情画意。

在黑竹沟,传说20世纪50年代曾有彝族同胞发现过野人的踪迹;80年代也曾发现过翼展达一米多的巨鸟,有专家指出可能为幸存的翼龙。还有人看见过"两头兽"。

黑竹沟正以它的神秘和奇特引来了众多的探秘者,随着黑竹沟不断的开发,它那神秘的面纱一定会被揭开,那蕴含众多的宝藏一定会被人们发掘。

尼奥斯"杀人湖"——血染的灭顶之灾

喀麦隆的尼奥斯湖的湖水湛蓝清澈,茵茵绿草,鸟语花香。谷间的村庄千百年来享受着尼奥斯湖的馈赠,春耕秋实,平静的田园生活惬意而知足。村庄的人们却不知道,其实灾难就在他们身边。

1986年8月21日晚,尼奥斯湖区域滚滚雷声响彻夜空,一股幽灵般的圆柱形蒸汽从尼奥斯湖中强劲射出,整个湖面都如开水般沸腾起来,巨大的气浪翻向岸边,而后一束烟云从湖中升起,袭向谷间的村庄,一时间,村庄里的一切声响都消失殆尽。

瞬间,曾经清澈无比的尼奥斯湖一片血红,就像被鲜血染过一般,湖面漂浮着一缕缕令人作呕的雾气。湖边青草泛着枯萎的黄色,到处躺着死去的牲畜和鸟兽。谷间村庄中可怕的寂静令人窒息,房屋牲口棚一切都完好,但是却没有人,没有任何生命存在的迹象。推开屋门,看到的到处都是面目狰狞的死人,他们惊愕的眼神,弯曲的手指,口鼻中流出的血块已经凝固了,没有人知道他们死前经历了什么,突来的灭顶之灾让他们从曾经的天堂进入了人间地狱。近2000人和6000多头牲畜死亡,加姆尼奥村全村650名居民中,仅有6人幸存。

有科学家推测,是古老的湖底火山发怒了,喷射出大量的有毒气体,但是没有任何证据能证明此种说法。尼奥斯湖给了周围村民无尽的快乐,也最终吞噬了他们的生命。20多年过去了,尼奥斯湖又静静地安卧在帕美塔高原上,但是,谁又能保证这里将不再会发生类似的"杀人事件"呢?

第三章

远古之旅
——最难解密的失落文明

远古文明给现代人类留下了太多的不能解释的遗迹,它们让我们惊叹与感慨。在古老文明面前,现代人才认识到自己的无知与渺小……

埃及金字塔——伟大文明的遗嘱

从公元前3510年完成统一,到公元前332年被希腊征服,3000多年的时光中,埃及人写就了人类神话,其中最为神秘的便是已然矗立数千年的埃及金字塔。

说到金字塔,你会想到什么呢?法老的诅咒、木乃伊之谜、金字塔建造之谜……这是"一个地球伟大文明的遗嘱",令现代科技异常尴尬,除了无比神秘外,更让人心生敬畏。

曾经,希腊人列出了当时的世界七大奇迹。如今,这七大奇迹中只剩下了金字塔。"人类惧怕时间,时间惧怕金字塔",这句埃及谚语直抵金字塔的精髓。历史固然被中断,但埃及文明的脚步却并未停歇。作为太阳神阿蒙之子,法老永世影响着埃及文化的进程。

吉萨高地满天黄沙中,一座座金字塔建筑巍然屹立。驼铃渐近,日暮西垂,真如阿拉伯挂毯一样精美而有韵味。在这些金字塔中有三座最大的,分别是胡夫金字塔、哈拉夫金字塔和孟考拉金字塔,它们被统称为大金字塔。

三座金字塔中,最著名的是胡夫金字塔,它147米高的塔身异常扎眼。据考证,胡夫金字塔是由约230万块巨石相互垒积而成的,每块巨石平均重约两吨半,没有用任何黏合物的石块间的缝隙严密得连刀尖都插不进去。塔身四周正对东、西、南、北四个方向,误差仅几厘米。据说当地动用了10万劳动力,耗时30年时间才得以完成。这是建筑史上的奇迹,直至今天我们仍弄不清金字塔的建造原理,比如如何拆卸、搬运石块?如何相互垒积石块?巨大的石块中藏有何种神秘的力量?曾经有人想复制胡夫金字塔,但都以失败告终。或许,这座金字塔只属于法老胡夫,不允许任何人染指。

关于为何修建如此庞然大物,《金字塔铭文》中记载:"为他(法老)建造起上天的天梯,以便他可由此上到天上。"期待永生的法老希望死后成为无比高贵的"太阳神",金字塔就是他成神的"天梯",以便"天空把自己的光芒伸向你"。尖锥形金字塔是金字塔中最完美的形式,走在黄沙之中,沿着金字塔棱线向西望去,在云层的缝隙中,金字塔上果真有如太阳般的光芒洒向大地,极为神圣。云层在金字塔侧面不时幻化出各种形状的影子,使人感觉金字塔活了般。

围绕金字塔有许多奇谈怪论,其中最著名的是金字塔的诅咒,而一个个的死亡事例,也验证了那些诅咒的存在。据美国《医学月刊》的调查显示,进入金字塔中的人在未来10年内死于癌症的高达40%。走进金字塔深处的人们会不约而同感染上一种神秘的病毒,这种致命病毒尚无特效药,人能否活下去,只能听天由命。有人惊呼法老发怒了,有人质疑墓穴中尘封的空气,无论何种解释,金字塔的诅咒还在蔓延,我们对此毫无对策。

金字塔能量是近年关于胡夫金字塔最流行的话题。法国人鲍维斯在胡夫金字塔"王室"厅堂内惊奇地发现,所有的动物尸体在这里不是被腐烂分解,而是脱水和木乃伊化了。这个发现引起了一场变革,许多储藏食物的器皿被设计为金字塔形状。在那个年代,埃及人是如何发现金字塔构造可保鲜,防止腐烂功能的?这实在令人费解。与其他金字塔构造物相比,胡夫金字塔的防腐烂功能极为突出,难道其内有一种神秘的力量能将东西冷冻?金字塔能,一道令人作难的命题,挑战着现代科技。

回到公元前2500年的天象,胡夫金字塔的4个坑道正好应对当时4颗极为明亮的恒星。更为神奇的是,以尼罗河作为天上的银河,胡夫金塔恰恰是猎户座腰身3颗恒心的位置,因为对埃及人而言,猎户座即天堂所在,神就住在那里。

当一些事情在我们理解之外时,"星外智慧"就会成为我们破解这些谜团的代言词。狂热的"星外智慧"崇拜者们坚信只有外星人才能建造如此完美的金字塔。没有人能推翻他们的说法,因为经过胡夫金字塔的经线十分准确地将地球一分为二,除却远在天外的"星外智慧",又有谁能做到呢?

人们对胡夫金字塔的研究越深入,遇到的难题也就越多。沉默的大金字塔简直就是古埃及人留在沙漠中的三座谜语之宫。它们的存在,是对人类智慧与想象力无休止的挑战。

奇琴伊察——玛雅指尖的灵魂

位于墨西哥尤卡坦半岛北部的奇琴伊察是世界上最著名的玛雅古城邦遗址,有"羽蛇城"之称。这座古城最早建造于公元432年,在此后漫长的岁月里,它经历了喧嚣的繁华,极致的没落。

玛雅文明,它会深深地将你吸引,你却触及不到它的灵魂。

对纵横中美洲的玛雅人而言,建立领地而后将其废弃是一种永恒的生活,奇琴伊察也未能逃脱宿命。这处是玛雅人鼎盛时期的圣殿,集合了玛雅人所有的智慧和才能,彰显了一个奇异的文明进程。如果说传统印象中的玛雅人是温文尔雅的话,那么奇琴伊察则完全是一位斗士形象,"战争"和"献身"是圣殿的主题。

建于10世纪的库若尔甘(在玛雅语中意为"带羽毛的蛇神"),是玛雅人所崇拜的神祇。库若尔甘金字塔总高近30米,9层台阶逐层向上收缩,金字塔顶部是一座高达6米的方形神庙,庙内有一尊美洲豹石雕,周身镶嵌玉石碎片,据传这是雨神恰克的动物化身。羽蛇神雕刻布满了神庙的飞檐、墙壁和石柱,浮雕上的象形文字讲述着没有人能看懂的悠长往事。

曾有人说,奇琴伊察是玛雅人释放的灵魂。诚然如此,它几乎凝聚了所有玛雅人的神秘和智慧。库若尔甘金字塔四面的台阶和阶梯平台数目正好是一年的天数和月数——365天和12个月,52块浮雕石板恰恰是玛雅日历中一轮回年。台阶最下端是一对硕大的蛇头,伸出近1.6米长、0.35米宽的巨舌,远远看去,犹如两条巨蛇正从塔顶蜿蜒而下。金字塔阶梯正对东、西、南、北四个方向,不差毫厘。每逢春分和秋分的日落时分,阳光照于边墙,形成一系列的等腰三角形,像极了该地的响尾蛇花纹。光影与蛇头重合就像巨蟒游向宽厚的大地。这就是著名的"光影蛇形",喻示着羽蛇神的苏醒,整个过程持续约3小时20分。在那个年代,能如此精确地划分春秋之际的人,也唯有玛雅人吧?

奇琴伊察的武士庙是当时世界上最超前的建筑杰作,1000根圆柱就像1000个武士守护着神明。而今穹庐形的石头房顶没了踪影,空余雕刻有蛇头的立柱。天文台是玛雅遗址中唯一的圆形建筑,内置旋梯连接各层。通过圆顶的8个小窗口,玛雅人可观察斗转星移,世事变迁。对天文,玛雅人有着超乎寻常的热情和毅力,以至于让人怀疑他们是否源于地球。

玛雅人的生死观十分奇妙,他们畏惧死亡,却拿活人当供品。奇琴伊察有太多的遗迹讲述着残忍的祭祀场面,墙壁上斩首的图案,滴血的心脏,堆积的头盖骨……武士庙中的人像就是用来盛放活人的心脏的,用于祭祀羽蛇神。没有锋利的尖刀,但是取心手法却堪比外科专家,这是痛苦还是宣泄,只有玛雅人知晓。

"奇琴伊察"在玛雅语中的意思是"伊察人的井口",这个名称非常生动地提示了一个问题,该城周边丛林密布,却没有河流湖泊,仅靠天然的地下水池维持着部落的繁衍生息。因此,祭祀雨神是玛雅部落最重要的宗教仪式。每到祭献的日子,国王都要挑选一名14岁的美丽少女投入雨神宫殿的圣井中,同时将各种黄金珠宝丢入井中,以求来年风调雨顺。

在玛雅人突然消失后,这口汇聚了无数珍宝的圣井也渐渐被丛林荒蛮所湮没。20世纪初,美国人汤普森仅用17美元就霸占了奇琴伊察的大片土地,他试图在那里寻找到那口失踪的圣井。汤普森确实找到了上万件金银玉器,但是那些都来源于丛林中的一个洞穴,真正的玛雅人的圣井依然埋没在密林之中。

奇琴伊察的球场规模之大,令其他玛雅遗迹汗颜。巨大的球场长约100米,宽35米,球场两端建有庙宇。对玛雅人而言,球场上的竞赛是生死之战,失败就意味着死亡。球场边被砍头的失败者流尽了他们的鲜血。竞赛活动是玛雅人最重要的娱乐活动,同时具有浓重的宗教意义,但其真正的意义我们还不清楚。

玛雅人、玛雅文明就像从天而降一般,挑战着我们所有的知识和常识。奇琴伊察的每一处遗迹都是一个未解之谜,每一笔雕刻都有它的内涵。

玛雅到底是一个什么样的民族?玛雅人到底来自哪里,又去了何方?辉煌的文明已成点点废墟,青藤缠绕的那些古建筑是玛雅人存在的最后证明。在黄昏迷离的光影下,高耸的石柱、恢弘的金字塔、层层叠叠的石阶、巨大的神庙、狰狞的石像、晃动的蛇身……神秘气息弥漫其中,静心倾听,有一个有关古老文明的秘密在风中飘荡。

英国巨石阵——历史的困惑

巨石阵可以说是一个古代宗教与科学的神秘遗址,几千年的时间和自然的力量均不能破坏它的神秘与寂静。在英国人的心目中,它是古老而神圣的,也是对人类想象力的称颂。

在英国伦敦西南的索尔兹伯里平原上,几十块巍峨的环形巨石阵列而立,没有任何修饰痕迹的岩石原始而冰冷,从远古到现在它们就一直存在,没有人知道它们来自哪里,也没有人知道它们为什么要在这里停驻。千万年的岁月,风沙的侵蚀,只是徒增了巨石阵的神秘。

古英语中,"巨石阵"意为"高高悬在天上的石头"。诚然如此。远观巨石阵,它确实如从天伸入地中一般,若再加些云雾,更加增添了其神秘气息。高

耸的石柱重达十几吨，最高的约6米，石柱之间用厚重的石楣相连，彼此相依，形成了一条巨石长廊。巨石阵中间有5座门状石塔，呈向心圆状排列，影影绰绰中，总是让人心生畏惧。

英国人曾经很热衷探究巨石阵的意义，有人推测它是外星来客的指示物，有人认为它是古老家族的王室墓地，有人则认为这是英伦文明的发源地，这些说法各有道理，却都不能完全令人信服。在虔诚的特鲁伊特信徒心中，巨石阵已经不仅仅是几块巨大的石头，他们认为巨石阵的存在就是为了唤醒人类内心和自然力量之间的某种天然联系。也许当一些事无法用常理解释时，赋予宗教的意义才能将一切诠释。

如今巨石阵始于何年终于有了一个确切年代——公元前3100年。而后1000年的时间，它只是在索尔兹伯里平原之上树立了两个圆圈，56个土坛。再用了200年时间，方才有了现在巨石阵的大体模样——林立的巨石，横卧的石楣。夏至时节，太阳会从石阵东部的石拱门内升起，仿佛某种仪式一般庄严而肃穆。凯尔特人在此与巨石阵为伴多年，他们离开后，就是特鲁伊特人。

巨石阵在500年的时间内被不停地转换位置。没有人知道古人们为什么要这样做，就像没有人知道为什么公元前3100年古人们要修建巨石阵一般。在那个荒芜的年代，修建此阵所需的人力、物力，简直无法想象。而将远在几百千米以外的巨石搬动至此的方法，更是令后人诧异。祭奠先祖、追寻太阳、某种宗教仪式……真的就能驱动当时之人完成此项巨大工程吗？

关于巨石阵，有太多的疑问，所有的解释只是增添了它的神秘感，英国人的历史在此出现了困惑。

马丘比丘——失落的印加古城

马丘比丘，享誉全球的诗人聂鲁达在他的长诗《马丘比丘之巅》中写道："我看见石砌的古老建筑镶嵌在青翠的安第斯高峰之间，激流自风雨侵蚀了几百年的城堡奔腾下泻……"它内敛隐秘,代表逝去的光华,它在文明的进程中熠熠生辉,尽管只能缅怀。

这是一座用激情和梦想铸造的石头之城,3000多级台阶的100多座石梯将不同部分紧密相连,200座建筑浑然一体。每个台阶几乎都由一整块巨大的花岗岩凿成,所有建筑均没有泥浆的痕迹。磨光的墙壁、完美的连接、发达的水系,各个区域分工明确,北部宫阙庙宇楼阁亭台,南部作坊居室公共场所,走在无人的城中,一种即将消逝的空虚时时袭来,马丘比丘城中到底埋藏了多少历史烟云?

荒蛮时代,人们如何将20吨重的巨石运到崎岖狭窄的山脊上,至今仍是一个谜。印加帝国,这个古老的文明帝国在山巅之上创造了伟大的奇迹,却没有自己的文字。当印加人口口相传自己的历史时,唯有马丘比丘能听懂他们的话语。16世纪初,印加帝国雄霸一方,600万人口纵横在美洲大地,坚固的马丘比丘城攻守兼备。但数百名西班牙人的闯入,这一切既定事实全数毁灭。很快,印加帝国就灭亡了,马丘比丘也成为一座失落的城池。印加文明在风中战栗,却找不到帝国消亡的原因,"阴谋、谎言、伎俩",印加口述历史中的字眼耐人寻味。

印加人自称"太阳的子孙",据此有人认为马丘比丘除居住功能外,更多担当了祭祀的任务。城中祭坛高筑,神庙众多,尤其是太阳神庙,切割得极为精细的大理石完全靠精巧的设计垒砌而成,其圆形外观神秘莫测。城中所发掘的头骨绝大多数为女性头骨,难道她们是被敬献给太阳神的祭品?

马丘比丘,这座云雾笼罩的城市何时才能给我们真实的答案?印加人为什么要在山峦之上建造此城?为什么马丘比丘会悄然没落?悬案无穷,印加本来就是一个谜。

[我用眼睛去旅行]

克里特岛米诺斯迷宫——蓝色迷情

一个充满神话传说的岛屿，一个充满传奇色彩的文明，一座神秘莫测的迷宫，这就是克里特岛。是神话传说还是真实存在？是豪华宫殿还是地狱之门？是邪恶凶猛还是纯洁善良？

在古希腊蓝色的大海上，有一个笼罩在神秘面纱之下的岛屿，它就是克里特岛。传说米诺斯是宇宙的儿子，他享受着万能的"众神之王"宙斯的关爱，创造了令世人惊叹的米诺斯文明。神秘莫测的米诺斯迷宫，充满了诡异和传奇色彩。

由于米诺斯违背了海神波塞冬的旨意，未将美丽而强壮的公牛献祭而遭到惩罚：米诺斯的妻子帕西淮疯狂地爱上了这头公牛，并生下了一个牛首人身的怪物米诺陶。

相传天神修建了米诺斯迷宫来关押米诺陶。被米诺斯征服的雅典城邦被迫每隔9年进贡7个童男和7个童女供米诺陶食用。作为第三次供品的雅典王子忒修斯手提魔剑，杀死了米诺陶，循着线团，走出了迷宫。兴奋过度的忒修斯忘记了与父亲平安归来挂白帆的约定，致使其父亲跳海身亡。爱琴海的名字就是源于这个传说。

在对米诺斯迷宫遗址的发掘过程中，人们发现似乎关于怪物米诺陶的传说并不是无中生有：迷宫的墙壁上、浮雕上、石制及金制造的餐具上都能看到牛的图案，那头牛或在戏耍圆球，或在狂怒奔跑。而克里特斗牛士与牛的争斗则神秘莫测，或抓住牛的双角，或在奔跑的牛背上翻跟头——这是根本超越人的能力极限的。

金銮殿的墙上有只神秘的狮身鹰首怪兽——把邪恶与纯洁统一,把凶猛与善良统一,这让人百思不得其解而又觉得毛骨悚然。精美壁画里的优雅仕女图是神婆、弄蛇女巫还是女神?御座之室中浓厚的宗教味让人联想到它是"地下世界的恐怖法庭",而不是一座宫殿。

暮色苍茫中,米诺斯古文明的迷宫神秘莫测,相信某一天,人类会找到打开迷宫的钥匙。

佩特拉古城——传说中阿里巴巴的宝库

佩特拉,《旧约全书》中摩西出埃及时点石出水的地方。茫茫沙漠中,一座黝黑冷峻的山脉将它隐藏了近千年,这里就是传说中阿里巴巴的宝库。

英国诗人对佩特拉如此赞誉:"一座玫瑰红的城市,其历史中有人类历史的一半。"佩特拉就如同一本被翻开的书籍,周遭都是神秘的气氛,无论走到哪里,你总会面对这样或那样的疑问。1812年,这座消逝已久的城市被瑞士探险家约翰·伯克哈特重新发现,千余年的岁月没有改变这座废墟的华美,所有的一切都雕刻在了佩特拉的每一块岩石之上。

当我们被佩特拉征服时,不得不承认,我们对它的了解实在太少。它建于哪个年代,由什么人修建,又为何被废弃?时而一根残留的廊柱,时而一座大坝的残址……

进入佩特拉并非易事,悠长的西克峡谷回环曲折,两侧千仞峭壁,抬头仅见一线青天。转过峡谷,阿里巴巴宝库让一切豁然开朗。高约39.6米、

宽约30.4米的卡兹尼是佩特拉的象征。整座建筑完全雕刻于岩石之中，门檐相同，殿宇重叠。底层6根直径2米、高约10米的大圆柱气势雄伟，上层三组高大的亭柱雕刻高贵优雅，9尊罗马式神像浮雕栩栩如生，极富神韵。天使、圣母、带有翅膀的战士石像立于石龛，虽然历经岁月显得有些暗淡，但依稀可辨昔日风采。山谷一边岩壁上延伸出数不清的方形小室，似坟墓，又似修行的洞穴。

阳光下，佩特拉各色岩石绽放着自己的光芒，粉色、红色、橘色、深红色层层叠叠。尽管佩特拉只余残缺部分，但是在天地之间依然熠熠生辉。也许它并非完全是玫瑰红色，但是它那诱人的质感着实令人动容，令人不忍惊动它的静谧。

佩特拉几乎所有的住宅都是玫瑰色的，而且依山而建，漂亮别致。佩特拉古城是由阿拉伯游牧民族纳巴泰人在岩石上敲凿出来的城市，一直是东西商路的重要中心。随着南北商路的开通，货物可以直接从南边的红海出入，佩特拉才逐步失去了原有的重要地位，最后渐渐被人遗忘，变成一座死城。

在销声匿迹了几百年后，佩特拉终于重见天日。古城建立在一条狭长的峡谷中，进入峡谷，首先看到的是在岩壁上的空洞，这些是凿岩而成的墓碑群。这些墓碑群根据所有者身份的不同而规格不一，雕刻的图案也各不相同。佩特拉曾经是古罗马帝国的一个组成部分，所以现在还能在这里看到很多在古罗马文化中常有的建筑，比如阶梯剧场、广场、公共浴室，等等。沿着峡谷前行，就能走到锡克(一条所有游客到佩特拉"宝库"的必经之路)，这是一条深陷在岩石中、狭窄、隐蔽的裂缝。前进中，游客会突然看到阳光照射下的"宝库"正面，这会让你感到无比震撼和惊奇。"宝库"是个令人难忘的建筑物，正面宽27米，高40米，纳巴泰式设计风格，是佩特拉最著名的纪念碑。虽然经历了几百年的岁月侵蚀，但"宝库"仍然保存完好，在阳光下，不管从任何角度去看，都能给你一种神奇的感受。

[第三章 远古之旅——最难解密的失落文明]

土耳其阿波罗神殿——一切皆于人

光明、真理的象征,太阳神阿波罗是人类心灵的寄托者,如今繁华神圣的阿波罗神殿却成为一处荒凉而又诡异的废墟。

太阳神阿波罗被视为真理的掌握者,他代表着希望、幸福与快乐,不仅是众神的心灵归属地,更是世人推崇的正义者。然而神圣的阿波罗神殿却屡遭破坏,只剩下了一片废墟,残阳西下,形影相吊,荒凉而又诡异。

传说阿波罗降生时,天空呈现出万丈金光。阿波罗眉心嵌着一个耀眼的太阳,所以被宙斯封为太阳神。生性善良的阿波罗得到了众神的爱戴,传说美丽的月桂女神难以忍受阿波罗的热情而化成了一棵月桂树。太阳黑子,就是太阳神阿波罗在心中为月桂留下的永远遮蔽。

赫拉波利斯,土耳其西南部的一个城镇,曾是古希腊著名的城邦,也是比较完整的古希腊遗址。根据古希腊神话传说,这里是"通往地狱的大门"。在这里,人们发现了阿波罗神殿。

这里是古希腊神秘之地,据说曾是古代世界精神文明的中心。如此神圣、壮丽、豪华的宫殿竟然被邪恶者多次焚烧、摧毁,仅仅是"不求扬名于世,但求遗臭万年",这是多么虚荣而又荒诞无稽的妄想,这是多么让人痛心疾首的恶行。经历多次的破坏、抢劫、掠夺和焚烧,阿波罗神殿昔日的繁华早已不再,只剩下7根长短不一的柱子,到处是残垣断壁,荒凉一片。

夜晚来临时,诡异的月亮发出邪恶的光芒,把深夜的夜色染成了银蓝色,笼罩着天空,笼罩着诡秘的阿波罗神殿。阴风肆虐,发出恐怖的魔幻般的刺耳声音,令人匪夷所思。到处是不安的元素,好似幽冥婉转。神殿地下的神秘死亡密室,至今还弥漫着自然产生的有毒气体,任何生物,只要进入这个洞穴,就会立即死亡。"擅入神殿者死",这是惩罚,也是警告。这座产生神秘、新奇,令人不可思议的"特殊效果"的建筑物让世人惊叹,也让人毛骨悚然。

阿波罗神殿,这个古代世界文明的中心,如今却是一片荒凉的废墟。拥有辉煌、荣耀的同时,阿波罗神殿也因遭到嫉妒而被毁灭。人类既创造了灿烂的文明,也让其消失在自己的手中。

蒂亚瓦纳科——太阳门之谜

在南美洲安第斯山脉的崇山峻岭中,在一个低气压少氧的高原荒野里,稍事体力劳动都让人无法忍受,但是这里,却有一座神秘的古城遗址群——蒂亚瓦纳科。

虽历经沧桑,但依旧难掩其雄伟壮丽,神秘莫测的古城蒂亚瓦纳科让人惊叹不已。残存的废墟显示了蒂亚瓦纳科曾经的辉煌:规模宏大的建筑群,巨石雕琢的大方城,宏伟壮观的城门,神秘莫测的太阳门,精雕细琢的图案……这些庞大的、不可思议的建筑虽然历经沧桑,但其雄伟壮丽仍让人们惊叹不已,吸引着人们踏上那神秘的蒂亚瓦纳科之旅,去寻找太阳门之谜。

太阳门又名巨石门,因为刻有太阳神形象而得名。世代居住在南美大陆的印加人自古以来就崇拜光辉灿烂的太阳。传说太阳神曾亲自降临安第斯高原。凡是看到过太阳门的人,无不对它的宏伟壮观惊叹不已。它由完整的一块巨型安山岩雕镌而成,高近3米,宽达5米,造型庄重,比例匀称。太阳门重达百吨,真是无法想象人力是怎么搬运这块雕刻太阳门的巨石的。似乎除了超人外,没有人能够做到。要把这么庞大沉重的石门立起来,必须要用大型起重机。而当时的印加人连车辆都没有,他们是怎样把这巨大石门立起来的?传说蒂亚瓦纳科所有的建筑都是一夜之间突然出现的,"一块一块巨型石头奇迹般地从地面升起,随着号角声,在空中飘行,降临到它的居处……"

耐人寻味的是,太阳门不仅是个庞然大物,它上面还雕刻着极其精美的图案。门楣中央的浮雕上,那个双手持杖、头部放射万道光芒的人身豹头物就是传说中的太阳神,其旁边是带有翅膀的勇士和人格化的飞禽。浮雕形象生动逼真,为我们展现了一个深奥复杂的神话世界。这一切是那么神秘,那么的诡异。太阳门究竟是做什么用的呢?让我们迷惑的是,印加人又是使用什么工具在它上面雕刻的呢?我们已经无从知晓。

太阳门不仅充满了神秘色彩和复杂的寓意,还包含了深奥的历法计数系统。据说每年9月21日,黎明的第一道曙光会沿着门洞中轴线冉冉升起,准确无误地射入门中央,这反映了印第安人丰富的天文知识。有人猜测,太阳门上的神秘图案代表的是历法。果真如此的话,这将是世界上最古老的历法。那么,神秘图案是如何表达历法的?又是如何计算出秋分时节太阳与太阳门的位置关系的?建设这座城市的究竟是什么人?目的何在?

更让人惊奇的是,太阳门上竟然雕刻了1万多年前灭绝的古生物居维象亚科(类似大象)和同期灭绝的剑齿兽。在整个巨石块底部还凿刻了一些两米多深的圆孔,这些孔的用途至今还没有具体的解释。离太阳门不远,有个方形天井遗址,人们在里面挖掘出了大量石制水管,这些石制水管的制作之精巧,令人震惊。这些石制水管是干什么用的?这座城市到底隐藏着什么秘密?

人们还在这个海拔4000米左右的高原上挖掘出了大量海洋生物化石,如贝壳化石、飞鱼化石,似乎证明蒂亚瓦纳科城是一座古老的港口城市。至今,人们还无法确定这座神秘废城的年代。城门之内早已空寂荒芜,也没有留下什么文字记载。也许太阳门上的神秘图纹符号就是某种象形文字,但至今也没人能破译出来。

[我用眼睛去旅行]

奥尔梅克遗迹——美洲的母亲文化

在3000年前,当地球上的绝大多数角落还处于黑暗中时,在中美洲墨西哥海湾的炎热海岸上,一个神秘的民族已经延续了数个世纪,这就是奥尔梅克人。当玛雅人的宏伟神庙高耸在美洲大地上时,奥尔梅克人又无声地消失了。

千年的岁月湮没了奥尔梅克人曾经的辉煌,直到20世纪40年代,奥尔梅克才被部分发现。对这个凭空出世的民族,人们对它的所知甚少,人们唯一能确定的便是拉文塔、圣洛伦索、特雷斯·萨波特是奥尔梅克人的生活祭祀中心。奥尔梅克人建造了布局精妙的城市、宏伟的金字塔式台庙、巨大的仪式性广场,他们雕刻出了精美的玉雕,他们发明了最早的美洲文字,他们的石头都采自80千米以外之地,他们尊奉神灵,他们的图腾诡异,他们会将祭品埋于地下……

对此历史学家欣喜万分,他们以为找到了美洲文明的源头,不过仅此而已。奥尔梅克人留给我们更多的是令人大恸的一页,除却林立的遗迹,这里没有任何他们生活的痕迹,其他一切近乎空白。他们来自哪里?创造了伟大文明的奥尔梅克人却无力改变让自己消失的命运。他们又去了哪里?他们是来自外星的使者吗?

神秘的奥尔梅克人留给这个世界的将是一个永远的谜。

奥尔梅克"萨萨卡特拉"遗迹的挖掘工作2006年起在莫雷洛斯州索奇特佩克镇展开,经过6个月左右的挖掘清理,人们已能看到6座建于公元前800年至500年之间的建筑遗迹。考古学家估计,"萨萨卡特拉"占地约9500平方米。

考古学家吉塞尔·坎托表示,最引人注目的发现当属一座奥尔梅克大庙基座和两个奥尔梅克石雕。残留的大庙基座用石灰岩石板建成,大致还能看出金字塔的形状,而两个石雕上刻的则是奥尔梅克时期的神职人员,厚嘴唇、塌鼻子，头上戴有露出利齿的美洲豹面具。美洲豹是奥尔梅克时期人们敬重的神明。

坎托说，如今大部分残垣断壁都被掩埋在民房和商店之下，遗迹上还建有加油站和高速公路等现代建筑。透过考古发掘的材料，可以发现：奥尔梅克人具有高超的艺术技巧，这尤其突出地体现在他们的石雕作品、制陶工艺和筑墩建房技巧上。

1938年发现的"奥尔梅克巨石头像"是奥尔梅克文化中最闻名于世的艺术品，这些头像由整块玄武岩雕成，构思完善，具有强烈的写实性。14个巨石头像中最大的是一个青年的头面雕像，重达30吨，高3.05米左右，形象十分生动。他鼻子扁平，嘴唇厚大，眼睛半睁，呈扁桃状，眼皮显得十分沉重；头戴一顶装饰有花纹的头盔，遮住了两耳。考古学家认为该头像可能是当时奥尔梅克领袖的雕像，或者就是一种向死者表示敬意的纪念物。

除了雕刻出巨型石像外，奥尔梅克人还用绿玉或黑玉雕出许多小型的人像、动物形象或一些小雕像。奥尔梅克人喜欢用翡翠绿玉做各种珍贵的礼器、宗教用具和装饰品，这是奥尔梅克文明的一大特色。在奥尔梅克人看来，最为贵重的物品是玉石，它代表着"第一流的无上的体面"。绿色玉石所折射出的颜色仿佛滴翠的青玉米或荡漾的碧波，由此绿玉成为"珍贵"和生命自身的同义词。奥尔梅克人雕刻出来的小型石像晶莹圆润，玲珑可爱。这些玉石人像以裸体直立的站相和五官俱全的戴面者为最多，有的小人像胸前还缀有一面用黑曜石凿成的镜类饰物，即使在3000多年后的今天仍然闪闪发光。

最值得注意的是作为宗教礼仪用具的一批灰白、墨绿或碧绿色的石手斧，这种手斧表面极其光滑。在玉雕作品中，最常见的是一个带有美洲豹头部特征的神像，该神像是人的身形(有时故意表现为小孩的身形)，学者们称之为"豹人"或"豹娃"。美洲豹是奥尔梅克人崇拜的主要天神的象征，因此这个神的形象往往兼具人和豹的特点。奥尔梅克人的这些作品既反映了他们独特的宗教信仰，又形成了一种方正凝重、深厚圆润的风格，成为奥尔梅克艺术的典范。奥尔梅克人的石雕艺术为后来的玛雅人所继承，在玛雅文明时期，玉石制品和玉石图像遍及整个玛雅地区。

在奥尔梅克文明早期，奥尔梅克人还制作陶器。主要以灰黄色粗砂陶为主，均为手制，器形较厚，表面一般没有什么装饰。大约到了公元前1000年~公元前800年，制陶技术大有进步，出现了具有玛雅文化特征的黑色陶器。这种黑色陶器以钵形器和壶形器为主，器壁仍然较厚，表面先经磨光，然后刻出富有代表性的花纹。

奥尔梅克人在建筑艺术上也表现出高度的智慧和创造力，由于他们生活的地方洪涝灾害多发，为防水淹，他们不得不挖土筑墩，建房于土墩之上。

考古发掘出两种土墩：一种呈圆形或方形，面积不大，往往数座土墩聚集在一处；另一种为长堤状，长达30米。前者无疑是民居遗址；后者根据长堤下方出土的大量石片、石斧等石器判断，当为工匠集体劳动的工棚遗址。奥尔梅克人的建筑物均为泥垒土砌而成。民居自不必说，就连祭祀中心的底座高台也是土垒的。拉文塔的祭祀台呈圆形，高30米，底座直径128米，坐落在一广场南端，用土10万立方米，面积为5平方千米。在这个高大的土台上矗立着一座座神庙或祭台，并且美洲最有特色的神庙形式在奥尔梅克文明时期也已出现，那就是：在约摸10层楼高的塔状高台顶端雄踞着一座壮丽的神殿，远观之，整个建筑看起来就像座金字塔。这一建筑风格后来也为玛雅人和阿兹特克人所继承。

蒂卡尔——圣灵的低啸

蒂卡尔，一座隐藏在莽莽原始森林中的神殿遗址，带着玛雅文明滥觞的光环，于公元900年谜一般地崩溃了。蒂卡尔，"能听到圣灵之声的地方"，失去了圣灵的佑护，孤零零地矗立在乱藤缠绕之间。

蒂卡尔的大小300座金字塔完全被一望无际的密林和巨藤层层包裹，一隐便是几百年。金字塔呈典型的玛雅文明特征，整体呈斜锥形，高大的台基逐级而上，顶端巍峨的神殿十分冷峻。蒂卡尔所有的建筑都是由岩石铸造而成，智慧的玛雅人很早就掌握了高超的建筑艺术。也许玛雅人真的是天外来客,不然他们为何能天衣无缝地将天象融入建筑之中?

这里有美洲最高的金字塔,金字塔神殿如摩天大楼般直直插入云霄。这里周遭原始森林幽暗阴沉,远处野鸟孤鸣,不由得令人毛骨悚然,仿若听到了圣灵低啸。从空中俯瞰,点点金字塔尖在密林中若隐若现,斑驳的岩石上刻满了岁月的痕迹。美洲的蒂卡尔像极了柬埔寨的吴哥窟,一座曾经异常繁华的古城而今如此落寞,是什么秘密让它们如此沉重?

蒂卡尔古城遗迹拥有近3000座建筑物,这还不是全部,更多的建筑物还埋葬于地下不为人知。举世闻名的巨豹神庙、简单粗犷的绘画、无法解释的文字、残忍的活人祭祀、诡异的死骷髅和骨骼图案、精美的美洲虎玉雕……直到今天,我们依旧无法确定玛雅人的生活习惯和他们的祭祀风俗,虽然每一座建筑都似乎讲述着什么。随便一次驻足,都能唤起你无数好奇,蒂卡尔的玛雅人创造了异常璀璨的文明,谱写了盛世华章。

残酷的战争、灾难性气候、水源的短缺等都有可能是导致蒂卡尔被废弃的原因,但是我们就像不知道玛雅人如何建造金字塔一样,我们同样不知道为什么玛雅人要废弃这座伟大的神殿,所有的猜测都没有证据支持,各种解释都显得牵强附会。一种伟大文明曾经存在的痕迹令人唏嘘,密林深处的蒂卡尔,我们只看到了它的表面,却接触不到它的本质。

玛雅人走了,当他们重归丛林时,又把蒂卡尔丢给了这座丛林。就像一个神秘的民族睥睨着曾经属于自己的领土一样,一切只能是一个念想。

[我用眼睛去旅行]

内姆鲁特·达哥山陵墓——人神共舞

人神共舞的内姆鲁特·达哥山陵墓气势宏伟,庄严肃穆,壮观而又充满了神秘色彩。帝王的陵寝之谜总是充满诱惑,冥冥之中似乎在警告人类的狂妄之举。

内姆鲁特·达哥山,因科莫金王朝国王安提俄克斯一世的陵墓而闻名。安提俄克斯一世在山顶修建了自己的陵寝,并在陵墓周围雕刻了两排气势宏伟的巨神雕像,竟然把自己也位列其中,与众神一起接受人们的朝拜。巨大石像庄严肃穆地守护着这个山头,这座人神共舞的陵寝,壮观而又充满神秘色彩。

相传这位历史上好大喜功却无足轻重的国王在临死前那一刻依然拥有年轻俊美的容颜,而他死的时候,已经57岁了。同样,他有魅力的妻子在为他殉葬的时候也依旧貌美如花。这位国王的长生不老术成为科莫金永不褪色的神秘传说。

陵墓是神圣的、神秘的,帝王的陵寝更是让人好奇。陵墓里究竟是什么?究竟是毛骨悚然的尸骨,还是数不尽的奇珍异宝?是金碧辉煌的宫殿,还是通往未来的时光隧道?好奇的人们总是试图解开远古之谜,一波又一波的人来到这里,试图破解其中的秘密。

美国考古学家带来了新式的,并让现代人畏惧的武器——炸药,但是炸药并没有炸开这座陵墓,只是让它矮了50厘米,还引来了意想不到的地震。冥冥之中,似乎神灵在警告人们,不要做出让自己追悔莫及的决定。

在内姆鲁特·达哥山,还有一个让探墓者闻风丧胆的"死亡杀手",一种名为卡特里的蝎子。只要发现入侵者,在确认目标危险后,这种蝎子就会顿时满目猩红,从四面八方不断涌来,在几秒钟内淹没入侵者,然后吞噬他。多少贪婪的入侵者葬身在它们的身下,瞬间只剩下森森白骨。

人神共舞的内姆鲁特·达哥山陵墓让一个在政治上几乎毫无建树的国王闻名于世,并永载史册。国王俨然与众神一起永存于天地间。历经千年洗礼,安提俄克斯一世的陵寝已伤痕累累,满目疮痍,但是它的宏伟壮阔仍然令世人惊叹。

夕阳西下,内姆鲁特·达哥山陵墓在落日的辉映下显得越发壮观和神秘,就让它沉睡于山地,静静地躺在历史的长河里吧。

复活节岛石像——不可破译的灵魂

举世闻名的复活节岛石像,造型奇特,鬼斧神工,那些石像的神情或沉思,或冷漠,直入人的灵魂深处。石像从何而来?意义何在,引人入胜,催人发思。复活节岛石像,不可破译的灵魂,一个难解之谜。

复活节岛,以其石雕像驰名于世,在这块贫瘠、落后的土地上,诞生了近千尊被称为"摩艾"的巨型石雕人像。它们的构思奇特,雕技精湛,奇怪的是,均是无腿石像。石雕人像或卧于山野荒坡,或躺倒在海滩上,炯目有神,鼻梁高挺,眼窝深陷,嘴巴嘟翘,双耳肥大,表情冷峻,神态威严,人像个个面朝大海,如行军出征,整装待发,蔚为壮观,着实令人赞叹。

让人称奇的是,岛上的居民称自己居住的地方为"世界肚脐"。这种神秘而百思不得其解的叫法直到人类可以从高空鸟瞰地球时才豁

然明朗；复活节岛孤悬在浩瀚的太平洋上，确实跟一个小小的"肚脐"一模一样。难道古代的岛民也曾从高空俯瞰过自己的岛屿吗？如果确实如此，远古时代的他们是如何"飞"到高空的呢？是谁，用什么飞行器把他们带到高空的呢？

摩艾是复活节岛上最引人注目也最使人疑惑的风景。那些鬼斧神工的巨人群像雕于何时？是人类文明的高峰，还是外星人的杰作？它们象征着什么？是被崇拜的神，还是被神话了的祖先？人们雕刻它们的目的是什么呢？是供人瞻仰观赏，还是叫人顶礼膜拜？或者是趋福避祸？万般猜测，令人玩味。

数量众多而又巨大的石像是如何屹立于海滨的？传说是外星人的杰作。也许是落难的外星人用超现代的工具制作雕像来求救吧，但现场迟钝的石器工具又如何解释呢？为什么比地球人更文明的外星人偏偏使用笨重的原始石器来完成雕像呢？也许是岛国居民自己创造的辉煌文明吧。但是石器时代的波利尼西亚人会使用何种工具来撬动那重达几十吨的雕像呢？贫困交加的岛上居民又怎么可能有工夫来做这些雕刻呢？而谁又能相信他们个个都拥有"巧夺天工的技艺"呢？雕塑是一种艺术，总会蕴含着那个民族的特征，而这些石像的造型，并无波利尼西亚人的特征，也就不可能是他们制作的。那么，复活节岛上的石像到底是谁雕刻的呢？

一些尚未完工的石像，又是遇到了什么问题而突然停了下来呢？传说，几百年里复活节岛上的瘦子部落在胖子部落的皮鞭加镣铐下以死亡为代价从事着雕凿，创造了这些伟大艺术品。备受摧残的瘦子们终于群起造反，杀死了胖子们，瘦子们打碎了枷锁，逃离了象征苦难的凿石场，雕凿工程就此停了下来。再用现代科学的眼光去解释当时停工的原因，可能是那些工人突然遇到了天灾，比如火山喷发，或是地震、海啸之类的自然灾害，才导致他们停工。是否真的如此，我们不得而知。也许某天，那些有着灵魂的石像会亲自告诉我们吧。

在石像附近曾经发现过刻满奇异图案的木板，这是一种奇怪的木刻图案，称为朗格朗格，意思是"会说话的木头"。木板上刻着的像鱼、像鸟又像草木和船桨的神秘图案究竟是不是文字呢？它又在告诉我们什么呢？谜底至今还没有揭开。

相传复活节岛文明毁于自身。石像的雕刻引起了环境恶化，让人触目惊心：森林枯萎，河水干涸，所有的动物和半数以上的海洋种类全都灭绝了。人们普遍处于饥饿之中,吃他们所能找到的任何东西,还包括岛上最大的动物:人。整个社会处于战乱之中。历经饥馑、战乱,岛上的人口寥寥无几,文明衰退,直到消失。

这个孤零零的东南太平洋上的小岛,尽管局限于如此之小的的地球区域,但也是一种高度发达文明之明证。神秘的石像象征着什么,是谁雕塑了它们?那些深奥晦涩的符号又要表达一种什么样的情感、思想和价值?复活岛石像之谜,越来越引起人们的兴趣和关注。

复活节岛上的石像,凝望着大海的方向,庄严肃穆,它们,在沉思着什么,又在期待着什么?也许,在它们的灵魂深处,渴望着人类来破解它们的神秘密码吧。

亚特兰蒂斯——一个魂梦缭绕的传说

亚特兰蒂斯,一个魂梦缭绕的传说,一个高度文明的国度,一个在一夜之间消失得无影无踪的帝国。几千年来,人们一直孜孜不断地寻找着它的踪迹,猜测着它的去向,总是无疾而终,失望而返。

传说,创建亚特兰蒂斯王国的是海神波塞冬。波塞冬娶了一位父母双亡的少女,并生了5对双胞胎儿子,于是波塞冬将生活的整座岛划分为10个区,分别让10个儿子来统治,并以长子为最高统治者。因为这个长子叫做"亚特莱斯",因此该国被称为"亚特兰蒂斯"王国。

安居乐业,诚实善良,生活富庶,能跟动物轻易沟通,还可利用基因工程

创生半人半兽的"卡美拉",例如美人鱼、独角兽,还可以返老还童,这一切让亚特兰蒂斯人可以无忧无虑、快快乐乐地生活在那个天堂里。然而,亚特兰蒂斯人的生活却变得越来越腐化,无休止的极尽奢华和道德沦丧,使他们不自觉地一步一步走向了毁灭。他们的行为终于激怒了众神,"强烈的地震和凶猛的洪水在一昼夜之间就将亚特兰蒂斯帝国淹没于深海之下",这是柏拉图对亚特兰蒂斯的描述。人类正是循着这条线索在孜孜不断地寻找这个失落的文明帝国。

是什么力量把这个拥有高度文明的大城市摧毁于无形,让其一夜之间就消失得无影无踪?地震、洪水泛滥,真的有此力量吗?亚特兰蒂斯真的存在吗?它到底在哪里?什么时候消失的?据说,一艘苏联探测船在古巴外海意外发现了一个自称来自亚特兰蒂斯的"人鱼宝宝"。根据他的自述,亚特兰蒂斯人由于陆沉而隐居海底,进化成有鳃和鳞的动物,平均寿命达300岁以上,亚特兰蒂斯的人口约有300万人。恐怖的是,他们也会假扮成人类混在人群中,观察人类文明的进展。也许他们在探测我们,精心策划着他们的崛起……

更神奇的说法是,"亚特兰蒂斯"可能是一艘外星人的宇宙飞船的名字,由于出现故障或其他原因被迫降落在地球上,为了修复飞船,外星人开始用先进的技术引导人类收集资源。"亚特兰蒂斯"飞船起飞离开时,由于体积太大引起了海啸和地震……伴随着海啸和地震,"亚特兰蒂斯"越飞越高,直入高空,消失在人类的视野里。

亚特兰蒂斯,失落的史前文明,谜一样的帝国,你在哪里?

太平洋"姆大陆"——消逝的超前文明

传说12000年前,浩瀚大洋中曾经存在一个古老的大陆,这里是人类文明的摇篮,勤劳的先民们在灿烂的阳光下过着自由自在的生活。

世界上一切事情皆有可能,比如深深的大洋海底,在浩渺沧海之前也许就是辽阔的桑田。英国学者詹姆斯·乔治瓦特一生致力于探寻这片神秘的大陆——

姆大陆,他花了毕生精力,集众家之长为我们讲述了12000年前先民的生活。

姆大陆上,巨大的神殿高耸入云,有7座魅力的城市,人口达6400万。这里,白种人、黑种人、黄种人平等地生活在一起,毫无贵贱之分。拉·姆,意为"太阳之母",既是姆大陆的最高统治者,也是最神圣的宗教领袖。在单一宗教的领导下,姆大陆一派祥和宁静的气氛。

姆大陆拥有高度的文明,那里的人们尤其精于航海。首都喜拉尼布拉的道路四通八达,港口船舶云集,商旅不绝。他们的船只遍布世界各地,开拓了不同的文明。最初的一支团队抵达南美洲,建立了"卡拉帝国";维吾尔族创建了从蒙古到西伯利亚的"维吾尔帝国";那卡族一路向西,在印度开创了"那卡帝国"……飞行船是他们彼此交换珍宝的交通工具。

毫无征兆的灾难毁掉了这里的繁荣,天崩地裂、海啸山呼,橘红色的火山熔浆铺天盖地,整个大地渐渐沉落,姆大陆文明就此沉寂在汹涌的大洋中。没有了母国,其他文明也逐渐消亡,只是各个大陆上偶尔可见的遗迹显示了那些文明曾经的存在。

詹姆斯·乔治瓦特笔下的"姆大陆"是真实的,却又充满了幻灭色彩。但是学院派认为,按照历史常识而言,在大洋中根本不可能存在这样一个超高文明的帝国,一切不过是作者一个天真善良的愿望而已。西藏寺庙的《拉萨纪录》、玛雅人的《特洛阿诺抄本》《德累斯顿抄本》、印度古老的"神圣兄弟那卡尔"黏土板,它们都提到了姆大陆的沉没,这是乔治瓦特最直接的证据。大洋深处距离遥远的小岛之间竟然有着相似的文明,小岛上随处可见的超前文明遗迹(巨大石像和刻画文字)也有力地支持了乔治瓦特。

地球数度沧海桑田,在浩瀚的大洋中果真存在过这样一个高度文明的姆大陆吗?不能否认的是,如果姆大陆存在,会给予世界上一半未解之谜答案。

特洛伊传奇——冤魂的呐喊

特洛伊战争,不仅摧毁了一个城堡,更是对人类文明的践踏。有多少无辜的百姓冤死在战争的刀光剑影之下;有多少百姓发出那凄厉的惨叫声,跌倒在熊熊烈火之下;有多少特洛伊的战争冤魂,千百年来不住地控诉呐喊。

一个幽灵,一个冤魂,夜夜徘徊在一个神秘地带,千百年间不曾离开,这里,曾是他的乐园,曾是他的希望,也是他的哀伤,他的葬身之地。特洛伊,这片曾经祥和太平的海岛,经过一些惨烈无比、血流成河的诡异之战后,永远地消失了。只留下那数不清的冤魂,游荡在充满神秘和传奇色彩的鬼魅孤岛之上,用那凄厉的风声呐喊、诉说着他们的冤屈。那场灭国之战,是神的意旨,还是人的祸端?悬疑重重,跌宕起伏,充满了传奇色彩。

特洛伊,这个位于爱琴海东岸,一个多山的古国,曾经是那样美丽富饶,生活在那里人民安居乐业,悠闲自得,与世无争,被认为是生活在人间天堂。特洛伊还拥有得天独厚的交通地理位置,物产丰盈的强大国力。

提到特洛伊战争,我们就会很自然地想到战争中的英雄人物、美丽的海伦、天上诸神,当然还有神奇的特洛伊木马。3000年前,遥远的特洛伊到底发生了什么?特洛伊战争究竟是一段历史,还是游吟诗人虚构的一个千年传说?打了十年的特洛伊战争,真的是由一个女人引起的吗?

如果说特洛伊战争是个神话,那么为什么会在土耳其境内发现特洛伊的遗址;如果说特洛伊战争是真实的,那么又怎么解释战争中无处不在的诸神和充满迷幻色彩的战争过程?

希腊是西方文化的摇篮,希腊的神话与传说对西方社会产生了深远的影响,其中的传说还催生了两部非常重要的史诗。这两部史诗是生活在公元前9世纪到公元前8世纪的一位游吟诗人荷马所写的,一部叫《伊利亚特》,一部叫《奥德赛》,后人统称为《荷马史诗》。这两部创作于公元前9世纪的史诗,对欧洲乃至世界都产生了深远的影响。但其久远的年代和神话的背景,又给战争罩上了虚幻的外衣,让人真假难辨。《荷马史诗》讲的都是迈锡尼时代的故事,它的很多叙述和记载也是带有传说性质的,我们很难辨清哪些是真实发生过的,而哪些是虚构想象的,真假混杂在一起,反映出了那个时代的特点——一个征战混乱的时代。

特洛伊战争前传——女神与金苹果

特洛伊城的出现本身就带着浓浓的神话色彩。传说特洛伊城是宙斯的人间后裔做了国王之后,才出现在河流与大海之间的平原上的城邦,这块平原后来被称为特洛伊平原。

希腊英雄佩利尤斯和海女神茜蒂斯举行盛大婚礼时,邀请了希腊诸神,却单单把"争吵女神"厄里斯遗漏了。心怀叵测的厄里斯怀恨在心,她来到席间,扔下一个"不和的金苹果",上面写着"给最美的女人",意在挑唆几位女神之间的关系,以达到报复特洛伊的目的。

赫拉、雅典娜和阿佛洛狄忒三位女神果然争夺起来,争持不下就去找宙斯,宙斯要她们找特洛伊王子帕里斯评判。这三位女神凭借各自的管辖范围,分别向帕里斯暗许了诺言,以收买帕里斯。在"万神之母"赫拉、"智慧女神"雅典娜、"爱情之神"阿佛洛狄忒三者之间,"爱情之神"阿佛洛狄忒的许诺正中帕里斯下怀,于是帕里斯将金苹果交给了"爱情之神"阿佛洛狄忒。赫拉与雅典娜非常愤怒,发誓要向帕里斯以及所有的特洛伊人进行报复。"爱情之神"阿佛洛狄忒为了兑现了自己的诺言——让帕里斯得到"世界上最美丽的妇人"作为妻子,引导帕里斯来到了斯巴达,让他勾引貌美绝伦的王后。于是,战争的序幕缓缓地拉开了……

特洛伊战争的导火线——帕里斯和海伦

特洛伊城国王的王后十月怀胎,临盆的头一天晚上做了一个梦,梦见她生下来一个火炬,这个火炬把整个特洛伊城烧为灰烬。第二天早上,王后果然就生下一个男孩儿,她和国王就感觉这个噩梦是个不祥之兆。他们预感到这个孩子是个祸根,很可能会给这个城市带来灾难,于是就叫仆人把这个孩子丢到山里去喂野兽。仆人动了恻隐之心,悄悄地把这个孩子交给了山上的一个牧人。在牧人的抚养下,孩子渐渐地长大了,长成了一个十分英武的少年。于是牧人就让他跟着在山上放牧,这个孩子就是帕里斯。帕里斯一来到人间,就带来了导致特洛伊城毁灭的可怕预言。帕里斯是特洛伊战争的一个很重要的祸根,他挑起的十年大战,给特洛伊带来了灭顶之灾。

帕里斯长成一个少年以后,臂力过人,参加了奥林匹克竞技,获得了锦标。后来,他回到自己出生的城邦特洛伊以后,终于被他的父亲认出来了。父亲看到这个失落了十多年的孩子现在已经长成非常有才干的青年,后悔当年把他扔掉,于是又认了他,让他做了特洛伊的王子。

阿佛洛狄忒已经得到了金苹果,为了兑现诺言,就引导着帕里斯来到了斯巴达。斯巴达的国王叫墨涅拉俄斯,他的妻子海伦是全希腊乃至全世界最美丽的女人。在阿佛洛狄忒这位女神的引导之下,帕里斯——特洛伊城的这位花花公子,趁斯巴达国王不在,诱拐了斯巴达的王后海伦,把她带回了特洛伊,顺便卷走了斯巴达许多金银财宝。

特洛伊战争——十年腥风血雨,木马玄机屠恨城

人财两失的墨涅拉俄斯怒发冲冠,就去找他的哥哥——希腊势力最强大的迈锡尼城邦的国王阿伽门农,要哥哥帮他报仇雪耻。在阿伽门农的召集之下,希腊的各个城邦都派出了军队,组成了希腊联军。阿伽门农率领这支大军扬帆远征,浩浩荡荡地渡过爱琴海,杀到特洛伊。

特洛伊之战就此拉开了帷幕。尽管每个参战国的战争使命不同,战争目的各异,希腊联军,还是不远千里来讨伐特洛伊。战争,可以为私欲而战,可以为

权力而战,可以为尊严而战,可以为名誉而战;而特洛伊人,却选择为了爱情而战。因为权力,千万人赴汤蹈火,战死沙场;因为尊严,千万人丧失理智,疯狂厮杀;因为爱,一个国家就要被灭亡,生灵涂炭,冤魂遍野。这场持续了10年的恐怖战争,这场权力与爱情的争斗,断送了多少英雄的鲜血,又断送了多少无辜生命。对卷入战争的每个人来说,这一切都是灾难,因为战争,从来都是毁灭,毁灭……

在特洛伊英雄赫克托尔死了以后,希腊联军继续攻打特洛伊城。但是特洛伊的城墙非常坚固,特洛伊人闭城不出,希腊联军根本攻不下。后来,希腊最智慧的英雄奥德修斯想了一个"木马计"。希腊人做了一匹很大的木马,把木马里边镂空了,把希腊的一些勇士藏在木马肚子里头,然后他们假装败退,把那匹木马遗弃在海滩上。特洛伊人一看希腊人撤退了,就打开城门,把木马当成战利品,拖回了特洛伊城里边。夜深人静时,藏在木马肚子里的希腊勇士们跳出木马,把城门打开,与希腊联军里应外合。蓄势待发的希腊联军如潮水般涌入特洛伊城。特洛伊人根本来不及披挂上阵,城内一片混乱。希腊联军烧杀掳掠,如入无人之境,最后把特洛伊城烧成一片灰烬,这果真应验了特洛伊的王后做的那个噩梦——王子帕里斯就是那个把特洛伊城烧成灰烬的大火炬。

"木马计"让这场延续了10年的战争有了最终的了断。凭借着"木马",希腊军队攻入了久攻不下的特洛伊城,开始了惨绝人寰、泯灭人性的大屠杀。剑戟之声、哭声、呼喊声,刀光剑影中溅射着鲜血;浓烟滚滚,吞噬着手无寸铁的人民,城内到处弥漫着骇人的焚尸味;冲天的火焰疯狂地吞没着整座特洛伊城,巨柱纷纷倒塌;鲜血浸透了屠城者的盔甲,那些屠城者疯狂地叫嚣着"燃烧吧,燃烧吧,把这里的一切烧光……"

美丽富饶的特洛伊城堡被洗劫一空,焚烧殆尽。小王子帕里斯在战斗中丧生,海伦被抢走,无数的战士丧生在刀光火影下。战争结束后,幸存的青年男子被杀,妇女儿童沦为俘虏,昔日繁华的城堡仅剩下残垣断壁,成为一片废墟。

特洛伊废墟见证历史

特洛伊战争听起来就是一个不折不扣的神话传说,从"争吵女神"的"金苹果",到战争的导火索帕里斯和海伦;从英雄人物阿喀琉斯,到神奇的特洛伊木马,所有的这一切都带着神话色彩。难道特洛伊战争真的仅仅只是一个传说,还是它曾经在历史上真的上演?

公元1870年,有个探险家在今天土耳其的一座小山中挖掘出了一层层堆叠的废墟,据考证,其中第七层正是神话中记载的特洛伊城的遗址。由此看来,带有神话色彩的特洛伊战争也不仅仅只是一个神话。

由特洛伊战争催生的两部巨著《伊里亚特》和《奥德赛》,不仅是文学精品,更是宝贵的历史资料。在公元前5世纪到公元前4世纪中叶,人们对《荷马史诗》深信不疑,认为那些故事都是在历史上真实发生过的。而后来的罗马人对《荷马史诗》的真实性也没有怀疑,他们称特洛伊城为"伊尔昂",并在小亚细亚北部兴建了一座名叫新伊尔昂的城市。但是,从18世纪开始,人们对特洛伊战争的真实性产生了怀疑,有些人甚至怀疑盲诗人荷马的存在。特洛伊战争也被看成是神话和传奇。

19世纪中叶以来,伴随着考古工作的深入,人们对特洛伊战争也有了新的认识。

考古学家们开始了对特洛伊城遗址的发掘工作。根据对古迹的鉴定,考古学家们得出了一个结论:特洛伊城大约是在公元前1180年被摧毁的。他们还在城中的废墟中发现了大量的证据,如火灾残迹、骨骼以及大量的投石器弹丸。考古学家认为,荷马之所以把特洛伊战争描绘得如此绚烂,充满诗意,是因为他认为听众们一定知道特洛伊战争。荷马和那些向荷马提供资料的人,应该在公元前8世纪见过特洛伊城以及那片废墟,这个时期也是大多数学者所认可的《荷马史诗》的形成年代。

如今,大多数学者已经达成共识:特洛伊城不是希腊神话中的一座城市,它是一座确实存在过、现在已经成为一片废墟的"失落之城"。特洛伊城曾经有过辉煌的历史,它也曾经数次被卷入过战争。这代代相传的战争故事为荷马的创作提供了素材。

但是,我们依然不能确定《荷马史诗》中那一场惊心动魄、历时十多年的战争是否曾经上演。3000年过去了,爱琴海的涛声淹没了远去的厮杀和呐喊,只有特洛伊的废墟还在向我们诉说着这里曾经发生过的一切,它还在等待着后人去继续探究。

楼兰古国——永远的西域佳人

楼兰古国,像一位阅尽人间世事的老者,淡定从容;又像一位不谙世事的少女,简单纯情。

西域有佳人,绝世而独立。一曲《楼兰姑娘》,浓郁的西域风情款款而来,拨动了我们纯真的情怀。那片沙漠中的残垣断壁间,是否有人在那里永恒地等待她啊?

楼兰,曾经是交通要道,是来来往往的驼队承载希望的地方。罗布泊荡涤的空气清新醉人,胡杨林里鸟鸣阵阵,轻纱薄面的姑娘婀娜多姿。公元2~5世纪间,"楼兰"二字是丝绸之路必不可少的信号,它的频频出现诠释着东西方文明的交汇。但是公元5世纪之后,"楼兰"二字莫名从史籍中消失了,甚至有关它的只言片语都未出现。楼兰,一个充满风情的地方就这么消失了?

1274年,意大利人马可波罗重走丝绸之路,本以为能与美丽的楼兰姑娘奇妙相逢,却失望而归。直到20世纪初,瑞典探险家斯文·赫定寻找移动的罗布泊时,在遮天蔽日的风沙中隐约看见了城墙、街道、烽火台。斯文·赫定就这样又一次进入了"中国

秘密",找到了消失千年的楼兰古国。滚滚黄沙,坍塌的墙垣形影相吊,凌乱的建筑诉说着历史的沧桑。趋之若鹜的各国探险家被这里的美貌与厚重征服,因为这座城内每个角落都散发着别样的味道。斑驳的墙体丝毫无损它的绝世气质。

3800年前的楼兰美女木乃伊诠释着纯粹的楼兰气质。这具女尸面容清晰,仍具肉感,她身着羊皮、脚蹬皮靴,尽管布满了岁月的痕迹,仍然无法掩饰其俊美的面容,尤其她那浓重的忧郁,令人动容。

楼兰城内散落的陶瓷碎片仿佛在提醒着什么。是因为水源的缺失,城池才被废弃?在哪个驼铃阵阵的年代,水源虽然很重要,但却并不足够决定一座城市的废弃。战争,是争权夺利的战争吗?这里确实是兵家必争之地,既然这里如此重要,更不可能被废弃。究竟是什么原因让曾经繁华的楼兰成为过眼云烟,一片绿洲被埋于黄沙之下?

对楼兰的挖掘还没有完全结束,太多的疑问纠缠在一起。楼兰,越是接近它,越是令人心碎的神秘,也许满目黄沙的它并不想让人们打扰它的清净。

古格王城——湮没于高原上的文明

这个国家于一场战争后神秘消失,十万之众就此湮没在历史的遗迹中;这个国家存在之时,曾铸造出令无数人着迷的"古格银眼";在它消失后,一座无头干尸洞引得世人对其覆灭后的历史产生遐想,这个国家就是建立于地球上离大海最远地方

的古格王城。

与世界上其他诸多神秘消失王国不同的是,到现在,你还可以准确地知道古格王城的具体位置,这座王城的遗址就在距离西藏阿里的札达县城3~4千米处,位于象泉河南岸的泽布兰村附近的一座黄土山上。

在17世纪初,与古格同宗的西部邻族拉达克人发动了入侵战争,最后拉达克人用卑鄙的手法征服了古格王国。但让人感到奇怪的是,一个有着700多年历史和10多万人口的国家,在这次被征服后,就突然消失得无影无踪。

单纯的一场战争是无法消灭10万之众的,这10万之众的下落也就此成谜。古格王城的居民去了何方?如果古格王国还有后裔,那他们又在哪里?这些都是吸引考古学家去进行解答的未解之谜。

从现存的古格王城遗址看,古格王城依山而建,在遗址东北侧,屹立着3座10米高的佛塔,这也是佛教对古格王城影响的见证;山坡上,蜂房似的密布着800多孔洞窟;中间有数幢红墙白壁的建筑,还有完好无损的庙宇。古格王城的住房有严格的等级制度:山下是奴隶居住的地方,山坡上是达官贵人的住所,有的洞窟则是僧侣的修行地。古格王城的王宫坐落于山的最高处,只有一条小路能从山下通向皇宫。就因为这一个易守难攻的地形,也引出了古格王城灭亡时的凄美故事。

据记载,1630年,古格王城因为王权的斗争而爆发了内乱,恰在此时,与古格同宗的西部邻族拉达克人发动了入侵战争,但拉达克人却久攻古格都城不下,在这种情况下,拉达克人将俘虏的古格臣民驱赶到前沿阵地,命令他们从山脚下往山顶修筑一道高大的石墙。

看到臣民在烈日下因修建石墙而死,古格国的国王决定接受拉达克人的条件,降王为臣,以保全古格民众的性命。就是在这场战争后,古格王城就此沉沦,他的人民也不再见诸于任何史料记载之中,唯一留下的就是在遗址中被发现的无头干尸洞。

在300多年后的今天,让所有到此参观的人感到吃惊的是,经历了3个多世纪的变迁后,古格王城遗址中的壁画仍然保存完好,好像昨天才刚刚制作完成。在300多年的时间里,人类几乎不知其存在,没有人类活动去破坏那里的建筑和街道,修正它的文字和宗教,到现在,漫步在古城遗址中,还不时可以见到深深滴嵌入土山中的铠甲片和铁箭镞。

这座古城究竟有什么样的秘密？在古格王城的遗址中还发现了大量的藤制盾牌和藤制箭杆,但这一地区是一片荒漠,根本没有滕树,据此也有人说古格是西藏高原上的农业国,如果此言属实,那么这一地区的地理面貌在这300多年里就发生了惊天的变化。究竟是人造就了古格王城,还是古格王城造就了生活在这里的人？这都有待于历史学家的进一步考证、发现。

特奥蒂瓦坎——诸神的"太阳系"

特奥蒂瓦坎——"创造太阳和月亮"的诸神之城,彰显了古人超人的智慧。据考证,特奥蒂瓦坎城全盛时期时,有居民近20万人,当阿兹特克人驰骋在美洲大地时,特奥蒂瓦坎城已成为一片废墟,寂静广阔的广场上空无一人,生活在那里的人们悄无声息地蒸发了。于是特奥蒂瓦坎城被阿兹特克人称为"黄泉大道"。

太阳金字塔当属城中最大的建筑,深褐色的巨石逐层垒叠,散发着冷峻的光芒。公元2世纪,文明滥觞,特奥蒂瓦坎人并未掌握铁质工具,他们如何将取自远方的巨石雕琢,至今还是个谜。

宗教仪式是虔诚的表现。每逢祭祀,牺牲石上捆绑着祭祀用的活人,祭司立于塔顶之上,头戴石头雕刻的面具,一番舞蹈之后,对活人剖胸取心,献给诸神。祭祀结束,尸体立马在"黄泉大道"上被火化。

特奥蒂瓦坎没有土葬的习惯,所有的尸体都放于大道之上公然火化。这是一种神秘的宗教,仅存的遗迹星星点点昭示着宗教仪式的严谨和血腥。

墨西哥人一直醉心于研究特奥蒂瓦坎城与"星外智慧"之间的关系。也确实如此,太多疑点指向了太空深处。特奥蒂瓦坎城的诸神陵墓和庙宇之间的距离恰如其分地诠释了太阳系行星轨迹,甚至于火星和木星间的小行星带都不差毫厘。太阳和地球、太阳和水星……每个单位都精准无误。"黄泉大道"尽头为月亮金字塔中心,测量数据显示这是天王星的轨道数据。而再将"黄泉大道"延长,一座神庙和神塔的距离正是海王星的轨道数据。

难道有什么神秘力量点拨着特奥蒂瓦坎城的建设者?除了"星外智慧",好像别无他解。有人说特奥蒂瓦坎人是来自天外的智者,风雨之后又回到了浩瀚星空。

特奥蒂瓦坎城最终被遗弃了,杂草凌乱的废墟却依然让人着迷,斑驳的金字塔墙壁上青苔围绕,来自远古的风声传递着无解的密码。

面对层层迷雾,我们也只能说特奥蒂瓦坎城自己建造了自己。

第四章

奇 观 之 旅

——最不可思议的地质奇观

对探险者来说，最好的探险之地莫过于那些地质奇观了。因为只有陡峭的山峰、幽深的峡谷、湍急的河流，这些最原始的地质奇观才能够挑逗极限探险者的神经，也才能够激起极限探险者的激情。

骷髅海岸——地狱一角

瑞典生物学家安迪生在1859年走进骷髅海岸，立刻大喊："我宁愿死也不要流落在这样的地方。"这里，折断的船体是它唯一的伴侣；沿岸荒漠，一轮明月投下阴森诡异的倒影，曾有的希望在海与风的咆哮声中愈发虚幻；这里有海市蜃楼，但是却不该有幻想。

骷髅海岸位于纳米布沙漠和大西洋冰冷水域之间。纳米布沙漠是世界上最为干旱的沙漠之一，烈日每日煎烤着这里的每一寸土地。近500千米的海岸异常的荒凉，本应美丽的金色沙丘上布满了褶皱，那些斑驳的痕迹让我们想到是一位哭泣的老人站在那里。这里，阴森的气息令人不寒而栗。沙丘之间海市蜃楼闪闪发光，亦真亦幻，那是骷髅海岸最美的时光，也是对生命的最大讽刺——一边给人生的渴望，一边夺取人的生命。

滔天的大浪泛着白色的泡沫猛烈地拍打着海岸沙滩，夹杂着无数碎小石砾一遍遍洗刷着沙滩。无边无际的海风不停地呼啸而过。当地的土著猎人称这种来自海上的风为"苏乌帕瓦"，这是一种不祥的风。风来时，海岸上的沙丘迅速向下坍塌，无数沙砾间因为摩擦发出巨大的咆哮声，那轰隆隆的声音就像来自地狱的吼声，也许，这就是来自地狱的挽歌吧。骷髅海岸上遍布各种飞机残骸，因失事而破裂的船只残骸，它们至今依然杂乱无章地散落在骷髅海岸上，没有人敢前往为它们收拾残局。骷髅海岸处处杀机重重，八级台风、交错的水流、来去无常的海雾、莫名出没的暗礁，众多船只无故在此沉

没。但是仅凭这些还不能将这里称之为骷髅海岸。人类的骸骨、零落的飞机碎片,骷髅海岸为何频频杀人于无形中?这里一定有一些不为人所知道的事情。无数个案例证明了骷髅海岸有很多原因不明的风险。

1933年,瑞士飞行员诺尔从开普敦飞往伦敦,他所驾驶的飞机莫名失事坠落在此,而诺尔的骸骨至今下落不明,骷髅海岸因此得名。记者随后纷纭而至,都无功而返,徒增了骷髅海岸的名气。

艾尔湖——无水盐湖

艾尔湖完全被水充满的概率平均每100年只有两次,更多的时候,艾尔湖只能空守着它龟裂的盐壳,缅怀曾经丰盈的岁月。

说它是湖,也许有些牵强,更多的时间,艾尔湖湖底没有波光粼粼,只有一层厚厚的盐壳闪闪发光。但一旦里边注满了湖水,它便会成为澳大利亚最大的湖泊。

艾尔湖湖面比海平面要低16米,整个地区的年降水量不足127毫米,而强烈阳光下水分的蒸发量却是降水量的20倍。

这般糟糕的干旱气候决定了艾尔湖的偶尔丰盈、时常贫瘠。干涸是它更为常见的命运,湖床上积聚的盐壳厚达40厘米。那些盐壳坚硬,足够用来赛车。曾有人在这里的盐层上创造了一项世界地面车速记录,最高时速达715千米。随着水源注入,艾尔湖的面积时大时小,极不稳定,让人觉得扑朔迷离,它可以在0~9500平方千米这两个极端的数字间上下游移。

卡尔斯巴德洞窟——暗战蝙蝠

回望一下明媚的阳光,留恋下美好的人间景象,卡尔斯巴德洞窟里满天飞卷的蝙蝠是黑暗的使者,是勇气的宿敌。在深不可测、高不可攀的洞窟内一路蜿蜒而下,在黑暗中与蝙蝠共舞,挑战的激情与未知的恐惧都达到了极致。迄今所探测,卡尔斯巴德洞窟最深处达305米,最大洞窟堪比14个足球场。洞穴上下3层,一气贯通,其气势令人悚然,它完整而真实地展现着海陆变迁。

卡尔斯巴德洞窟位于美国佩科斯河西岸,地处北纬32°,西经104°,是由目前被发现的81个洞窟组成的喀斯特地形网,1995年被列入《世界遗产名录》。

卡尔斯巴德洞窟形成于2.8亿~2.25亿年前的二叠纪,面积189平方千米。洞窟共分3层:瓜达卢佩山体内地上330米处一层,山体内地上250米处一层和地下200多米处一层。这里的奇异洞穴景色与钟乳石共同构成了一个多姿多彩的地下世界。

炫目的钟乳石、精致的石炭帷幕、华丽的洞穴珍珠,卡尔斯巴德洞窟像一座豪华的宫殿,孤独而雄伟的屹立在黑暗之中。1200米长的巨石洞窟,高达85米,宽度近188米,周遭钟乳石幔顺势垂下,一道道光线下,黄色、粉色、蓝色摇曳生艳。一根直径6米的石柱凌空拔起,就像祭祀的高台。偶有的微生物在黑暗中绽放着残留的光芒,星星点点间,给人希望,又令人畏惧。对这里的

生物，我们只能见其光而不知其形，它们会吃掉一切接近它们的生命。对这里的居民，我们所知更少。洞壁原始的岩画线条简单而粗犷。黄昏时分，百万只蝙蝠从阴暗冰冷的洞窟中倾巢而动，在满天黄沙的天底下遮天蔽日地呼啸而过，遮天盖地，场面之大，令人瞠目结舌。

卡尔斯巴德洞窟最深处，除了蝙蝠外还未有人类的足迹。关于卡尔斯巴德洞窟的影片恐怖而悬疑，绝美的钟乳石并不能掩盖卡尔斯巴德洞窟内那些未知的危险。

艾伯塔恐龙公园——探求神秘的恐龙身世

一个称霸地球又惨遭灭绝的神秘物种，一种混沌迷茫又充满狂热的远古探索。艾伯塔恐龙的身世之谜，充满了疑惑，让人猜测，引人入胜。让我们走进那远古时代，探求神秘的恐龙身世之谜。

恐龙，一个6500万年前突然灭绝的物种，一个迷失在远古尘埃后面的千古之谜。地球，曾一度是它们的乐园，海、陆、空都是它们的领地，其他一切动物对它们都只能望而却步。然而，辉煌如过眼烟云，转瞬即逝，瞬间它们竟从历史上消失得无影无踪。"地球霸主"为何神奇灭绝？是地球的突然变冷，使它们耐不住寒冷，还是行星的撞击破坏了它们的食物链？迷雾团团，神秘疑惑。只有那些千奇百怪的恐龙化石，向人类证明了它们曾经存在过，来到过这个神秘世界。

艾伯塔恐龙公园位于加拿大艾伯塔省西南角、布鲁克斯四周的红鹿河岸，占地5965公顷，因数量丰富、种类繁多、保存完好的恐龙化石闻名遐迩。

这里地带狭长，地形奇特，丘岗遍布，沟壑纵横交错，形成石柱、山峰和重重叠叠的彩色岩层；这里平原、森林、灌木和沼泽混杂交错，河流曲折蜿蜒，草木繁茂浓密，飞禽走兽竞相攀援奔跑；这里曾是"地球霸主"恐龙的快乐天堂、梦幻摇篮。6500万年前，它们自由自在地生活在这里的陆地或沼泽附近，当它们死去时，其骨骼被新的层层泥沙掩埋。随着时间的推移，那些骨骼形成了化石，经过更长时间的演化，新的沉积盖住那些化石并把它们保存起来。

漫漫岁月，时光悠悠，在历史的长廊里，谁也逃脱不了生死轮回。生命的产生与终结，是造物主的刻意安排。也许生命消逝，一丝痕迹也不曾遗留，让我们无从知晓它们过去的对白；也许生命只留下支离破碎的线索，让人类不断去探索、发现。恐龙，这个曾不可一世的神秘物种，激起了人们狂热的探索欲，唤起了人们追寻远古世界的热情。

一块神秘之石引发的假说精彩玄妙，令人匪夷所思：2.5亿年前，小行星撞击地球后，火山喷发，全球变暖，细菌滋生，剧毒肆虐，海洋生物首当其冲，遭受灭顶之灾；毒雾弥漫整个陆地，其所经之处，哀鸿遍野，尸骨无存，草木皆枯……灾难几乎摧毁了整个地球。死亡，成了这个时期的代名词。漫长的岁月里，世界一片荒芜，到处蔓延着毒气。为生存而变异，成了幸存者的主题。生与死的选择，开启了新的时代。

恐龙，开始主宰着地球，它们横行霸道，耀武扬威。号称"骨骼破碎机"的霸王龙，"同类嗜食者"的玛君龙，"眉骨砸平机"的震龙，"邪恶弯刀杀手"的诺弗勒恶龙……让人毛骨悚然。华阳龙，性情温和，然攻击敌人时则凶猛无比，它长钉般棘刺的尾巴会在敌人身上戳出一个个大窟窿。艾伯特龙，凭借箭一般的速度、血盆大口和尖牙利齿，让其他动物闻风丧胆。这些恐龙，或高大或矮小，或奔跑或飞翔，或温顺或凶恶，或食草或食肉，它们形态各异，秉性各异，充满了神奇与灵异色彩。

辉煌总是转瞬即逝。明媚的阳光洒满了大地，微风徐徐吹来，天空蔚蓝无比，成千上万的恐龙在它们的领域内休闲嬉戏，谁也不曾料到灾难在悄悄地降临。神秘的行星，既成就了曾经横行一时的"地球霸主"，也促使其走向灭亡。这次,不安分的行星又一次撞击了恐龙生活的地球,只不过,这次,恐龙不再是幸运儿。

我们是否可以这样假设一下:当小行星再次撞击地球时,我们人类的世界将会怎样?人类的命运又将如何?当年由于小行星的撞击,曾经的地球主人灭亡了。那么,会不会有一天,人类也会像恐龙一样,彻底从这个蓝色的星球上消失?

艾伯塔恐龙的身世之谜,引人深思。这个曾经的"地球霸主",并不因其灭绝而被人们所遗忘。探求恐龙之谜,充满了神秘与奇异。

塞布尔岛——沉船墓地

大西洋中,有一个小小的岛屿——塞布尔岛,被世人称作"沉船墓地",因为那些经过此地的船只,凡触及岛屿周围浅滩的船只均神秘沉没,难寻踪迹。船只的沉没原因成为未解之谜,令人们困惑不已。

泰坦尼克号的沉没,千人死亡的惨状令多少人扼腕叹息。借助影视的推动力,对沉船的考察和研究一时令探险家们兴趣盎然。一艘船只的沉没莫过于自身和外界两方面的原因。可是,你有没有想过,经过一个小岛的周围,也会存在着沉船的危险呢?

世界上还真有这样的地方存在,加拿大新斯科舍半岛东南部的大西洋中,有一个塞布尔岛令无数过往的船只胆战心惊。一组数据显示,在此岛周围大约有500余艘船只沉没,先后有5000余人丧生。最令人不可思议的地方是，船只一旦沉没，便杳无踪迹，无论搜救人员怎么搜索，都找不到丝毫蛛丝马迹。

针对这个诡异的现象，科学家进行了研究，他们惊奇地发现：塞布尔岛竟然会移动！塞布尔岛能被移动的原因之一是，塞布尔岛的面积比较狭小，东西长约40千米，南北宽约1.6千米，总面积仅有80平方千米，如此狭窄的区域作为一个整体，活动起来很是便捷。在200余年的时间里，小岛竟然向东"滑行"了近20千米，平均每年移动百米左右。

塞布尔岛周围遍布细沙浅滩，只有4米左右深的水量。那些船只沉没前的共同遭遇是经过这里时搁浅，进而动弹不得，如人落入沼泽地般，只能随着松软的流沙渐渐下沉，直至沉没。有人曾偶然目睹几艘排水量达千吨、长度近百米的轮船误入浅滩后再也出不来，只能任由流沙埋没。

为探寻船只沉没之谜，科学家们进行了不遗余力的研究，却一直没有得出确切的结论。因为还是有些现象无法解释：对这样一个可以变换位置的小岛和周围大面积的浅滩，过往的船只应该能尽早观察到而避开，为什么却自投罗网呢？是船只赶不上岛屿移动的速度？还是流沙具有粘连船只的属性？抑或是某种神秘力量将船只吸入沙中？没有人知道其中的缘故，或许只有那些逝去的灵魂明白其中的奥秘，而沉船发生后无人生还的现实，也使谜底永远地埋葬在历史的尘埃中。

乐业天坑群——时光倒流的地方

倘若有时光穿梭机，我们就可以回到过去任何想去的时代，可惜这只是人们美好的想象，空余慨叹在心中。但是有一个地方，却能够提供给你最古老的景观和百万年前的动物化石，这里就是大约形成于三、四百万年前新生代第四纪的乐业天坑群。

乐业天坑群位于中国广西百色地区乐业县，于1988年被国土资源部的工

作人员发现。此后的几十年间,随着天坑群被开发为旅游景点,前来探险、游览的人络绎不绝,成为当地的一大胜景。

天坑群由众多的独立天坑相连组成,占地约20平方千米。从高空俯瞰,天坑似在崇山峻岭中被鬼斧神工般凿出的一口竖井,四周环绕着悬崖峭壁,光秃秃的无法攀援,颇有"千山鸟飞绝,万径人踪灭"的派头。远观的惊人图景令人心中不禁感叹造物主的神奇,怎样的力量才能成就如此的绝境?带着这个疑问,跟随科考探险队员的脚步和他们披露的信息,人们对它的了解逐渐清晰。

天坑底部的景色别具风情,在光照不够充足的情况下,大片的原始森林生长繁茂,树木粗壮、高耸,一看便知年代久远;密密匝匝的灌木丛穿插其间,人们行走都无从下脚;森林下方的土地上覆盖了一层厚厚的苔藓,人踩上去,如踩上地毯般光滑舒适;幽暗的河水舒缓地流动着,用自己的语言窃窃私语着。

由于天坑地势环境的极端恶劣,人类的触角还未伸向那里,它才能保持其独具特色的原汁原味。行走在森林中,无数意想不到的新发现令科学家们惊异万分:与恐龙同时代生长的国家一级保护植物桫椤、蓝色的石头、方形的竹子,被认为绝迹的古生物洞螈、盲鱼、水生无脊椎动物、白色毛头鹰、无名虾、中华溪蟹、幽灵蜘蛛等。这里的动植物种群的种类之繁多、数量之庞大,令科学家们心中窃喜,也为勇于创新的他们开辟了一展身手的机会和场所。而科学家们的几次考察只是管中窥豹,只见一斑,相信这里还有很多未知的秘密等待人们去探索。

对天坑形成的原因,众说纷纭。有人认为是外星人到地球一游后留下的痕迹,所以才显得如此古怪和难以勘察。科学家对此辟谣:天坑的形成不是什么天外来客的杰作,而是由于乐业县特殊的石灰岩地质所致。石灰岩具有可溶于水的特性,在雨量充沛的情况下,落在石灰岩表面上的雨水裹挟着溶解的石灰岩顺着地缝向下流动,汇入暗河,由于扩大了溶蚀的范围,日积月累,造成了大面积的地下空洞,最终导致地表下陷坍塌,才形成了天坑的奇特景观。

天坑底部的风貌独特,带给人无限的遐想空间。天坑底部的原始森林面积为9.6平方米,旁边峭壁上若隐若现的中国地图的面积也是9600平方米,这些数据和中国国土面积数目的吻合现象令人费解;流经天坑的两条暗河为何具有一冷一热的相异现象,科学家们也无法解释清楚,唯有期待更进一步的考察与探究。

天坑的神秘莫测,吸引了众多中外科考探险队员前来探访。新奇与刺激并存,也夹杂着心酸的悲情故事。1999年的一次考察活动中,探险队员们在经过一条浅水且不宽的暗河时,武警少尉覃礼在搀扶众人涉水渡过河后,突然落水,刹那间便不见了踪影。搜救工作持续了一个多星期后无功而返。令人困惑的是:走过如此浅近的河流,中老年人尚且绰绰有余,年仅25岁的武警战士为何会失足落水?失足落水后为何会不见踪影?难道河流的流速足以在一瞬间将人带离原址?时隔一年之后,一对美国探险专家夫妇发现了覃礼的遗骸。于是乎,天坑吞噬人的传闻愈加给这里平添了一层神奇而不可捉摸的色彩。

在世事变幻剧烈,万物皆非昨日的外部环境中,乐业天坑群还保留着一些百万年前的原貌特征,我们可以借此了解到自然界的过去,人类进化的轨迹,这令人欣喜不已。若非外力作用,乐业天坑群的状态将依旧如故——在无人打扰的秘境里我行我素地生活、繁衍,直到永远……

巨人之路——混沌之初的残片

有人说英国北部爱尔兰海岸的巨人之路是大自然鬼斧神工最好的证明,千万年的冰与火雕塑出了它的神奇。6000万年前,地壳剧烈运动,频繁的火山喷发溢出大量的玄武熔岩,灼热的熔岩将美丽的海滩覆盖,在与海水的亲近中

[我用眼睛去旅行]

凝固成规则的六边形棱柱状体。太阳、海风、水流……诸多的巧合经历了沧桑岁月才有了如今的巨人之路。

巨人之路并不平整，直立的峭壁平均高度可达100米，有些诡异，有些凶险。这片漫长的海滩布满了规则的玄武岩六边形棱柱状体，大约有38000余根，绵延千米而井然有序，就像一条人工开凿的堤道，气势磅礴。巨人之路千万年矗立在海水与海风中，任凭它们任意雕刻。每根石柱的条理不尽相同，向人们展示着亿万年岁月的痕迹。乍然一看，石柱大小均匀，极为美轮美奂。但仔细观察，柱体也有高低错落，整齐中藏着无穷变化，自然之趣盎然。有的石柱高耸入云，就像皇宫高高的"烟囱"；有的石柱粗粗胖胖，简直就是富人家的大酒缸；有的石柱道道节理紧凑，像极了夫人们手中的扇子……

传说巨人芬·麦克库尔爱上了远在苏格兰的姑娘，为了迎娶自己的心上人，他费尽千辛万苦在大西洋中修建了一条连接两岸的堤路，千丈悬崖抵挡不住他前进的脚步，海风中新娘款款走来，巨人之路就是他们爱情的见证。关于巨人之路的传说众多，独独这个传说流传最广，原始粗犷的岩柱、浪漫的爱情故事，别样的搭配也很有韵味。

走在巨人之路上，近可观峭壁上镶嵌的根根柱体，远可眺沿岸壮阔的层层海涛，长达8千米的岩柱泛着赭褐色的光芒，从峭壁直直地插入大西洋深蓝色海水中，汹涌的海浪肆无忌惮地拍打着岩柱，满天的白色泡沫转瞬即逝，湿漉漉的岩柱间充斥着浓烈的远古洪荒气息。

关于巨人之路的争论近几年成为苏格兰和北爱尔兰的热点，掺杂了民族感情的奇迹并不少见，但让人如此伤痛的唯有巨人之路。所有来到巨人之路的人都会深切感受到北爱尔兰和苏格兰的情缘，如果不是这段海峡，曾经的至亲怎么会隔海相望？猎猎风声贯穿石柱，大浪淘沙，淘尽古事今悲。曾经有人建议摧毁巨人之路,因为它总是让人伤怀,其实大可不必,人间世事皆有因,岂干他物?

据一些学者考证,因为水流的侵蚀、海风的风化,巨人之路越加瘦削。也许再过上几百年,巨人之路就会淹没在冰冷的海水中,消逝在潮湿的海风中。而那时我们来这里要看什么?当我们为此苦恼不已时,又有学者声称巨人之路并不会消失,因为它本来就不是自然所为。此言一出,举世哗然。巨人之路不是冰与火的产物,那会是什么?至今没有人找到过巨人之路的根底,它好像无根之木般令人敬畏。它的根在哪里,难道穿透了地球去了另一个世界?自然之力好像并未有如此神功。那么它是史前遗迹抑或外星基地?这两种说法都存在。认为史前遗迹的学者找到了苏格兰巨石、卡纳克石柱作证,它们虽不是同一时期产物,但却有相同之处。认为外星基地的学者找到了天象图,浩瀚的大西洋一定有我们所不知的神秘,因为它的意义不仅仅只是地球的,由此推论,巨人之路也许就是大西洋和外星人联络的基地或者某种指示。这两种说法都有不少追随者,但不得不承认它们都缺少拿得出的证据。

与其他石柱群相比,巨人之路好像更为简单,更为纯粹,也许就因为它的简单或者纯粹,让我们忽略了去探究它的真实。巨人之路于我们而言,依然神秘。

"当世界从混沌初开中形成它现在的模样时,不经意中在此遗漏了一小块残片,这也许便是混沌时代的最后一块残片",19世纪的某一天,萨克雷站在巨人之路的岩柱脚下喃喃自语道。

土耳其地下城——与信仰同在

海拔千米之上的卡帕多细亚高原荒凉又诡异,巨大的火山岩被切削成几百座如金字塔般的尖岩,放眼望去,悬崖、碎石、沟壑遍地,裸露的岩石上寸草不生。但是在此,偏偏有成百上千座古老的岩穴教堂和不计其数的洞穴住房隐于地下。

[我用眼睛去旅行]

1963年,地下城池,这个好像只有科幻小说中才有的事情在这里成为现实,而且不止一处。10年间,一共有63处地下城镇被挖掘,据说还有更多的未知城池沉睡于地下。每个地下城池的规模大小不一,有的只能居住几十人,而有的可容纳上万人。目前所发现的最大的地下城池共有1200间石头房子,1.5万人能生活其中。通过一个像井一样的入口便可以进入其中,上下8层的架构复杂而巧妙,走廊迂回曲折,只能弯腰行走,用"蚂蚁窝"来形容此处很是贴切。

随着发掘的进展,人们惊奇地发现所有地下城之间都能通过地道连接起来,最长的隧道长近9000米。这些古老的城市层层叠叠,深达数十米,里面纵横交错,四通八达。在这里生活是毫无问题的,因为地下城池具备了一个城市所有的要素,居室、酒坊、牲畜圈、仓库、礼拜堂、水井、墓地,石梯是交通工具,通话孔是联络工具,圆形石门是防御设施,城市中心的通风口密如织网。穿梭攀爬在地下迷宫般的城池中,每一个转身便是一个收获,总有更幽深、更神秘的洞穴出现,当然迷路也是正常的。

如迷宫般的恢弘地下城市群是何人何时兴建的,为何又被遗弃呢?为什么要修建如此庞大的地下城池呢,为了防御还是出于某种信仰?

有人认为这是上帝信徒的避难所,躲避"圣像迫害运动"的基督徒在修建岩穴教堂的同时修建了规模庞大的地下城,以备东山再起。这一观点得到了大多数人的赞同。这些外表粗陋的岩穴教堂里面别有洞天,精美的圣画、优雅的穹顶、精雕细琢的圆柱、华丽的拱形门、虔诚的十字架……基督教的痕迹无处不在。这群坚守自己信仰的人在这片不毛之地上过着与世隔绝的生活,尽管暗无天日,尽管环境恶劣,他们依然虔诚地祈祷着。据记载,公元6世纪,这里的教徒已达6万人。岩穴教堂、地下城池,如此相似的建筑很有可能出自同一群人之手。

94

但是，有人坚信地下城池的建筑年代远比这些基督教建筑要早得多。早在公元前，土耳其就成为各民族文化的交融地，赫梯、高卢、希腊、马其顿、罗马、帕提亚和蒙古人都在此安营扎寨过，地下城池未必不是其中哪个民族为了军事目的而修筑的。不得不承认，此说也有道理。

当然也有人举出具体的史实加以考证。史实之一是，据记载，在基督教早期，这一新生宗教的信徒为了寻找避难之地来到了此地，最早的一批大约在2世纪或3世纪的时候到来，以后一直延续到拜占庭时期，也就是阿拉伯军队攻打坚固的君士坦丁堡(即今伊斯坦布尔)的时候。然而考古学家发现，这些基督教信徒并不是城池真正的建造者，因为在他们到来之前地下城池就已存在。

有人说这一带的地基是由凝灰岩构成的，而它的附近就是火山群。只要有黑曜岩，即火石，地基就十分容易被凿空，而火石在这一地区十分容易找到。也许人们就是这样掏空地基的。但是地下城池里大多是超过13层的立体建筑，难道那时的人可以精确地计算挖掘的深度，而不出一点错误吗？在地下城池最低的一层，人们甚至发现了闪米特时代的器物，因此也有人认为是闪米特人建造的地下城池，但也没有依据。

更加关键的问题是人们修建这些地下城池有什么用途？他们为什么要躲避在地下？一个最有可能的原因是由于他们对敌人的畏惧。那么，谁会是敌人呢？

根据闪米特人在他们的圣书《科布拉·纳克斯特》中的记载，所罗门大帝曾经利用一只飞行器把这一地区搞得鸡犬不宁。不仅他本人，他的儿子，所有服从他的人，也都曾乘坐过这只飞行器。阿拉伯历史学家阿里·玛斯乌迪曾描述过所罗门的飞行器，并大致介绍了他的部族。当时的人类对飞行器产生了恐惧，这是很有可能的。也许他们曾被剥削、奴役过，所以每当报警的响声响起来的时候，人们就纷纷逃进地下城池，以避一时之祸。但是这仅仅是一种传说，如果说人们是惧怕所罗门的飞行器，那么这个飞行器只可能是外星人的"飞行器"，但这似乎毫无根据。

还有人认为，人们是不是为了躲避战争才开凿了工程如此庞大的地下城池，以期平安地生活呢？或者是某一神秘部落因为某种生存形式才修建了地下城池。在原始时代,这个部落并不知道搭建房屋的方法,反而发现了在洞中生活的动物的生存环境更加安全舒适,于是这个部落就开始在简陋的地下洞穴中居住。到后来,文明进步,进入了奴隶和奴隶主的时代,富有的人就开始营建"豪华"的"地下住宅",这里慢慢就形成了一个城市,并且那些富人为了与其他人进行贸易、食物交换、结婚等而修建了隧道,以方便人们的来往。

那么会是哪个民族修建的这些地下城池呢?在地下城最深一层,考古学家惊喜地发现了闪米特时代的器物。闪米特民族这个古老的神权民族大约于公元前1800年在这片高原生活过。地下城池很有可能是由闪米特民族修建的。在卡帕多细亚高原西南部确实发现了新石器时代遗址,由此推断,地下城池已经有了近4000年的历史。

但是依当时原始的石斧石刀之力,怎么能凿入地下80米深处呢?并且如此宏大的工程,绝非一朝一夕就能完工。据专家测算,仅仅那条9000米隧道,就需要1000个工人连续工作10年。修建如此完善的城池,事前规划、严密组织、统筹安排等缺一不可,对当时仅以填饱肚子为主的远古人而言,应是比登天还难的事情吧。

在地下城池的一些文献中提到了"飞行的敌人",难道将如此庞大的城池修建于地下是为了防备"飞行的敌人"?在远古时代,卡帕多细亚曾发生过不明原因的大爆炸。大爆炸是不是由"飞行的敌人"制造的?这"飞行的敌人"会是谁呢?地下城池中的居民好像突然就从世界上消失了,难道是被"飞行的敌人"集体劫掠去了?

土耳其地下城给我们留下了太多的不解之谜。

札达土林——天地灵气

在西藏阿里札达县境内,由地壳运动引发的地质活动,再加上风化侵蚀作用,雕琢出了栩栩如生的土林景观。

第四章 奇观之旅——最不可思议的地质奇观

说起土林的来历,当地还流传着一个动人的传说:很久很久以前,土林密布的地区是一片美丽的湖泊,湖水与蓝天、斜阳相映,景色宜人。突然有一天,狂风怒吼,波浪翻滚,湖底向上挺起了一座土山,土山矗立在水中央,阻断了湖泊中水的流动。又不知过了多少年,这座土山在风吹雨蚀的不断侵袭下,演变成了目前的模样,也成为当地人膜拜的对象。因为一位喇嘛活佛曾说过:札达土林是自然形成的佛教圣地,这样奇特神秘的山势是上天赐予西藏独一无二的礼物。

成片的土林沿着象泉河两岸绵延起伏,参差不齐地展现着它的层次,显现出不同的形态。有的如巨大的瓶体直立,有的如列队的卫士,有的如院门前的台阶,有的如低矮的房屋,还有的如古典的城堡,林林总总,让人看花了眼,不仔细琢磨,很难辨别清楚,土林的成色源于大地,黄澄澄的一片,站在远处眺望,土林在阳光的照射下,反射出金黄灿烂的光芒。而最美的土林则是在黄昏时分呈现:在满天彩霞的映衬下,土林也因浸染了霞光变幻后的各种色彩,或黯淡,或明亮,或温暖,或冷峻,呈现出光与影交汇的风貌,宛如一场生动的无声电影。札达土林保卫着札达县城。在札达县城中行走,必须穿插土林而过,当地人都习以为常,他们一直在津津乐道的却是另一段传奇:古格王朝。古格王朝的遗址散落在具有土林风貌的山上,与山体密切贴合,融为一体。

漫步在王朝遗址中,那些取自土林中的黏土而建造的房屋已残缺不全,正如断臂维纳斯的美,古格王朝遗址结合了土地遭风化的独特景观与人文历史的悲怆,凝聚成一股苍凉、厚重之感,犹令人感到余味未尽。更令人感慨

的是古格王朝的最后一任国王,在外敌入侵而无力抵抗的情况下,他决定以一己之身去换全体臣民的安全。岂料在背信弃义的强敌面前,他做了无谓的牺牲。古格都城被占领,臣民遭到了惨绝人寰的大屠杀,距离遗址不远的"无头藏尸洞"即是明证。血淋淋的史实触动了人们的心脉,气氛骤然变得沉重起来。

　　300年前,这个神秘的王朝在一夜之间消失殆尽,只留下那些记录了灿烂文化艺术成就的遗址。残垣断壁,零落萧条的古建筑,道不尽当初的繁华。而古格人闪电般消失的方式至今仍是一个谜团。据说当年古格被外敌团团围住时,城内断水断粮,人们从城中往外挖出了一条密道,借助这条密道,人们才得以又支撑了一段时间。而今,那条密道已成为王朝遗址的闪光点,只要有游客来到这里,必定要找寻一番,可是却很少人能找到。正当人们怀疑这个密道传说的真假的时候,才得知这条密道已被相关部门封存了,相关部门这样做的目的,一是为了保护历史,保护文物;二是为了保证游客的安全。一条小小的密道足以令大部分古格人在重重包围中全身而退吗?是否还依托都城周围错综排列的土林呢?事实的真相已不得而知。只知道当敌兵攻入王宫时,王宫内锅里的饭菜还是热乎乎的。离奇的传说与大胆的臆测给这个王朝遗址增添了许多神奇的意味。

　　迷离变幻的土林奇观,萧索荒凉的古格王朝遗址,自然景观与人文景观的完美结合。在你感叹造物主神奇力量的同时,也能深深地体会到:唯有人类,才能给天地间增添一份生动的灵气,否则你看到的只有萧索与落败,徒增伤感,却什么也做不了。

元谋土林——迷离远古

　　土林,云南境内并不少,若论之首,当推元谋土林。不同于云南石林的巍峨雄壮,元谋土林诡异而苍凉。《无极》和《千里走单骑》中那如歌如泣的画面,瑰丽中是万事成空的遥远。大气而不矫情,荒凉而不悲情,精美而不做作,迷离而不悬疑,这就是元谋土林。当游人都涌向云南石林时,其实他们却错过了这里最精彩的景色。

元谋土林主要指虎跳滩土林、班果土林、浪巴浦土林。200万年前,生活在这里的剑齿象、中国犀、剑齿虎经历生老病死,它们的尸体沉积在厚厚的腐土之中,与沙土中的钙质胶合物夹杂着铁质结合在一起。在岁月的积累中,凝结在一起的土柱露出地面,渐渐升高,形成土柱森林。阳光下,各色物体绽放着属于自己的光芒,扑朔迷离的光芒闪耀间,仿佛藏有古老的传说。

一踏进土林,一股震撼感扑面而来,直直让人忘记身在何处。迷离的地质构造、诡异的自然雕工、五彩的沙雕泥塑,完美构造了原始粗犷的西部风情,远古洪荒感十足。据当地人相传,每一根土柱都代表一个生命,仔细再看,仿佛看到了土柱上表情的变化。

虎跳滩土林是元谋土林的代表,其土柱呈金黄色,间或淡灰色或者粉红色,千姿百态,精美绝伦。古河道两侧赭红色土壁划痕累累,走在清冷的河道上,不禁令人感慨世事万千,不过云烟。

走入班果土林,情境截然不同。这里生机盎然,彩色艳丽。高耸的土柱都是浓浓的黄、白、红色,在阳光下放射出极为耀眼的光芒。最美不过朝晖与晚霞出来时,当万丈光芒洒下时,天地之间都是令人欣慰的暖色调。明代著名旅行家徐霞客对班果土林十分喜爱,他在日记中这样描述:"涉枯涧,乃蹑坡上,其坡突石,皆金沙烨烨,如云母堆叠,而黄映有光,时日渐开,蹑其上,如身在祥云金粟中也。"仙境也不过如此吧?

风沙继续着它们的雕刻工作。元谋土林,当人类越来越接近它时,却感受了它的拒绝,也许是当年它就是这样拒绝了元谋人的亲近。

塞舌尔群岛——最后的伊甸园

塞舌尔群岛位于西印度洋,由92个岛屿组成,一年只有两个季节——热季和凉季,没有冬天。这里是一座庞大的天然植物园,有500多种植物,其中的80多种在世界上其他地方根本找不到。这里每一个小岛都有自己的特点,阿尔达布拉岛也是著名的龟岛,岛上生活着数以万计的大海龟;弗雷加特岛是一个"昆虫的世界";孔森岛是"鸟雀的天堂";伊格小岛盛产各种色彩斑斓的贝壳。

　　蓝天、碧水、阳光、沙滩、海风……塞舌尔拥有了一个美丽的海岛国家应该拥有的一切,以及更多。一踏上塞舌尔的土地,迎客的不是手捧花环的美女,而是栀子花的香味,犹如清晨的波涛,好似日出前的凉风,从四面八方向你袭来。在岛上待得久了,你就会发现,这种天然的植物香味无处不在,使得呼吸这件最简单的事情在岛上都变得无比愉悦。

　　也许是因为远离大陆,岛上的植物都是超大型的,茂盛中还带着几分放肆,色彩更是浓郁得如同高更的画。松塔有哈密瓜那么大,无忧草的叶子居然长了30多厘米宽,巨大的椰子树横斜在窗前,挺拔的扶桑后面,高大的凤凰树红得发光,几乎遮住了半边天。身处其间,你会觉得这些生机勃勃的花花草草才是这岛上真正的主人,人不过是其中的点缀。而最让人啧啧称奇的,当数塞舌尔的国宝——海椰子。

　　关于海椰子名字的由来,有这样一个传说。很久以前,一位马尔代夫渔民在印度洋上捕鱼时,从渔网里发现了一颗形状酷似女人骨盆的椰子。当时塞舌尔群岛还不为人知,人们就以为这种奇形怪状的椰子是生长在海底的一种巨树的果实，就给它取名"海椰子"。后来在普拉兰岛的五月山谷里发现了一片生长着这种椰子的原始树林，人们才恍然大悟。

18世纪时，岛上曾经有一个英国执政者对海椰子非常着迷，他甚至相信五月山谷就是圣经里的"伊甸园"，而海椰子就是使得亚当夏娃失去乐园的"知识果"。

如此种种的传说，给海椰子蒙上了一层神秘的面纱。以前在马尔代夫岛上，只有王公才可以收藏海椰子，平民如果私藏，就会遭到断臂的处罚，甚至被处以死刑。据说当年哈布斯堡王朝名声显赫的鲁道夫二世曾出价4000金币，都未能买进一颗海椰子果。现在海椰子仍是塞舌尔政府严加控制的商品，价格昂贵不说，外国游客若想带出境，还必须持有当地政府发的许可证。

在维多利亚的植物园就可以看到海椰子树，公树和母树总是并排生长，树根相互纠缠在一起。公树挺拔，最高可长到30多米，一般比母树高出五六米左右。据说如果其中一株被砍，另一株就会"殉情而死"。这般有情有义的植物，又怎能不让人唏嘘感叹，顿生怜爱之情？

岛上还有许多关于海椰子的浪漫传说。据说在满月的夜晚，雄性海椰子树会自行移动去和雌性椰子树共度良宵，因此人在深夜是不能进入椰子林的，以免煞了风景。比普通的椰子大得多，每个都有十几公斤，海椰子也分雌、雄两种。墨绿色的果实挂在树上，无论是形状还是大小都容易使人联想到人的身体，雄椰子树的果实呈长棒形，而雌椰子树的果实呈骨盆形。塞舌尔当地的厕所门口常常画着雄、雌海椰子，表示男女有别，倒也简单明白，一目了然。海椰子全身是宝，果实长到几个月左右，果汁香甜，可作甜食；完全成熟以后，坚硬的白色椰肉是上等的补药，有补肾壮阳之奇效；果核是贵重的工艺品原料；椰子汁味道醇美，是酿酒的好原料，据说还能治疗中风。

海椰子极为珍贵，最初人们发现塞舌尔有5个岛上长有海椰子树，但是现在只有普拉兰岛南部的五月山谷里还有4000多棵海椰子树，其他4个岛上的海椰子树已基本绝迹。

此外，塞舌尔群岛还拥有无数个美丽的沙滩和海湾。无论在白天还是夜晚，游客都可以沿着浪漫的环游路线，前往各个小岛，去幽静神秘的海湾和小峡谷探险,乘坐游船在浩瀚的海面上航行,从不同的视角来欣赏沿岸的岛屿。

游客还可以到附近的海域进行潜水探险,潜水活动也各式各样,如:残骸潜水、夜晚潜水、城墙潜水、漂流潜水。如果愿意,游客还可以前往被称作"探险潜水"的潜水地,在这里将会给你另外一番感受。

斯里兰卡——印度洋上的明珠

斯里兰卡旧称锡兰,是个热带岛国,形如印度半岛的一滴眼泪,镶嵌在广阔的印度洋海面上。

"斯里兰卡"在僧伽罗语中意为"乐土"或"光明富庶的土地",有"宝石王国"、"印度洋上的明珠"的美称。马可波罗认为其是最美丽的岛屿,因为这里有美丽绝伦的海滨,神秘莫测的古城,丰富的自然遗产,以及独特迷人的文化。

斯里兰卡是印度洋上的一个小岛,在南亚次大陆南端,西北隔保克海峡与印度半岛相望。接近赤道,终年如夏,年平均气温28℃,各地年平均降水最多2000多毫米。斯里兰卡属热带季风性气候,沿海地区平均最高气温31.3℃,平均最低气温23.8℃。无四季之分,只有雨季和旱季的差别,雨季为每年5月~8月和11月~翌年2月,即西南季风和东北季风经过斯里兰卡时。

斯里兰卡的寺庙居多,而最伟大的寺庙在康提,藏有佛祖释迦牟尼的佛牙。这里香火鼎盛,每天进门脱鞋,来佛牙寺朝拜的人无以计数。买三朵新鲜的睡莲敬献在佛像前,便能祈祷到美好与幸福。金塔定时自动打开,游人只能在金塔外数米远用望远镜才能看清楚那颗无价宝物。手指大小的佛牙安放在金塔最内层的一朵金莲花上。来朝拜的人们有的跪拜,有的端坐,面朝佛牙,用最虔诚的声音吟诵佛经,眼神无一不是虔诚而坚定的。

　　隐秘于美丽恬静的自然风光中的,除了佛牙,还有更多悠远的回忆。随意地在乡间小道下车,骑在大象背上,让它带你去往神秘莫测的宫殿、古堡和庙宇;爬上绿树环拥的山谷,环湖绿荫中是白色的小楼和金色的寺庙,美丽的别墅在山峦中若隐若现;行走间,不时会有颇具特色的庙宇和手工木雕作坊,让你视觉愉悦之余又可买到几件便宜美丽的工艺品;累了,在热情的村民家里喝一杯热茶,细看一下异国的乡村家居;饿了,就在村中的小饭店来一杯香浓的咖啡,几块连名字都叫不出的点心,在友善好奇的眼光的注视下饱餐一顿。斯里兰卡,真的很美!

　　远处一块巨岩拔地而起,这里就是狮子岩空中皇宫。据说1500多年前,王子弑父篡位,他怕人报复,便在这块巨岩顶兴建了皇宫。为了安抚父亲的亡魂,王子还命人在石山悬崖画了许多半裸的仕女图,如同敦煌的飞天图,但是更具丰韵。岩顶距地面约300米,游人上顶需顺着梯阶攀爬,要蓄够体力一气呵成。抵达峰顶,迎面是一大平台,从残存的地基可判断出这座失落宫殿当年的规模和布局。其中皇家游泳池仍保存完好,水是深绿色的,乍看之下,竟和现代化的泳池也没什么分别。在岩顶极目远眺,丛林无边无际,满眼浓绿,清凉湿润的空气令人精神焕发,那水晶般明净的蓝天直看得人心醉。

　　去斯里兰卡探险,就不能不提漂流和冲浪,"白水漂流"是斯里兰卡历史最悠久的探险活动之一。湍急的河流在让普通漂流爱好者颤栗的同时,也有壮观的景色可供他们欣赏,你还可以游览斯里兰卡乡村生活的景象。对专业的漂流爱好者,在老天爷赏脸的情况下,可以去一些极具挑战性的河流小试身手。如果你是一个新手,这里能给你带来百分之百的刺激,其中,基图尔格勒凯拉尼河是探险爱好者最喜爱去的地方。假如你想寻求更多的刺激,就可以蹬着山车沿着田野和村庄穿越蜿蜒曲折的山间小道,还可以从山顶乘坐滑翔降落伞像鸟儿一样飞过森林和湖泊,或者体验绳索运动,如速降或攀岩。

　　旅行家马可·波罗说,这里有世界上最美的风景。千年之后,依然如此。

第五章

北纬30度之旅
——美轮美奂的地球神秘线

人们把北纬30°线称作地球神秘线,因为世界上的好多神秘莫测、鬼斧神工的千古奇观正好都处于这条神秘线附近。这些千古奇观不仅美轮美奂,还聚集了许多令人无法破解的神秘谜团。

泰姬陵——爱情是一次华丽的伤悲

有人说,不看泰姬陵就不算到过印度。的确,在世人眼中,泰姬陵就是印度的代名词。无论国际政要还是普通游客,但凡来了印度,哪怕日程再忙,都要挤出时间去瞻仰一下这座举世闻名的爱情丰碑。

泰姬陵坐落在印度恒河的支流亚纳穆河之滨,它是伊斯兰古典建筑的典范,被誉为"大理石的梦境",是举世闻名的世界建筑奇观。

泰姬陵始建于1632年,正值印度历史上莫卧儿王朝的鼎盛时期。当时的国王沙贾汗是一位励精图治、很有作为的君主,他有一个叫姬曼·芭奴的宠妃,不仅貌如天仙,而且聪明贤惠。

姬曼·芭奴入宫后,深得沙贾汗的宠爱,先后为国王生了14个孩子。沙贾汗赐给这个宠妃一个非常美丽的称号:"泰姬·玛哈尔",意思是"宫廷的王冠"。

国王与爱妃情深意笃,形影不离,就是外出巡视时也要把她带上。1631年,泰姬·玛哈尔随沙贾汗出巡时,因中途难产,竟香消玉殒,终年才38岁。在她弥留病榻之际,国王问她有什么要求,她说:"陛下若不忘我,请为我造一座大陵墓,以此来纪念我们真挚的爱情。"

悲痛欲绝的国王遵照她的遗言,为她建造了一座像她一样美丽、举世无双的巨大陵墓,并用她的封号命名,简称泰姬陵。

痴情的沙贾汗本想在河对面再为自己造一个一模一样的黑色陵墓,中间用半黑半白的大理石桥连接,穿越阴阳两界,与爱妃相对而眠。可惜梦想在皇室的纷

争中断裂。泰姬陵完工不久,沙贾汗的儿子弑兄杀弟篡位,沙贾汗也被囚禁在阿格拉城堡。

提到泰姬陵,就不能不提阿格拉城堡,早在1022年阿格拉已是帝都,几经起伏,甚至曾被毁于战争。1526年,莫卧儿王朝第一个帝王阿克巴大帝在此建都,随后的一百多年阿克巴和他的继任者们不断创造新的建筑,其中以被列入世界文化遗产名录的阿格拉城堡和泰姬陵最为著名。

泰姬陵以它的美丽再加上那个爱情故事,毫无争议的被入选。但这一路走过众多宫殿和城堡,有的雄伟华丽并不逊于修复过的阿格拉城堡,却无缘和它同列世界文化遗产名录中,或许主要原因是这里曾有过三位伟大的帝王阿克巴大帝、贾哈吉尔和沙贾汗,他们都在城堡里度过了充满传奇和荣耀、同时都有着浪漫忧伤的爱情故事的一生,更让人唏嘘的是他们都面临儿子背叛、兄弟残杀的悲伤。

撇开历史上对这三位帝王的众多且相互矛盾的评价,单从建筑上来讲,三位帝王在城堡建造上充分展示了各自的智慧和对艺术的见解,阿克巴大帝创立了红砂石建筑庄严雄伟的莫卧儿风格,而从他的儿子贾哈吉尔开始,又将莫卧儿风格从纯粹的砂石建筑开始转换采用大量的大理石,到沙贾汗,则对大理石的偏爱达到高峰。可以说阿格拉城堡是莫卧儿三种建筑风格演变过程的展览馆。

令人感叹的是建筑艺术在沙贾汗时代达到高峰后,伴随着莫卧尔王朝走向衰落,此后的帝王们在艺术上再无突破性发展。

泰姬陵因爱情而生,这段爱情的生命也因为泰姬陵的光彩被续写,光阴轮回,代代不息。尽管有人说,沙贾汗只是一个好大喜功的暴君,根本不是多情种子;尽管有人说,泰姬陵美轮美奂的脚下,不知堆砌着多少人的鲜血甚至生命。但是我们似乎更愿意相信这世上真的有情深义重的男子,有穿越时空的思念,有生死相随的爱情。泰姬陵依然超越着简单的建筑学意义,默默地美丽着,不为别的,只为人心中那一点对爱情的美好向往。

巴勒贝克遗址——黎巴嫩"太阳之域"

这座腓尼基人的城市在希腊时期以太阳神而闻名,这里供奉了三座神灵。巴勒贝克保留了罗马时代的宗教性,那时"万神"朱庇特神庙吸引了成千上万的朝圣者。巴勒贝克以其庞大的结构成为罗马帝国建筑的典范。

巴勒贝克神庙是黎巴嫩的著名古迹,位于黎巴嫩贝卡谷地外山麓,海拔约1160米。"巴勒贝克"意为"太阳之域"。

公元前2000多年,腓尼基人崇拜太阳神,从而修建了这座神庙,使之成为祭祀中心。罗马帝国时的奥古斯都皇帝又在此雇佣两万名奴隶对神庙进行扩建,增修成一个庞大的宗教建筑群,里面供奉了"万神"朱庇特、"酒神"巴卡斯和"爱神"维纳斯。神庙以巨石垒成,周围是用巨石筑成的高耸的城墙,巨石长19~20米,宽4.5米,厚3.6米。庙内有六边形的前院和宽阔的祭祀大庭,庭内有两个祭坛,大的祭坛高达18米,供奉牛羊祭品之用。祭坛旁有两个水池,供祭祀者洗手。大庭由128根玫瑰色的花岗石圆柱围成华美的石廊,这些花岗石是从埃及阿斯旺运来的。所有的石柱和石梁上都镌刻了各种箭头和鸡蛋组成的图案,其中鸡蛋表示人的生命出世,箭头代表人的生命终结。从大庭有石阶通往朱庇特神庙。

朱庇特神庙是巴勒贝克古罗马建筑群里历史最久、规模最大、气势最雄伟的一座,可惜为地震所毁。朱庇特神庙也是一座六边形的建筑,原有54根圆石柱,每根由3块圆石柱镶接而立,共22米高,直径2米多。柱顶和石柱之间用石榫相接,横梁上雕有许多狮子头,表示雄壮,现在只剩下6

根,远远望去,就像6尊天神守卫在天际。庭院中间的祭台约5米高,是朱庇特神庙内保存最完好的建筑。

巴卡斯神庙位于朱庇特神庙左边,巴卡斯是主宰五谷丰收的"酒神",因此庙内除了供奉巴卡斯的神像外,还有一个酒窖,四周墙上饰有葡萄和酒壶组成的图案。神殿大门两侧10米高的石柱上,刻满了各种谷物和蔬菜、水果,形象逼真。神殿四壁和石柱上刻有各种精细工整的花纹图案,神殿外沿是用直径2米、高15米的圆形石柱镶接而成的长廊,拱顶是巨石浮雕,刻有28尊神像,掉落在神殿长廊里的一块浮雕,是一个巨蛇缠身的女神,漂荡在河水波浪里。这是埃及女神克莉奥巴特拉,巨蛇缠身说明她是被毒蛇咬死的,河水波浪标志着尼罗河。4次大地震把这座宏伟雄浑的神庙群毁为废墟。维纳斯是爱和美的女神。维纳斯神庙现虽已是一片废墟,但仍能辨出它昔日小巧的庭院、亭亭玉立的石柱以及那幽静的曲径,给人以美的联想和感受。

巴勒贝克神庙不但是当时罗马神圣的祭祀中心之一,也是罗马帝国鼎盛时期的代表作之一和至今保存最完好的罗马时代的神庙。它是黎巴嫩古建筑艺术的精华,也是世界人民的珍贵财富。从1956年以来,黎巴嫩每年都在这里举行一次国际舞蹈和音乐节。1984年,这里被列入《世界遗产名录》。

大莱波蒂斯考古遗址——北非最壮观的城市遗址

这里是北非保存最好的罗马帝国时期的城市遗址,有港湾、市场、仓库、商店、浴池、竞技场、剧场和居民区,规模宏大而且壮观。

大莱波蒂斯考古遗址位于利比亚科姆斯地区的莱卜达河出海口,首都的黎波里市东123千米处。地中海的波涛伴随着这座古城度过了无数沧桑岁月,其历史可以追溯到公元前1000年。1960年,一支考古队在此发掘出腓尼基人的墓地,而这里的主要人文价值却在于稍后的古罗马帝国时期。

从公元前146年罗马人占领迦太基城,到公元439年易手于汪达尔人,前后共500多年。其间,大莱波蒂斯逐渐发展成为罗马帝国的一流城市,是北非一大港。曾是该市的臣民、后来为罗马皇帝的塞普蒂米厄斯·塞洛维在该城大兴土木,将其变成罗马世界中最漂亮的城市之一。

得益于海洋交通的发达,大莱波蒂斯的橄榄油"文化"发达,是非洲最重要的橄榄油产品集散中心之一,同时也是最大的小麦贸易市场。

大莱波蒂斯考古区的建筑呈一个个长方形,具有典型的古罗马城市建筑风格。南北主要街道名卡尔多,东西干道称德古马努斯,城内的其他街巷都可与这两条大街平行而建。沿卡尔多大街向北步行可一直走到碧波万顷的地中海南岸。卡尔多的南端是著名的塞维洛拱门,也是大莱波蒂斯考古区的入口处。在这里有一座3米多高的石碑,上面用阿拉伯文和英文写明该考古区受联合国世界遗产委员会保护。卡尔多街是原来老城的中轴线,由于公元1世纪末城市的发展,现处于考古区的西南部。

大剧场、竞技场和赛马场是古罗马人最喜欢去的娱乐场所,因而这些地方的建筑也最具有代表性。大莱波蒂斯剧场建于公元1~2世纪,主要由半圆形的看台和舞台组成,中间由乐池连接,形成完美的整体。大剧场临海而立,坐在看台上可以看到舞台和高大的背景墙,起身站立,则可眺望美丽的地中海。

大剧场是一座石灰石和大理石结合的建筑,石灰石采自大莱波蒂斯以南5千米的地方,大理石的来源一说是从罗马开出的船上的压仓物,一说是采自地中海沿岸。大剧场内原有许多精美的大理石雕像,可惜完整保存至今的为数不多,只在舞台的两侧各有一尊立像,另有一些被保存在的黎波里的古堡博物馆中。

公元2世纪时,城市沿地中海南岸向东西两个方向扩展,在原来的战壕位置修筑了石头城墙,保存至今的海德瑞恩浴室建于126~127年间。

公元3世纪初,大莱波蒂斯的城市建设达到顶峰。塞普蒂米厄斯·塞洛维于202年在东部前线大获全胜,第二年荣归故里,前面提到的塞维洛拱门就是在他凯旋之前仓促建造的。这座拱门的东、南、西、北各有一个门洞,石料以石灰石为主,外面由大理石浮雕和檐柱装饰,高大而精美,不失为古罗马建筑的杰作。

除了这座拱门外,塞维洛和他的两个儿子在位期间开工完成了许多具有历史意义的建筑,新建了两条街道,扩建了海港,使10000吨的船只可以直达城外卸货。目前人们还可以看到的新会堂和西门外的猎人浴场都是塞维洛王朝期间的建筑。公元235年,塞维洛王朝结束,大莱波蒂斯从此一蹶不振,再没有出现先前那种带有明显政治色彩的大规模兴建。

公元363~367年,大莱波蒂斯遭到奥斯图里部落的洗劫,其间地中海沿岸发生的一次大地震(公元365年)更是让其雪上加霜,大莱波蒂斯遭到严重破坏。

公元439年,汪达尔人占领迦太基城,取代了罗马人在北非的地位。在汪达尔人统治时期(公元439—534年),城墙被拆除,这座历史名城完全暴露在部落的侵扰与沙漠的蚕食面前。直到拜占庭时期(公元534—624年)大莱波蒂斯才开始偶有建设,但从规模上已经缩小成一个村镇。

物换星移,1649年法国旅行家杜兰德造访了大莱波蒂斯,他描述了这里的遗迹情况,引起了西方世界的极大兴趣:法国在17世纪、英国在18世纪将这里的大理石柱和浮雕运往本土;现在英国和马耳他一些著名建筑上就有大莱波蒂斯运去的材料;1912年意大利占领利比亚后,开始了对大莱波蒂斯考古区的发掘工作,而大规模的发掘和保护则是在1951年利比亚独立后进行的。1982年,联合国世界遗产委员会因大莱波蒂斯考古区在历史和文化方面的突出地位将其列入《世界遗产名录》。

库塞尔阿姆拉——保存完好的沙漠城堡

位于约旦首都安曼以东85千米处,坐落在艾兹赖格地区。这座古老的沙漠城堡是倭马亚王朝的哈里发在如今的叙利亚及约旦沙漠中修建的众多行宫之一,也是倭马亚时代保留下来的最完好的一处建筑群。

库塞尔阿姆拉城堡是一组方形石砌建筑物,主要由一个会客厅、三条拱形走廊和一个罗马式结构的浴室组成。这座精美的小宫殿最突出的是它的接待厅和浴室,里面富丽堂皇,并装饰有许多反映那个时代艺术特色的壁画。

库塞尔阿姆拉城堡最初修建时,可能是作为倭马亚哈里发(705—715年)的临时住所兼娱乐场所,但是无可厚非的是,该建筑物对我们了解伊斯兰艺术在其发展的初期阶段的特征来说具有非同寻常的作用。小娱乐宫、会客厅和浴室是库塞尔阿姆拉城堡建筑中仅存下来的几处建筑,其他的建筑在经历悠久的历史岁月后,绝大部分都已化为废墟。哈里发崇尚享乐,所以浴室建造得格外讲究,共有四个房间,分别为更衣室、温水浴室、冷水浴室、蒸气浴室,与罗马的浴室十分相似。这些建筑墙体是用方石砌成的,厚重而又牢固。房顶有的呈半球形,也有的拱顶呈圆筒形。建筑内部的墙壁和拱顶全部以绘画装饰,这些壁画可能是叙利亚或阿拉伯的艺术家的杰作。

库塞尔阿姆拉城堡绘画的题材是神话传说、历史故事、当年宫廷中的日常生活、想象中的动物等。这些壁画具有赞美哈里发的伟大力量的象征意义,但是有些图画却难以辨认:例如,在入口处右边的墙壁上,是一幅描绘当地的统治者对穆斯林君主所具有的无限敬意的图画,这幅图画就难以分辨出来。狩猎的一些画

面及浴室中的装饰物品的保存实属完好,尤其引人注意的是一幅作于炮塔上的饰有占星术画面的图画。这些壁画是倭马亚艺术的珍宝,也是研究当时社会生活、文化艺术及历史的宝贵资料。浴室的半球形拱绘有天体星图,即使是用今天的眼光来看,这些星图也是描绘得相当准确的。

哈里发还负责组织修建了壮观的大马士革大清真寺。这个建筑物的扬名正是得益于"库塞尔"这个名字,"库塞尔"是"小城堡"的意思,这完全是由于其尺寸的确很小而得名的,但是丰富多姿的装饰物足以弥补了库塞尔阿姆拉城堡空间上的狭小,这些装饰物使其独具特色,韵味十足。

瓦卢比利斯遗址——年代久远的古罗马废墟

位于梅克内斯以北约30千米处。据记载,公元1世纪时,这里曾经是一座繁华的城市,整个城市呈现出一派欣欣向荣的景象。现在这里留有保存完好的凯旋门和剧场的白色石圆柱,甚至连古城的街道、居民住房、油磨房、公共浴室、市场等都依然清晰可见。这里还有许多镶嵌式的壁画。从废墟中还挖掘出大批制作精巧的青铜人像和大理石人头像。

瓦卢比利斯是年代久远的古罗马废墟。公元1世纪,古罗马人在可能是迦太基城市的地方建立了定居点,即瓦卢比利斯,并逐渐发展成为古罗马帝国在非洲当地的中心行政城市之一,负责生产,并向古罗马帝国输出粮食。瓦卢比利斯同时也是罗马人与永远无法征服的柏柏尔人进行官方接触的地方,双方只在互利时才进行合作。

与其他很多罗马城市不同,罗马人在公元3世纪在非洲地区失去立足之地后,并没有放弃瓦卢比利斯。拉丁语继续保持了几个世纪,直到公元7世纪晚期阿拉伯人征服北非后才被取代。

此后,人们又在瓦卢比利斯生活了1000多年。18世纪瓦卢比利斯初次遭到遗弃。当时为了在梅克内斯附近修建穆莱的宫殿,瓦卢比利斯被拆除,以便得到建筑材料。可想而知,如果当时没有拆除瓦卢比利斯,瓦卢比利斯有可能成为当今保留最为完好的一处罗马遗迹。

瓦卢比利斯的主要部分,也是唯一吸引摩洛哥和外国参观者的地方,只是一块方圆800600平方米的区域(以围墙衡量)。如果你有一本好的旅游指南,在大门口就不用雇佣向导。许多最好的出土文物都送到了拉巴特王宫附近的考古博物馆。不过瓦卢比利斯的废墟依旧很有价值。大约30块镶嵌砖依旧矗立在原来的位置上。进入瓦卢比利斯,大约花费20迪拉姆门票钱。毛里塔尼亚首都于公元前3世纪建立,是罗马帝国的一个重要前哨,有着许多优雅的建筑物。那里大量的考古遗址坐落在一个富饶的农业地区里。

布达拉宫——世界屋脊上的明珠

布达拉宫屹立在西藏首府拉萨市区西北的红山上,是一座规模宏大的宫堡式建筑群。最初是松赞干布为迎娶文成公主而兴建的,17世纪重建后,布达拉宫成为历代达赖喇嘛的冬宫居所,也是西藏政教合一的统治中心。从五世达赖喇嘛起,重大的宗教、政治仪式均在此举行,同时又是供奉历世达赖喇嘛灵塔的地方。整座宫殿具有鲜明的藏式风格,依山而建,气势雄伟。布达拉宫中还收藏了无数的珍宝,堪称是一座艺术的殿堂。

历史悠久的恢弘建筑

布达拉宫始建于公元7世纪藏王松赞干布时期,距今已有1300年的历史。

[我用眼睛去旅行]

唐初,松赞干布为迎取唐朝的文成公主,在当时的红山上建九层楼宫殿一千间,取名布达拉宫,以居公主。据史料记载,红山内外围城三重,松赞干布和文成公主宫殿之间有一道银铜合制的桥相连。布达拉宫东门外有松赞干布的跑马场。当由松赞干布建立的吐蕃王朝毁灭之时,布达拉宫的大部分毁于战火中。

明末,在蒙古固始汉的武力支持下,五世达赖建立葛丹颇章王朝。公元1645年,开始重建布达拉宫,五世达赖由葛丹章宫移居白宫顶上的日光殿,1690年,在第巴桑杰嘉错的主持下,修改红殿五世达赖灵塔殿,1693年竣工。以后经历代达赖喇嘛的扩建,布达拉宫才达到今日的规模。

坚固华丽的结构造型

布达拉宫整体为石木结构,宫殿外墙厚达 2~5 米,基础直接埋入岩层。墙身全部用花岗岩砌筑,高达数 10 米,每隔一段距离,中间灌注铁汁进行加固,提高了墙体的抗震能力,坚固稳定。

屋顶和窗檐用木制结构,飞檐外挑,屋角翘起,铜瓦鎏金。闪亮的屋顶采用歇山式和攒尖式,具有汉代建筑风格。屋檐下的墙面装饰有鎏金铜饰,形象都是佛教法器式八宝,有浓重的藏传佛教色彩。柱身上布满了鲜艳的彩画和华丽的雕饰。廊道交错,殿堂杂陈,空间曲折莫测,置身其中,如入神秘世界。

汉藏宗教艺术的宝库

布达拉宫内部绘有大量的壁画,把布达拉宫构成一座巨大的绘画艺术长廊。先后参加壁画绘制的有近两百人,用去十余年时间。壁画的题材有西藏佛教发展的历史,五世达赖喇嘛生平,文成公主进藏的过程,西藏古代建筑形象和大量佛像。布达拉宫中各座殿堂中保存有大量的珍贵文物和佛教艺术品。五世达赖喇嘛的灵塔坐落在灵塔殿中，塔高14.85米，是宫中最高的灵塔，塔身用黄金包裹，并嵌满各种珠宝玉石，建造中耗费黄金11万两。其他几座灵塔虽不如达赖喇嘛灵塔高大，其外表的装饰同样使用大量黄金和珠宝，可谓价值连城。落拉康殿中有大型铜制坛城，坛城是佛教教义中世界构造的立体模型，也是佛说法的讲坛，造型别致，装饰华丽。

萨松郎杰殿中供奉有用藏、汉、满、蒙四种文字书写的康熙皇帝长命牌位和乾隆皇帝画轴，表现了历代达赖同中央政府的隶属关系。在一些殿中还悬挂有清朝皇帝的匾额，在达赖居住的宫殿中还有大量豪华陈设、服饰。整座布达拉宫堪称是一座建筑艺术与佛教艺术的博物馆，也是中华各民族团结和国家统一的铁证。

重大的历史和宗教意义

布达拉宫过去曾是政教合一的统治中心，与西藏历史上的重要人物松赞干布、文成公主、赤尊公主和历代达赖喇嘛等有着十分重要的关系，因而有着重大的历史意义和宗教等意义。

红山是拉萨市西北部的一座小山，在当地信仰藏传佛教的人们心中，它犹如观音菩萨居住的普陀山，因而藏语称之为"布达拉"（"普陀"之意）。举世闻名的布达拉宫就依据此山山势蜿蜒修建，直至山顶。

现存布达拉宫的设计、布局、材料、工艺、装饰等均保存了自公元7世纪始建以来历次重大扩建和重建的历史原状，真实性很高。布达拉宫的建筑成就与其建筑本身一样举世瞩目。

布达拉宫依山建造，由白宫、红宫两大部分和与之相配合的各种建筑所组成。众多的建筑虽属历代不同时期建造，但各宫殿的修建都十分巧妙地利用了山形地势，使整座宫寺建筑显得非常雄伟壮观，而布局又十分协调完整，在建筑艺术的美学成就上达到了无与伦比的高度，创造了一项世界土木建筑工程史上令人惊叹的天才杰作。

宫宇叠砌、迂回曲折、同山体有机地融合，这是布达拉宫给人最为直接的感受,也是它最突出的特点。其主楼有13层,自山脚向上,直至山顶。整体建筑主要由东部的白宫(达赖喇嘛居住的部分),中部的红宫(佛殿及历代达赖喇嘛灵塔殿)及西部白色的僧房(为达赖喇嘛服务的亲信喇嘛居住)。

在红宫前还有一片白色的墙面为晒佛台,这是每当佛教节庆之日,用以悬挂大幅佛像的地方。

作为藏传佛教的圣地,每年到布达拉宫的朝圣者及旅游观光客总是不计其数。他们一般由山脚无字石碑起,经曲折石铺斜坡路,直至绘有四大金刚巨幅壁画的东大门,并由此通过厚达4米的宫墙隧道进入大殿。在半山腰上,有一处约1600平方米的平台,这是历代达赖观赏歌舞的场所,名曰德阳夏。由此扶梯而上经达松格廊廊道,便到了白宫最大的宫殿东大殿。有史料记载,自1653年清朝顺治皇帝以金册金印敕封五世达赖起,达赖转世都须得到中央政府正式册封,并由驻藏大臣为其主持坐床、亲政等仪式。此处就是历代达赖举行坐床、亲政大典等重大宗教、政治活动的场所。

布达拉宫号称"世界屋脊上的明珠",其金属冶炼、壁画、彩画、木雕等各方面均闻名于世,它的各部分装饰设计、装饰风格、装饰艺术都体现了以藏族为主,汉、蒙、满各族能工巧匠高超的技艺和艺术水准。布达拉宫不但在整体建筑艺术上有着创造性的突破,而且在建筑装饰艺术上也达到了令人瞩目的成就。

布达拉宫高高耸立,壮观巍峨。其宫墙红白相间,宫顶金碧辉煌,具有强烈的艺术感染力。它是拉萨城的标志,是西藏人民巨大创造力的象征,是西藏建筑艺术的珍贵财富,也是独一无二的雪域高原上的人类文化遗产。

今天,人们眼中的布达拉宫,不论是就其石木交错的建筑方式,还是从宫殿本身所蕴藏的文化内涵来看,都能感受到它的独特性。它似乎总能让到过这里的人留有深刻的印象。

藏汉联姻留下的印迹

布达拉宫虽然是藏传佛教典型的宫堡建筑,但同时也保留有汉族建筑雕花梁柱等特色,它是1300年前藏汉联姻留下的印迹,同时也是藏汉民族团结的历史见证。无论是藏族还是汉族,人们都在传说着1300年前那个美丽的故事。

第五章 北纬30度之旅——美轮美奂的地球神秘线

公元7世纪,西藏当时正处于吐蕃王朝时期,藏王松赞干布勤政爱民,吐蕃日益强大。为了与中原的唐朝建立友好关系,引进中原先进技术和文化,松赞干布决定向唐朝文成公主求婚。求婚使臣禄东赞带着礼物到了唐朝国都长安(今西安),才知道唐朝周边几个国家也派出使臣向才貌双全的文成公主求婚。传说唐朝太宗皇帝决定让各国使臣比试智慧,他出了三道题,全部答对的才能被许婚。

第一道题是,花园里有十根木头,木头的两头一样粗细,使臣要区分出哪头是木头的根部,哪头是尾部。聪明的禄东赞将木头放入水中,因为木头根部密度大,所以向水里倾斜,于是他就分出了木头的头和尾。

唐太宗又出了第二道题,他拿出一块玉,玉中间有一个转了九道弯贯穿整块玉的细孔。唐太宗让使臣们将细线从孔的这头穿到那头。使臣们都眯着眼捏着线往孔里插线,只有禄东赞很特别,他在孔的一头涂上蜂蜜,又将细线拴到蚂蚁的腰上,然后把蚂蚁放在孔的另一头,蚂蚁闻到蜂蜜的气味开始向孔里爬,禄东赞又对着孔不停地吹着蚂蚁往前爬,于是蚂蚁就把细线带到了孔的那一头,禄东赞又赢了。

唐太宗又出了第三道题,一百匹母马和一百匹马驹混在一起,区分哪匹马驹是哪匹母马生的。使臣们想了很多办法,有的按颜色分,有的按长相分,都不对。禄东赞将母马和马驹分开关起来,隔了一夜,才把母马一匹一匹放出来,马驹一看自己的妈妈出来了,忙跑上去吃奶,不一会儿,全分出来了。

唐太宗一看禄东赞都答对了,又加出一道题,就是使臣必须在五百名用面纱蒙头的宫女中挑出文成公主。使臣们谁都没见过文成公主,这题太难了。但是禄东赞已经了解到文成公主喜欢用一种独特的香,蜜蜂很喜欢这种香味。辨认公主那天,禄东赞偷偷地带了一些蜜蜂在身边,他将蜜蜂一放,蜜蜂便飞向有独特香味的文成公主。禄东赞又一次赢了。唐太宗心想,吐蕃大臣都如此聪明,能用这样大臣的国王肯定也很英明,于是就将文成公主许配给了松赞干布。

而松赞干布派使臣禄东赞向文成公主求婚的故事,也被生动地描绘在了布达拉宫的壁画上。

[我用眼睛去旅行]

乐山大佛——极天下佛像之大

据唐代韦皋《嘉州凌云大佛像记》和明代彭汝实《重修凌云寺记》等书记载，乐山大佛开凿的发起人是海通和尚。海通是贵州人，结茅于凌云山中。古代的乐山处三江汇流之处，岷江、青衣江、大渡河三江汇聚凌云山麓，水势相当的凶猛，舟楫至此往往被颠覆。每当夏汛，江水直捣山壁，常常造成船毁人亡的悲剧。海通和尚见此，随立志凭崖开凿弥勒佛大像，欲仰仗无边法力，"易暴浪为安流"，减杀水势，永镇风涛。于是，海通和尚遍行大江南北到处募化钱财，以开凿大佛。佛像动工后，地方官前来索贿营造经费，海通和尚严词拒绝道："自目可剜，佛财难得。"地方官仗势欺人，反而说："尝试将来。"海通和尚从容"自抉其目，捧盘致之"，"吏因大惊，奔走祈悔"。

佛像于唐玄宗开元初年(公元713年)开始动工，当大佛修到肩部的时候，海通和尚就去世了。海通和尚死后，工程一度中断。大约过了十年的时间，剑南西川节度使章仇兼琼捐赠俸金，海通和尚的徒弟才又领着工匠继续修造大佛，由于工程浩大，朝廷下令赐麻盐税款，使工程进展迅速。当乐山大佛修到膝盖的时候，续建者章仇兼琼迁任户部尚书，工程再次停工。四十年后，剑南西川节度使韦皋捐赠俸金继续修建乐山大佛。在经三代工匠的努力之下，至唐德宗贞元十九年(公元803年)，前后历经90年时间才完工。

一千多年来，乐山大佛阅尽多少人间春色，经历多少朝代更迭，依旧肃穆慈祥，心旌不摇。

乐山大佛双手抚膝

乐山大佛头与山齐,足踏大江,双手抚膝。大佛体态匀称,神色肃穆,依山凿成,临江危坐。大佛通高71米,头高14.7米,头宽10米,发髻1021个,耳长7米,鼻长5.6米,眉长5.6米,嘴巴和眼长3.3米,颈高3米,肩宽24米,手指长8.3米,从膝盖到脚背28米,脚背宽8.5米,脚面可围坐百人以上。在大佛左右两侧沿江崖壁上,还有两尊身高10余米,手持戈戟、身着战袍的护法武士石刻,上千尊石刻造像,形成了庞大的佛教石刻艺术群。大佛左侧,沿"洞天"下去就是凌云栈道的始端,全长近500米。右侧是九曲栈道。佛像雕刻成之后,曾建有13层楼阁覆盖,时称"大佛阁",宋时称"天宁阁",可惜毁于明末的战乱,被张献忠的起义军焚毁。可以从大佛两侧的山崖上看到几十处孔穴,那是当年建造楼阁时安置梁柱的地方。而今日,梁柱早已被拆除,而雄壮的大佛仍巍然屹立着。

大佛两侧的岩石是红砂岩。乐山的红砂岩是一种质地松软,容易风化的岩石,比花岗岩软,是很好的适宜于雕塑的材料。但佛像雕好后,容易受到侵蚀、风化,乐山大佛就是在这种岩石上雕刻而成的。乐山大佛在一千多年的漫长岁月中,仍免不了遭到各种各样的破坏,有自然的,也有人为的。各个朝代都对它进行过维修。

排水系统布全身

乐山大佛有非常巧妙的排水系统。乐山大佛的两耳和头颅后面,具有一套设计巧妙,隐而不见的排水系统,对保护大佛起到了重要的作用,使佛像不至为雨水侵蚀。清代诗人王士祯有咏乐山大佛诗"泉从古佛髻中流"。在大佛头部共18层螺髻中,第4层、9层、18层各有一条横向排水沟,分别用锤灰垒砌修饰而成,远望看不出。衣领和衣纹皱折也有排水沟,正胸有向左侧分解表水沟,与右臂后侧水沟相连。两耳背后靠山崖处,有长9.15米、宽1.26米、高3.38米的左右相通洞穴;胸部背侧两端各有一洞,互未凿通,右洞深16.5米、宽0.95米、高1.35米,左洞深8.1米、宽0.95米、高1.1米。

这些奇妙的水沟和洞穴,组成了科学的排水、隔湿和通风系统,千百年来对保护大佛,防止大佛被侵蚀性风化,起到了重要的作用。左右互通的两洞,由

> 我用眼睛去旅行

于可汇山泉,内崖壁上凝结了厚约5~10厘米的石灰质化合物,而佛身一侧崖壁仍是红砂原岩,而且比较干燥。那左右不通的两洞穴,孔壁湿润,底部积水,洞口不断有水淌出,因而大佛胸部约有2米宽的浸水带。显然,这是由于洞未贯通的缘故。不知道当年修建者为何不把它打通?

武当山古建筑群——天下第一仙山

武当山,坐落于湖北省丹江口市境内,又名太和山,古时称"玄岳"、"太岳"。明代旅行家徐霞客曾经赞叹此山"玄岳出于五岳之上"。面积312平方千米,主峰天柱峰,海拔1612米,四周有72峰耸立,24水环流,危岩奇洞深藏,白云绿树交映,蔚为壮观。

武当山是唐代以来中国道教的发祥地,有规模宏大的道教古建筑群。始建于唐贞观年间(627—649年),在宋朝也有所建设,元代进一步扩大修建规模,在明朝达到修建的鼎盛时期。明朝永乐皇帝亲自主持修建,动用数十万民工,在武当山大兴土木,历时12年,建成了9宫、9观、36庵堂、72岩庙。

大规模道教建筑群

武当山建筑是根据真武帝修仙神话来安排布点的,并且按照政权和神权相结合的意图营建,体现出皇权和道教所需要的"庄严"、"威武"、"玄妙"、"神奇"的氛围。

从山脚下到山巅天柱峰金殿,用一色青石铺成一条70千米长的"神道",沿

"神道"两旁修建了36庵堂、72岩庙、39桥梁、12亭台等庞大的建筑群。在十二年里,永乐皇帝朱棣始终关切殷殷,前后共发60多道上谕,其内容大到调遣人力,小至设计图纸审批,建筑余料处理,事无巨细。朱棣再三叮咛顺从自然,对山体不要有分毫修动,这也是武当道教建筑群的又一个特点,体现了道教"崇尚自然"的思想。

武当建筑充分利用了峰峦的高大雄伟和崖洞的奇峭幽邃,将每个宫观都建造在峰峦岩洞间的合适位置,使它们与周围林木、岩石、溪流和谐一体,相互辉映,宛如一幅天然图画。

作为一座道教名山,武当山今日香火依然,那历经沧桑的宫观,悠扬的道家音乐,丰富的神话传说,连同那些虔诚的香客,传递着古老的文化气息。

现在虽然许多宫观已成瓦砾,然而现存的建筑仍透着宏伟和精美,而且有许多绝妙之处令人称奇。如复真观一座五层高楼中,有一柱支撑十二根梁枋的结构奇特的杰作;九曲黄河墙可传递声音,与北京天坛回音壁异曲同工;转身殿里的大钟在撞击时殿内几无声息,而殿外却分明听到钟声袅袅;山巅那座铜铸鎏金的金殿是一件工艺珍品,围绕着它有几大奇观,其中之一为"雷火炼殿":古时金殿未有避雷设施,雷雨天时,金殿四周往往电光闪烁,火球翻滚,景象绚丽万千,而每次雷击过后金殿不仅分毫未损,而且灿然如新……凡此种种,使人不由得为古人的智慧发出由衷赞叹。

奇妙的"道"和"数"

武当山建筑最初的目标可能只是建造一个模拟"真武修仙"的神国空间,影射天子"天地与我并在,神仙与我为一"。可是几百里的山野,在哪里寻找"天人为一"的天机?

老子留给我们今天的法宝就是奇妙的"道"和"数":"道生一,一生二,二生三,三生万物"、"人法地,地法天,天法道,道法自然"。从古均州到天柱峰全长60千米。规划均州至玄岳门30千米为"人间"、玄岳门至南岩20千米为"仙山"、南岩至天柱峰10千米为"天国"。形成了人间、仙山、天国这种各占三、二、一分的比例。

[我用眼睛去旅行]

我们不得不承认,武当山古建筑群这种以"道"、"数"为指导的规划,不但巧妙利用数字关系解决了建筑中比例、适度、秩序与和谐的关系,而且其中蕴含的神话,意味着一种把握生活方式的超现实主义性质,是一种对人的永恒理想的积极肯定。

大足石刻——山崖上的杰出艺术品

大足石刻是唐末、宋初时期的宗教摩崖石刻,以佛教题材为主,尤以北山摩崖造像和宝顶山摩崖造像最为著名,是中国著名的古代石刻艺术。北山摩崖造像位于重庆市大足县城北1.5千米的北山。

重庆市的大足石刻以其规模宏大、雕刻精美、题材多样、内涵丰富和保存完整而著称于世。它集中国佛教、道教、儒家"三教"造像艺术的精华,以鲜明的民族化和生活化特色,成为中国石窟艺术中一颗璀璨的明珠。许多欧洲人,尤其是法国人,对大足石刻宠爱倍加。

合川钓鱼城

位于合川市合阳镇嘉陵江南岸钓鱼山上,占地2.5平方千米。山上有一块平整巨石,传说有一巨神于此钓嘉陵江中之鱼,以解一方百姓饥馑,此山由此得名。钓鱼城峭壁千仞,古城门、城墙雄伟坚固,嘉陵江、涪江、渠江三面环绕,俨然兵家雄关。

南宋淳二年(1242年),四川安抚制置史兼重庆知府余玠始筑钓鱼城。1258年,蒙哥大汗挟西征欧亚非40余国的威势,分兵三路伐宋。蒙哥亲率的一路军马进犯四川,于次年2月兵临合川钓鱼城。蒙哥铁骑东征西讨,所向披靡,然而在钓鱼城主将王坚与副将张珏的顽强抗击下,却不能越雷池半步。7月,蒙哥被城上火炮击伤,后逝于温泉寺。钓鱼城保卫战长逾36年,是中外战争史上罕见的以弱胜强的战例,钓鱼城因此被欧洲人誉为"东方麦加城"、"上帝折鞭处"。

钓鱼城古战场遗址至今保存完好。主要景观有城门、城墙、皇宫、武道衙门、步军营、水军码头等遗址,有钓鱼台、护国寺、悬佛寺、千佛石窟、皇洞、天泉洞、飞檐洞等名胜古迹,还有元、明、清三代遗留的大量诗赋辞章、浮雕碑刻。1982年,钓鱼城被列为国家级风景名胜区。

巫山龙骨坡古猿人遗址

位于巫山县庙宇镇龙坪村龙骨坡,占地约700平方米。发掘于1986年。在这里,发现了古人类门齿和带犬齿的颌骨化石,以及数10件与人类化石同一层次的巨猴、剑齿虎、双角犀等化石。经考证,这些化石属早更新世,距今204万年。这一重大发现,填补了中国早期人类化石空白,对人类起源和三河谷发育史的研究具有极为重要的科学价值。

白鹤梁水下石铭

位于涪陵区城北长江江心,是一块长约1600米、宽16米的天然巨型石梁。石梁仅冬春枯水期露出水面。相传唐时尔朱真人在此修炼,后得道,乘鹤仙去,故名。石梁上刻有自唐广德元年(763年)至当代的石刻题记164段,其中水文题记108段;石鱼图14尾,其中作水文标志者3尾。题刻、图像断续记录了1200余年间72个年份的历史枯水位情况,对研究长江中上游枯水规律、航运以及生产等,均有重大的史料价值。1974年在巴黎召开的国际水文工作会议上,中国代表团以《涪陵石鱼题刻》为题,向大会提交报告,白鹤梁的科学价值遂得到世界公认。

白鹤梁上还有黄庭坚、朱熹、庞公孙、朱昂、王士祯等历代骚人墨客众多的诗文题刻,篆、隶、行、草皆备,颜、柳、黄、苏并呈,有较高的艺术价值,故有"水下石铭"之美誉。白鹤梁已定为全国重点文物保护单位。三峡工程建成后,白鹤梁将被淹没,国家已于1993年立项,拟将其建为大型水下博物馆。白鹤梁上的石鱼石刻,有着重要的科研和史料价值,又有独特的艺术价值,历来为世人所重视。它既是长江枯水位的历史记录,又有"石鱼出水兆丰年"和"年年有余(鱼)"之意。因此,古人在白鹤梁上刻有"枯水季节,若石鱼出水面,则兆年丰千年如许"的石刻题记。

磁器口古镇

古镇磁器口位于重庆市区近郊,东临嘉陵江,南接沙坪坝,西界童家桥,北靠石井坡,面积1.18平方千米,以明清时盛产及转运瓷器得名。史载兴镇始于宋真宗咸平年间(公元998—1003年),至明代,形成水陆交汇的商业码头,清末、民国时期达极盛。古人诗赞其繁华,"白日里千人拱手,放夜后万盏明灯",有"小重庆"之美喻。

马鞍山上川东名刹宝轮寺,始于唐,殿宇恢宏,保存完好,传说明建文帝曾避难于此,故又名龙隐寺,其繁盛时住僧达三百余人。镇上建筑极具川东民居特色,石板路与沿街民居相依和谐,房屋结构多为竹木结构,穿斗夹壁或穿半木板墙。沿街铺面多为一进三间,长进深户型,铺面后房一般为四合院,为商贾大户居所。雕梁画栋,窗花户棂图案精美,做工精巧。至今古镇建筑保护较好,古韵天然:寺观殿宇庄严肃穆,气势恢宏;明清四合院结构严谨,古朴大方;临街铺面依山就势,随曲而折;山崖吊脚楼,布局自由,结构紧凑,虚实结合,空灵自然。

号称"世界十大建筑师之一"的加拿大亚瑟·埃利克森先生参观磁器口后评价说:"这里的东西是自然而来的,不是设计师所为,但从设计者的眼光来看,每一家都是做得最好的,最实在的。"古镇是沙磁文化发源之地,抗战时聚集了郭沫若、徐悲鸿、丰子恺、傅抱石、巴金、冰心等文化名人。著名美籍华裔科学家丁肇中先生曾在镇上就读。《红岩》小说华子良原型从古镇码头险脱魔爪……

古镇有山有水,空气清新,绿树成荫,民众生活安宁舒适,保留了中国地方民族生活风貌。

巴比伦空中花园——一个又一个的不解之谜

人们一般相信,在远古时代的巴比伦王国,有一座美丽的"空中花园";关于"空中花园",流传着一个美丽动人的传说。可谁又知道,这座花园连同它的传说的背后,是一个又一个的不解之谜。

新巴比伦王国的国王尼布甲尼撒二世和他美丽的王妃塞米拉米斯早已乘着黄鹤西去了,然而关于他们动人的爱情故事,却千古流芳,传为美谈。

相传在公元前6世纪,尼布甲尼撒二世娶了一个宠妃,名叫塞米拉米斯。塞米拉米斯生于长于米底(今伊朗高原西部),那里山峦叠嶂起伏,与巴比伦尼亚的一马平川迥然不同。这位来自异国他乡的公主每每想起故国的山川美景,总是不由得低头垂泪,娥眉紧锁。国王不忍心看着心爱的王妃郁郁寡欢,费劲周折终于猜透了她的心思。于是,国王下令仿照王妃故乡的模样,在巴比伦宫的西北角建了一座阶梯花园。这,就是他们的爱情堡垒、流传至今的"空中花园"。

在男尊女卑的远古时代,贵为一国之尊的巴比伦国王为博红颜一笑,不惜"兴全国之工,耗万金之资"。其实,诸如此类的荒唐举动古往今来并不鲜见。几千年来,无数文人墨客挥舞手中出神入化之笔,将古巴比伦的"空中花

园"描绘得美轮美奂。有很多的传闻说,"空中花园"是一座多层塔式建筑,有100多米高,每层内部都有砖拱、石板做成的斜坡式阶梯通向上一层。平台分成四层,层层相叠,每一层都用大理石筑成小径,上面栽植着各类世间所没有的奇花异草。建筑物内部以芦苇为中心,外部堆积厚厚的泥土,上面长满美丽的花草树木。整座花园树木掩映,鲜花锦簇,远看犹如悬在半空之中。从幼发拉底河引导出来的水流在花园内化成汹涌的喷泉,直射蓝天,形成一道道绚丽的彩虹。幽静的园区小道曲折蜿蜒地延伸着,小径旁的溪流汩汩流淌……

如此美景,引得无数建筑大师和艺术巨匠怦然心动,为之神往。公元前3世纪,希腊人安提巴特慕名来到巴比伦城,见到了心仪已久的"空中花园"。此时的花园虽然已经没有了昔日的"花容月貌",早已花草凋零,蜂蝶散尽,"枯瘦如柴",只剩一副"骨架"悬在空中,任凭风吹雨打,但是,安提巴特还是毫不犹豫地将其与埃及的胡夫金字塔、亚历山大城灯塔等相提并论,仅此一端,就足见"空中花园"昔日的风韵。

然而也有人不以为然,认为这座花园实际上并非什么杰作,其长宽高都不过几十米而已,只是由于古代希腊没有特别高大宏伟的建筑,才使其鹤立鸡群,成为希腊人眼中的"奇迹"。事实上,流传至今的有关"空中花园"的记载,确实也几乎都是出自古希腊、古罗马作家及历史学家之手。现代历史学家争论说:当亚历山大大帝的士兵们到达了富饶的美索不达米亚地区并看到了巴比伦时,深为眼前的美景所震撼,其中包括"空中花园";他们后来回到单调枯燥、崎岖不平的家乡时,也将对花园美景的回忆带了回来,并向故乡的人们大肆夸赞。此说也合乎逻辑,因为当古希腊人还没有迈进文明门槛的时候,两河流域的文明已经延续了大约2000年。

尽管如此,无数的考古学家还是怀着无限的遐思来追寻传说中的"空中花园"。德国人罗伯特·科尔德维就是其中之一。1899年,科尔德维带领考古队踌躇满志地来到伊拉克首都巴格达以南90千米处,即史书上所记载的古巴比伦城的遗址所在地。随后,科尔德维指挥手下人挥舞工具干了起来,企图要使这座沉睡了两千年的古城重见天日,要弄清楚这里究竟有没有传说中美丽的"空中花园"。

一天，他们在古城南宫的东北角挖掘出一个不寻常的、半陷于地下的近似长方形的建筑物，面积约为1260平方米。这个半地下建筑由两排小屋组成，每个小屋的平均面积仅6.6平方米，其中的一间小屋内还发现了一口开了三个水槽的水井。考古队员想象不出这口井有什么特殊用处，便继续挖掘。后来他们又发掘出一座石砌的圆拱建筑。科尔德维立刻意识到这座建筑非同寻常：首先，古迹的地点在巴比伦城最古老的一部分，名叫巴比尔，而这里有最早的地窖；其次，这是在巴比伦发现的第一座圆拱建筑，是用石料和常见的砖砌成的；第三是那口怪模怪样的古井。这套建筑物的结构确实非常特殊，从设计到建筑都十分出色。

科尔德维认为，那几个圆拱一定具有特殊的用途。他启动脑中储存的所有相关资料，最后不由得眼睛一亮：这很可能就是传说中的"空中花园"。因为在所有记载巴比伦的资料中，从约瑟弗斯、狄奥多鲁斯、台西亚斯和斯特拉波的著作，到所有业经破译的有关巴比伦城这座"邪恶的城市"的楔形文字的铭文，只提到两处建筑是使用石料的，并且都特别强调指出是石结构：一处是卡色尔的北城墙，科尔德维已经在那里发现有石料；另一处就是"塞米拉米斯的悬空花园"。

科尔德维虽有此推想，但始终不能断定自己的想法正确无误。在他看来，挖掘出的三条竖井无疑是一眼抽水井。用于抽水的机器现在虽然早已荡然无存，但当年很可能配有一套由链条带动的水泵，以便能够不停地抽水。

为了展现"空中花园"的面貌，科尔德维充分地发挥着自己的想象力："空中花园"由一些圆拱支撑着，铺垫在这些小屋坚固的拱顶之上的是厚厚的土层，土层上面栽种着花草和树木，一条用链条带动的抽水设备将井水送上蓝天，然后"飞流直下三千尺"。此情此景，着实有些壮观迷人。

在考古发掘中，科尔德维的考古队也确实发现了这里曾种植过大批花木的遗迹。然而，"空中花园"本身所达到的"成就"令科尔德维失望，比起其他六大古迹来，它似乎羞于见人。科尔德维也难以理解这一事实上的"架空花园"何以堪称"世界七大奇迹"之一。因为即便在这座古城里，比它更引人注目的古迹虽说屈指可数,但也并非绝无仅有。

虽说如此,科尔德维还是抑制不住内心的喜悦,激动地向世界宣布:"我找到了'空中花园'!"

从此,世界考古学界沸腾了。围绕"空中花园"的学术争论纷纷扰扰,喋喋不休。

大多数学者认为,"空中花园"是确实存在的,因为古希腊和古罗马时代的许多历史著述中都有关于它的记载。比如,公元前1世纪中叶西西里岛历史学家狄奥多鲁斯,以及50年后在罗马皇帝奥古斯都在位时代著有《地理学》一书的斯特拉波,都曾先后描写过"空中花园"的情形。在今天伊拉克的首都,还有一座根据传说而复原的"空中花园"。

也有学者予以反驳。这些人指出:不少在自己著作中提及"空中花园"的古人,也仅仅只是从别人口中间接听到"空中花园"的情况,并没有亲眼目睹过实物。而亲自到过巴比伦城的历史学家希罗多德,在大谈特谈巴比伦城的雄伟壮观以及巴比伦塔的凛凛雄风的同时,却对"空中花园"只字未提。这一点恰恰表明,古巴比伦城并不存在壮观的"空中花园"。

针对上述说法,有人提出质疑,声称仅希罗多德一例难以服众,并由此认为希罗多德未曾真的到过巴比伦城。然而事实上,凡是亲临巴比伦城的古典时代的希腊作家,均如同希罗多德一样,在自己的著作中对"空中花园"未置一词。由此,人们有理由对"空中花园"的存在表示怀疑。

还有一个史实不容忽视。尼布甲尼撒死后23年,波斯人占领巴比伦城,不久改变了幼发拉底河的河道走向,河水从此远离巴比伦城。如此一来,"空中花园"即使确实存在过,也会因为缺水而变得面目全非。诚如是,百年之后的希腊作家焉能见到"空中花园"之真我风采?

而且,那些留下了"空中花园"有关记载的古人们,其写作态度的严谨性也让人心存疑虑。

尼布甲尼撒的侍从医生台西亚斯以善于杜撰而著称,他的记载当然难以为信。在狄奥多鲁斯的笔下,我们看到他描绘的是另外一个塞米拉米斯的"形象":"出生以后即被父母遗弃,幸而有一只鸽子每天嘴叼食物喂养她。长大成人后,有着闭月羞花之貌、沉鱼落雁之容的她嫁给了一位朝臣。一日,国王与其邂逅,为其美貌所打动,夜不能寐,最后强夺为妻。她整日郁郁寡欢,穿的衣服分不清是男是女。最后把王权交给儿子,化为鸽子飞出宫殿,成仙而去……"这样的记载,能以其为据吗?

更让人不解的是,建立了丰功伟绩、名扬四邻的尼布甲尼撒二世,流传下来的诏令与书写板无数,但世人却从中无论如何也找不到有关"空中花园"的只言片语。

于是,有人得出了惊人结论:"空中花园"是诗人和古代历史学家的想象力制造出来的一大世界奇观。

"空中花园"到底存在否?如果存在,它究竟身在何方?

也许,"空中花园"确实存在过,但它并非位于巴比伦城。

尼尼微古城遗址的发掘,似乎在暗示我们应该换一个角度来思考。在尼尼微宫廷浮雕中,有一幅名叫《尼尼微空中花园》的浮雕,上面的景致印证了古典作家对巴比伦"空中花园"的描述。亚述帝王辛那赫里布留下的诏令中,提到他在尼尼微兴建花园一事,而且他把流经尼尼微城的底格里斯河水引入花园以灌溉花草树木。

有人认为,这种空中花园实际上是亚述园林设计师为亚述宫廷设计的王家园林。它利用天然山丘或人工堆砌的山丘,种植各种名贵树木、奇花异草,供国王游乐散心之用。称这种山丘式的花园为"空中花园",也并非让人感觉突兀。也有一些记载提到了"空中花园",但是认为与尼布甲尼撒无关,而是一位叙利亚国王取悦他的一个爱妃的产物。

岁月不居,时节如流,大浪淘沙,物换星移。有关"空中花园"的传说,将永远是一个美好的传说。人们也许根本无法确知"空中花园"在哪里,也许它并不存在于某个特定的地方——公元前302年至公元前30年间,埃及托勒密王朝的历代君主们曾经拥有希腊文明地区内最著名的花园,法老的建筑师,来自尼多斯的索斯特拉托斯曾经替托勒密二世在其中的一个花园里设计了第一条悬空的走廊或散步小路。谁敢断然否定,这一灵感不是源自古巴比伦?

[我用眼睛去旅行]

"巴别"通天塔——引无数英雄竞折腰

今天的伊拉克首都巴格达的所在地在5000年前是一马平川,那里曾屹立着一座无比壮观的巨塔——"巴别"通天塔。它为何称作"巴别"塔?它真的能够"通天"吗?它到底是派什么用场的?

人们并不知道"巴别"塔最初从何而来,只知道早在远古时代,它就走进了犹太人的《圣经·旧约》之中。

根据犹太人的《圣经·旧约》记载:洪水大劫之后,天下人都讲一样的语言,都有一样的口音。诺亚的子孙越来越多,遍布地面,于是向东迁移。在示拿地(古巴比伦附近),他们遇见一片平原,定居下来。由于平原上用作建筑的石料很不易得到,他们彼此商量说:"来吧,我们要做砖,把砖烧透了。"于是他们拿砖当石头,又拿石漆当灰泥。他们又说:"来吧,我们要建造一座城,和一座塔,塔顶通天,为要传扬我们的名,免得我们分散在各地。"由于大家语言相通,同心协力,建成的巴比伦城繁华而美丽,高塔直插云霄,似乎要与天公一比高低。没想到此举却惊动了上帝。

上帝深为人类的虚荣和傲慢而震怒,不能容忍人类冒犯他的尊严,决定惩罚这些狂妄的人们,就像惩罚偷吃了禁果的亚当和夏娃一样。他看到人们这样齐心协力,统一强大,心想:如果人类真的修成宏伟的通天塔,那以后还有什么事干不成呢?一定得想办法阻止他们。于是他悄悄地离开天国来到人间,变乱了人类的语言,使他们分散在各处,那座塔于是半途而废了。

在希伯来语中,"巴别"是"变乱"的意思,于是这座塔就称作"巴别塔"。也有人将"变乱"一词

解释为"巴比伦",称那座城叫"巴比伦城",称那座塔叫"巴比伦塔"。而在巴比伦语中,"巴别"或"巴比伦"都是"神之门"的意思。同一词汇("巴别")在两种语言里竟会意思截然相反,着实令人费解。其实这是有缘由的。

公元前586年,新巴比伦国王尼布甲尼撒二世灭掉犹太国,拆毁犹太人的"圣城"耶路撒冷,烧掉神庙,将国王连同近万名臣民掳掠到巴比伦,只留下少数最穷的人,这就是历史上著名的"巴比伦之囚"。犹太人在巴比伦多半沦为奴隶,为尼布甲尼撒修建巴比伦城,直到70年后波斯帝王居鲁士到来才拯救了他们。亡国为奴的仇恨使得犹太人刻骨铭心,他们虽无力回天,但却凭借自己的思想表达自己的愤怒。于是,巴比伦人的"神之门"在犹太人眼里充满了罪恶,遭到了诅咒。他们诅咒道:"沙漠里的野兽和岛上的野兽将住在那里,猫头鹰要住在那里,它将永远无人居住,世世代代无人居住。"

事实上,"巴别"塔早在尼布甲尼撒及其父亲之前就已存在,古巴比伦王国的几位国王都曾进行过整修工作。但外来征服者不断地将之摧毁。尼布甲尼撒之父那波博来萨建立了新巴比伦王国后,也开始重建"巴别"通天塔,他在铭文中写道:"巴比伦塔年久失修,因此马尔杜克命我重建。他要我把塔基牢固地建在地界的胸膛上,而尖顶要直插云霄。"但尼布甲尼撒之父只将塔建到15米高,尼布甲尼撒自己则"加高塔身,与天齐肩"。塔身的绝大部分和塔顶的马尔杜克神庙是尼布甲尼撒主持修建的。备受人称赞的"巴别"塔一般指的就是那波博来萨父子修建而成的那一座。

这座塔的规模十分宏大。公元前460年,即塔建成150年后,古希腊历史学家希罗多德游览巴比伦城时,对这座已经受损的塔仍是青睐有加。根据他的记载,通天塔建在许多层巨大的高台上,这些高台共有8层,愈高愈小,最上面的高台上建有马尔杜克神庙。墙的外沿建有螺旋形的阶梯,可以绕塔而上,直达塔顶;塔梯的中腰设有座位,可供歇息。塔基每边长大约90米,塔高约90米。据19世纪末期的考古学家科尔德维实际的测量和推算,塔基边长约96米,塔和庙的总高度也是约96米,两者相差无几。"巴别"塔是当时巴比伦国内最高的建筑,在国内的任何地方都能看到它,人们称它"通天塔"。也有人称它是天上诸神前往凡间住所途中的踏脚处,是天路的"驿站"或"旅店"。

将塔修得如此高大,真的是如《圣经》中所言,"要让失散四方的人们有一个集中的地方"吗?

显然不是。人们普遍认为,"巴别"塔是一座宗教建筑。在巴比伦人看来,巴比伦王的王位是马尔杜克授予的,僧侣是马尔杜克的仆人,人民需要得到他的庇护。为了取悦马尔杜克,换取他的恩典,保障国家城市的永固,巴比伦人将"巴别"塔作为礼物敬献给了他。

在"巴别"塔里,每年都要定期举行大规模的典礼活动,成群结队的信徒从全国各地赶来朝拜。根据希罗多德的记载,塔的上下各有一座马尔杜克神庙,分别称上庙和下庙。下庙供有神像。上庙位于塔顶,里面没有神像但金碧辉煌,由深蓝色的琉璃砖制成并饰以黄金。巴比伦人按照世俗生活的理想来侍奉他们的神灵。大殿内只有一张大床,床上"铺设十分豪华"(如同希腊和罗马贵族一样,美索不达米亚贵族也是躺着进食),床边有一张饰金的桌子。庙里只住着一位专门挑选出来陪马尔杜克寻欢作乐的年轻美貌的女子。僧侣们使人们相信,大神不时地来到庙里并躺在这张床上休息。只有国王和僧侣才能进入神殿,为马尔杜克服务和听取他的教诲;这种超级神圣的东西是同老百姓无缘的,他们只能远远地敬拜心目中的神灵,因为如果近在咫尺,普通人将禁受不起大神的目光。

据希罗多德记载,神像和附属物品一共用去黄金800泰仑,折合现价约值2400万美元。考古学家曾经在僧侣的一住处发现一只石鸭,上有铭文"准秤一泰仑",石鸭约重29.68千克。如果希罗多德的记载可靠,则照此推算,马尔杜克神像连同附件一共重约23700千克,都是纯金所铸或制作。除了神灵,谁能享受如此高的礼遇?

考古学家和历史学家认为,"巴别"塔除了奉祀圣灵外,还有另外两个用途。其一是尼布甲尼撒二世借神的形象显示个人的荣耀和威严,以求永垂不朽;其二是讨好僧侣集团,换取他们的支持以便稳固江山。美索不达米亚是一个宗教盛行的地方,那里神庙林立,僧侣众多。僧侣不仅在意识形态上影响着人民,而且掌握着大量土地和财富,如果不在政治上得到他们的支持,恐怕国王的王位也会风雨飘摇。这种忧虑不是多余的,据历史学家研究,尼布甲尼撒之后,新巴比伦王国迅速衰落,以致波斯人不费一兵一卒就占领了巴比伦城,这与失去僧侣集团的支持有莫大关系。

公元前1世纪的希腊历史学家认为,"巴别"塔是一个天象观测台。新巴比伦人信仰拜星教,星体就是神,在他们的神话中,马尔杜克是木星。新巴比伦王国的僧侣们神秘地登上塔顶,难道真的是侍奉半躺在床上的马尔杜克大神吗?对此希罗多德颇不以为然,现代学者更不相信,说不定正是他们半躺在床上观测天象呢。而且,人类早期的天文知识直接产生于宗教和巫术之中,掌握这些知识的多是僧侣。新巴比伦人取得了当时世界最杰出的天文学成就,这座塔的功劳恐怕不可抹杀。

也有人认为,"巴别"塔是多功能的。塔的底层是祭祀用的神庙,塔顶则是用于军事瞭望的哨所。

不管怎样,5000多年以前,当世界上多数民族还处于茹毛饮血的蒙昧时代,在古希腊人称为"美索不达米亚"的地方,一座气势磅礴、巍峨雄伟的通天塔拔地而起,这不能不令人叹为观止,更不能不使当时的见闻者想入非非。

正是这座塔使得无数英雄为之倾倒。公元前539年波斯王居鲁士攻下巴比伦后,即被"巴别"塔的雄姿折服了。他不仅没有毁掉它,反而要求他的部下在他死后按照"巴别"塔的样子,在墓上建造一座小型的埃特门南基(埃特门南基是"巴别"塔的另一个名字,意为"天地的基本住所")。

然而,后来"巴别"塔终于毁掉了,波斯王薛西斯怨恨巴比伦人民的拼死反抗,"恨"屋及乌,下令彻底摧毁巴比伦城,"巴别"塔厄运难逃,变成一堆瓦砾。

即使如此,以热爱文化名垂青史的亚历山大大帝还是爱慕"巴别"塔的雄姿。公元前331年,亚历山大大帝远征印度时,特意来到了"巴别"塔前,英雄与奇观的对话大概只有彼此才能知晓。他一度要修复这座传奇般的建筑,下令全部拆除旧塔,一座更加宏伟壮丽的神塔眼看着就要出现了。然而,这只是让人空欢喜而已。据说,此时,一只患有疟疾的蚊子叮了亚历山大大帝一下,这位文治武功盖世的一代天骄于是一命呜呼,"巴别"塔也就备受冷落了。

事实是,这项工程实在是太大了,仅清理废塔就需要一万人工作两个月时间,于是,亚历山大大帝只好打消了这个念头。几千年下来,这座塔已变成了废墟，真的应验了犹太人的诅咒。即便如此，几千年后的考古学家科尔德维见到它时，仍由衷地发出了赞叹之声。科尔德维写道："尽管遗迹如此残破，但亲眼看到遗迹是绝非任何书面的描述可比的。通天塔硕大无比，'旧约'中的犹太人把它看作人类骄傲的标志，四面是僧侣们朝拜的豪华的殿堂，许多宽敞的仓库、连绵的白墙、华丽的铜门、环绕的碉堡，以及林立的一千座敌楼。当年这样壮丽的景象，在整个巴比伦是无与伦比的。"

在人们看来，昔日的"巴别"通天塔，比之列为"世界古代七大奇迹之一"的"空中花园"并不逊色，它一起家就被视作5000年前美索不达米亚鼎盛时代的标志。那它为何没有被列入"世界奇迹"呢？有人解释说，当第一批关于"世界奇迹"的名单出现时，"巴别"塔已不存在了，只剩下地面上一个巨大的洞穴。随着时间的流逝，这个洞穴也慢慢地被填平了。只是通过科尔德维的努力，才重新确定了"巴别"塔原来所在的位置。

有人则认为"巴别"塔另有所在。在巴比伦城西南一个叫波西帕的地方，考古学家们发现了一座古塔庙的残骸。远古时代的美索不达米亚平原上，神庙林立，发现一座并不为奇。但问题是，有人在此庙附近发现了一些文字残片，而且根据其中的记载，巴比伦的一个国王曾下令在这里建造塔庙，不知何故，没等竣工，国王突然下令停工，于是就留下了一个半截的塔庙。他们又联想到神话中的"巴别"塔也是没有建完，于是推测波西帕塔庙很可能就是神话中的"巴别"塔的原型。

"巴别"塔留给了我们谜一样的故事，更重要的是，它告诉我们，神灵并不能驱走敌人的铁蹄，要驱走敌人只有靠人们的勤劳智慧。

波斯波利斯古城——繁华过后成一梦

当我们还在感叹楚霸王项羽火烧阿房宫时，不料想在不同的国度也曾上演过类似的悲剧——历史总是有惊人的相似之处。古波斯国王的"乡村宫殿"

——波斯波利斯也曾遭此厄运。

古代波斯帝国的鼎盛时期是在大流士统治时期。大流士是波斯帝国最令人景仰的国君,在一次国内政治变故中,大流士登上了波斯帝国的王位,从此,一个强大的波斯帝国宣告诞生。

大流士的雄才伟略和征战野心使得波斯帝国的疆域空前扩大。为了显示帝国的财富和权威,公元前522年,大流士下令修建波斯波利斯宫殿,整个工程历经三代国王,持续70年之久才竣工。这座宫殿选在一个僻静处,离其他任何闹市都有一定的距离。首都苏撒是一个嘈杂、喧闹的城市,这座宫殿的建造使大流土能在某些时候避开喧闹到波斯波利斯去休养一番。在很长一段时间内,波斯波利斯一直是波斯皇帝的"乡村宫殿",被称为"圣都",在波斯帝国的所有城市中占有最重要的位置。

波斯波利斯是一项帝国工程,它凝聚了整个波斯帝国的财富和智慧。修建波斯波利斯用的砖来自巴比伦,雪松来自黎巴嫩,并由亚述人、卡里亚人和爱奥尼亚人运送,木材来自犍陀罗和科尔曼,黄金取自萨德和巴克特里亚,另外还有埃及的楠木,爱奥尼亚的装饰材料和印度等地的象牙。修建"圣都"的工匠也来自各个地方,正是用他们的智慧和双手修筑了这座融汇东西建筑艺术精髓的威严大殿。

波斯波利斯遗迹中令人惊叹的是它的石雕,沿墙与石阶的众多浅浮雕图案表现了贵族、各国使团要求觐见国王和进献贡品的场面。浮雕刻画的各国使者的服饰各异,有的手持珠宝,有的手牵骆驼。在波斯贵宾厅的台阶两侧,刻着两组规模巨大的人物浮雕,内容是庄严隆重的仪仗队。列队中人物一个个衣冠楚楚,甚至透过浮雕人物的衣衫可以看到人体的结构。侍从的脸部也被刻得很细致。宫殿门道两壁有兽身人面浮雕石像,还有吼狮、公牛的浮雕。这些浮雕作品历经2000多年依

然栩栩如生,令人想起这座宫殿的雄伟壮观。

整个波斯波利斯王宫是一组设计严谨的巨大建筑群,它集中了波斯帝国的所有财富,象征着一个帝国无限的风光与荣耀。然而,历史的演进是无情的,战争能帮助获得财富,同样也能毁灭财富。公元前330年,这座集中了亚非欧多国财富的华美宫殿在一把火中化为了灰烬,伴随着灰心烟灭的是一个帝国所有的荣光,波斯帝国的壮烈之梦一去不返。

公元前330年,亚历山大占领波斯波利斯,把这里的财富洗劫一空,他们调集了1000对骡马和3000头骆驼来运送从波斯波利斯掠夺的财宝。亚历山大在皇宫居住了几个星期后,就烧毁了这座象征着波斯帝国繁荣的皇宫。

有故事说雅典名妓泰绮思在一次宴会中请求亚历山大让她烧掉皇宫,因为这样子孙后代就会说,一个随军远征的女人比马其顿全体将士给予波斯人的惩罚还要重得多,这是一件多么风光的事啊。于是,一群喝醉酒的人大声喝彩,亚历山大亲自为她开道,全体人员和泰绮思一起手持火把将皇宫点燃。

这个故事有点杜撰的成分,但战争胜利后在胜者疯狂的激情下,什么偶然事件都会发生。对战胜者来说,毁灭是有一种快感的。亚历山大也许正是在这种快感中感受着一个帝国的消失和另一个帝国的崛起。波斯波利斯皇宫的大火烧了几天几夜,无数能工巧匠造就的华美建筑就此化为灰烬。唯有如今屹立在此的遗迹还在告诉人们,这里曾经很辉煌。

波斯波利斯宫廷之火,标志着古代波斯帝国的结束和希腊时代的开始。此后,这座古代世界最雄伟的古城,就再也无人居住了,它渐渐地成了一座死城,听任风吹雨打,日渐毁灭。它昔日的光荣也慢慢地被人们遗忘,只有伊朗的史诗和说唱文学中,留下了一些离奇古怪的神话传说,伴随着商路上的驼铃,传向四面八方。

站在波斯波利斯庞大的遗址上,凭栏远眺,思绪就会被牵入一个华美而壮烈的梦幻之中。大江东去,浪花淘尽,唯有那千古风流人物让人缅怀不已。

诸葛村——笼罩在八阵图上的千古迷雾

一枝荷花似乎可看作是诸葛亮一生清廉的写照。神机妙算的诸葛亮精通兵书战策、晓畅行军布阵,众所周知的"八阵图"便是诸葛亮在古代八阵基础上推演独创的阵法。"功盖三分国,名成八阵图",从杜甫赞颂诸葛亮的诗句中,也可见八阵图对军事学的贡献之大。八阵图早已失传,后人注定只能凭想象猜测其变幻莫测、威力无穷。不过,若能走进迄今发现的最大的诸葛亮后裔聚集的血缘村落——浙江兰溪诸葛村,或许能从这个布局奇特的古村找到些许关于八阵图的线索,撩开一丝笼罩在八阵图上的千古迷雾。

诸葛村建造于宋末元初,曾叫高隆村——让人很自然便会联想到诸葛亮"高卧隆中"的典故,明代后叶才改名为诸葛村。乍到村中,但见青砖、灰瓦、马头墙鳞次栉比,精美的石雕、砖雕、木雕俯拾皆是,好像跟别的古朴典雅的明清古村没有什么不同。但当我们在村里晃了几圈,便能隐约感觉到村落建筑布局的奇特。

诸葛村地理位置也奇异,四周高、中间低,像是建在了锅底之上,依山就势的建筑保持着前低后高的格局,当地人说这寓意着"步步高"。诸葛村并非像传统古村落那样按中轴线来布局,而是以那个名为钟池的池塘为核心。钟池有如车轮的轴心,半边有水,半边为陆,形如太极阴阳鱼——更为奇妙的是鱼眼处果然还有两眼古井。而八条主要的古巷道则有如车辐呈放射状通向村外的八座小山,把村子恰好分成八个不规则的区域,形成了内八卦;而环绕村庄的那八座小山则构成天然的外八卦阵形。

内外八卦布局的玄机究

竟何在？答案或许就在古村创始人诸葛亮第二十七世孙诸葛大狮的心中。诸葛大狮只在临终时留下遗训："吾一生精力，尽在阴阳二宅，去后或有灾咎，慎勿疑。"要求后代不得变动村子布局。事实上，诸葛大狮的两个孙子都因罪充军，村子一度被认为是凶地，但后代遵循了遗训，虽有拆建、添建房屋，却始终不敢改动初始布局。此后的数百年间，诸葛村历尽劫波却得以保存，无数次地证实了诸葛大狮的智慧。村民告诉我们，说抗战时期，日寇分三路进犯兰溪，其中一路从诸葛村下面经过，愣是没有发现这个大村落。如此强的隐蔽性，得归功于组成"外八卦"的那八座小山。

其实，只要走在村中，就能感受到诸葛村的神奇防卫功能。八条主要巷道又派生出诸多横向环连的窄弄堂，弄堂间重门叠户。纵横交错的巷弄似连非连、半通不通，其变化之玄妙，令人匪夷所思。没有向导，迷路是难免的。不禁揣测，当年陆逊误入八阵图，体验到的触目惊心想必远胜于此。村里历来是夜不闭户的，民风淳朴固然是主要原因，另外的原因就是村里人自信：据说，村里也曾有过盗贼，但最终都因进得来、出不去而被束手就擒。

如此神奇，难道仅仅是种巧合吗？从诸葛氏宗谱中的一则记载也许能一见端倪：南宋绍兴年间，高宗皇帝曾下圣旨到村中求八阵图的原稿一观。那么，宋末元初的诸葛大狮有没有可能从祖先那传承八阵图呢？他所设计的诸葛村是否是依八阵图来布局的呢？得承认，走在迷宫般的古村里，思考这些问题是难有头绪的。再说，考古没有假设，好歹自己只是个军事迷，并非严谨的学者，我更愿意把古村看作是诸葛大狮留给后人的，更是一组破解失传已久的八阵图的密码。至少，这能让游人平添许多探索的快感。

村内仍保存着200余座明清古建筑，最重要的当数大公堂与丞相祠堂。有近600年历史的大公堂是江南唯一的武侯纪念堂，有近400年历史的丞相祠堂是诸葛氏族的总祠。大公堂奉祀诸葛亮的神主和画像，后厅太师壁上题有诸葛亮所写的《诫子书》。"非淡泊无以明志，非宁静无以致远"这一名句，便出自于《诫子书》。《诫子书》成了诸葛氏世代恪守的族训。

诸葛亮曾有"不为良相，便为良医"的古训。大概因为诸葛亮"千古第一良相"的声誉无法逾越，后人把对祖先兴国济世精神的继承，更多地体现在了退则为医、救死扶伤上。从医或经营药材生意成了最能继承诸葛亮宁静淡泊志趣的传统,自明代起,诸葛镇便成为浙西南中草药的集散地。

闻着沁人心脾的药香,不禁又想起了诸葛亮。诸葛亮曾自觉进行过"财产申报",说"成都有桑八百株,薄田四十五顷,子弟衣食皆有余饶",且做出了"若臣死之日,不使内有余帛,外有赢财"的"廉政承诺"。

诸葛亮去世时真的做到了"内无余帛,外无赢财",却给后人留下了最为宝贵的非物质财富。

看来,诸葛亮这种豁达洞彻的人生大智慧,并不比八阵图所蕴含的智慧逊色。

第六章

"绝版"之旅

——寻访地球的独特作品

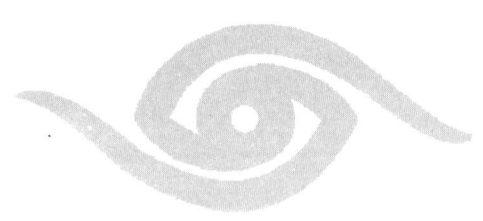

谁说上帝总是公平的,它偏偏把奇迹赐给了一些地方,让这些地方集万千关注于一身,它们有的壮丽,有的神秘,有的神奇,有的诡异……无论相对应的哪个关键词,总之这些地方的每一处在这个地球上都"只此一家,别无分号"。

[第六章 "绝版"之旅——寻访地球的独特作品]

科罗拉多大峡谷——燃烧的红色

"不管你走过多少路,不管你见过多少名山大川,科罗拉多大峡谷,色调是那么新奇,结构是那么宏伟,仿佛只能存在于另一个世界,另一个星球"。美国早年的自然学家、探险家约翰·缪尔在1890年游历科罗拉多大峡谷后,发出了如此由衷的赞叹。

科罗拉多大峡谷是科罗拉多河亿万年来奔腾不息、在这片荒凉土地上切割出的一道深深印记。谁能想到,那看似柔弱的河水竟有如此巨大的力量,在平坦的高原上划出如此一道又长又深的裂痕。它是世界最大的峡谷之一,据说从太空中望去,科罗拉多大峡谷是唯一一个能用肉眼看到的自然景观。

看来,这是一个在浩瀚宇宙中无法忽视的奇迹。

科罗拉多大峡谷全长446千米,平均宽度16千米,总面积2724平方千米,最深处有1800米。地球上没有一处观赏景点能看到大峡谷的全貌,就算如何地身临其境,也只能在不同的方向窥到它的局部。只有坐飞机从高空俯瞰,才能完整欣赏到这个稀世奇观。这正应了中国的一句古话——不识庐山真面目,只缘身在此山中。

"科罗拉多"在西班牙语中的意思是"红色",这正是科罗拉多河水的颜色。这红色的河水,带着原始的野性,带着奔放的激情,前进的脚步势有万钧,披荆斩棘,一路上竟然创造出了20来个大小不一的峡谷。科罗拉多大峡谷位于河的末游,那是科罗拉多河水拼尽全部的力量刻画出的最后"神来之笔",是科罗拉多水系所有峡谷中的"王"。

经过科罗拉多河的打

磨,河谷的两侧出现了许多奇形怪状的地貌,怪石嶙峋、沟壑纵横、岩塔叠立、千姿百态。当地人给这一奇特的景观起了很多带有神话色彩的雅称:黄金梯、天使窗、天仙岛、月亮神殿、阿波罗神殿……看科罗拉多大峡谷那庄严的气势,似乎真的有神祇居住其中。

在科罗拉多大峡谷公园里,有世界上最大的屏幕,荧屏上的每一幕都展现着大峡谷一路走来的沧桑变化。在很远的时期这里也曾是一片浩瀚的汪洋,后来由于地壳运动,这片区域被从深海里高高地举起,成为桌状的高原。

科罗拉多大峡谷的岩石构成了一幅包含玄机的地质画卷,在这里,古老的高原大地被以一种精准的刀法从纵深剖切开来。越向海拔低处,岩石层所标志的地质和生物现象就越发古老,当然,那些距我们年代最近的岩石的年代也已经是很古老了,至少在科罗拉多河形成之前,这些岩石就已经存在了。这个时候,眼前的岩壁则更像一部编年的大书,标记哪一个年份的一页便有着对哪一个年份的注解,或者这样的记载是以世纪或者更为粗略概括的时间划分的。当然,这些岩石也是以一种极其符合审美需求的方式来自我呈现的,它们的颜色表现出永不匮乏的变幻来。有时候,这些岩石看上去确实是红色的,却在光线转移后的一瞬间变成离奇的蓝色,在下一个瞬间里又变成棕色、紫色。这些色彩迷离在峡谷的半空中,成功地制造了一种让人陶然欲醉的气氛,以至于人们站在谷底举头看一线的天空,竟觉得天空中开满了无根无叶杂色的花儿。

立足于某一块凌空突出在峡谷之上的岩石上向谷中眺望,深得似乎难以到达的谷底在周围岩石的阴影中显得那样的阴森不祥,人类一切美好的想象都在那里触礁。而张望对岸,则会生出更大的恐惧:会觉得脚下立足的地方已然不存在了,而身体则进入一种无望的自由落体状态中,耳边呼呼生风。这时候人们会有一种感觉:人类,即或作为一个整体,在这个能够将大地生硬地撕开的野蛮张力面前,也是渺小不堪的。面对着无限深渊的大峡谷,人们会误以为自己已经来到了人间的末路,好像这里就是地狱的入口,死神的出口。

大峡谷的惊心动魄带给人们的娱乐潜能也是无限的。从1869年至今,在大峡谷中进行的漂流活动已经成为人们挑战自己体能和精神极限的热选。在湍急的红色激流中,一人一艇一桨,任何一丝的分神或消极反应都可能让人丧命。在这样的活动里面,运动者收获的不仅仅是一种"玩的就是心跳"的快感,或者还有对自己的高度自信和对自然的亲近之情。正因为这样,这项活动被美国《国家地理》杂志评为"全美最具挑战性的100活动"之一,也正因为如此,才有那么多人排队报名。

站在科罗拉多峡谷的谷底,或许人们会想起银幕上那些带着刀枪、骑在马背上肆意驰骋的西部牛仔,而宽边草帽、马蹄过后,一片飞扬的红土则是最纯粹的美国西部风情。在新近开发的一处观光景点中,人们建造了一个风格惊险的悬空玻璃廊桥,站在上面,人们可以欣赏无遮拦的彻底悬空的风景,上面、下面、周身全是透明的空气,怎能让人不胆寒?受邀第一个登上廊桥的印第安部落酋长开玩笑说:"我在那里听到了玻璃破碎的声音。"而同时在场的阿尔德林却说:"这很棒,跟太空漂浮有点不一样。"

站在峡谷边缘望下去,悬崖崖壁层次分明、色彩鲜艳,包含着不同地质时代的各种岩层。从寒武纪、古生代到中生代,各种远古动植物的化石都蕴藏在这本天然的"地质百科全书"中,如同树木一圈圈的年轮,记载着岁月流逝的痕迹。它们的颜色有暗红、土黄、青灰、蓝紫,在烈日下闪烁着夺目的光芒,每一块岩石都像是一幅精美的壁画。万丈悬崖深不可测,多往下看一眼都会觉得头晕目眩,似乎是深渊中透出莫名的魔力,让人胆寒。那是一种难以言表的震慑,那种深邃的空旷,那种无法估测的巨大内涵,令我们无法不对它产生敬畏。

站在任何一个角度观望,大峡谷都有它不同的风韵,可谓"横看成岭侧成峰,远近高低各不同"。峡谷内的山光水色,随着天气阴晴和太阳角度的变化而瞬息万变,光怪陆离,一天之内就能呈现出各色特征。旭日东升时,它是红色,待到夕阳西下,又变成了橘黄,随着光线的强弱变化,又能变成深蓝、棕色,扑朔迷离,而每到阴天,峡谷里又被紫色的雾气笼罩着,斑斓诡异,如仙境般苍茫迷幻,又气势磅礴,人工的画卷岂能摹其万一?

科罗拉多大峡谷似乎天生就是为内心不安分的美国人而生的。那份壮丽的原始洪荒,正是西部牛仔风情的绝佳体现。峡谷底部的奇岩怪石,最适合那些天性不羁的男人们骑马挎枪,纵横驰骋。那些被夕阳拉出的长长的身影,风采绝世,却也寂寞无限。

100多年里,无数探险家在峡谷中挑战险滩、搏击激流,诠释着一种无所畏惧的人类极限。在任何一条河流中漂流都不能像在科罗拉多大峡谷中漂流那样给人如此震撼的力量。穿行峡谷,如鹰击长空,既是刺激得要死的探险,又是充实快乐的享受,难怪许多人乐此不疲。

有人曾说:"我来这里时还是无神论者,离开时却变成虔诚的信徒。"第一眼看到峡谷时,你会觉得心里有块无形的玻璃被震得粉碎,千万年前的岩石似乎触手可及,那是大自然同时的微笑和恐惧,还包含着一丝纯情,这就是造物主的创造。

阿切斯岩拱——荒漠中最闪亮的一抹颜色

美国作家爱德华·阿比曾经到这里观光,被眼前神奇的美景深深地吸引了:数不清的岩拱高耸在光秃秃的砂岩上,沐浴着金黄色阳光,表面泛起一层铁锈色的光辉。他在自己的作品《沙漠中的宝石》里发出由衷的惊叹:"这是地球最美丽的地方"。

阿切斯位于犹他州的荒漠、科罗拉多高原的心脏部位。这一地区林立着大大小小、形状各异的2000多个自然形成的石拱,"阿切斯"即是英文"石拱"的意思。

从直径只有1米的隆起孔穴,到跨度91.8米的世界最大的岩拱,都集中于此,这里的岩拱比世界上任何一个地方都要多。所有的岩拱都是大自然信手拈来,浑然天成,没有任何的规则可循,全部是你意想不到的形状。

几亿年前这里还是一片

汪洋大海,随着时光的流逝,大海渐渐干涸,留下了厚厚的盐层,山上滑落的砂石与盐层混合,堆积成一个个小丘。到了1000万年前,外力开始侵蚀这些盐丘,慢慢将盐分溶解,砂石颗粒脱落,盐丘从内部分崩离析,出现溶化后的缺口,并且慢慢变大,大块的石头脱落,最终形成岩拱。

远远看着岩拱孤独的身影,似乎能感受出它内心的孱弱,徒然而生几分沉重之感。时光飞快流转,几亿年不过是历史的一个瞬间,然造物主的手却一刻不肯停歇。或许若干年后,新的岩拱诞生,依然美丽,依然神奇,依然让世人惊叹。

数不清的岩拱高耸在光秃秃的砂岩上,泛起一层铁锈色的光辉。在这里,我们不但可以欣赏岩拱的美丽,还能见证岩拱的垂暮。

这个时刻,也许你会觉得,岩拱虽然冷冰冰的没有生命,却永远是荒漠中最闪亮的一抹颜色。

五彩湾——戈壁的绚烂

在新疆准噶尔盆地的东南部,一片茫茫的戈壁荒漠之中,暗藏着一个五彩缤纷的世界,这就是神秘妖娆的五彩湾。

"五彩湾"是这里一片片色彩鲜艳的风蚀地貌的统称。千百年的地壳震荡运动、气候冷热的周期变化,在这里堆积了厚厚的煤层。风蚀雨剥塑造了这里丘陵状的外观,覆盖地表的砂石被剥离,地下的煤层暴露,再经过阳光曝晒、雷电击打,加上各地质时期矿物质的含量不同,连绵的丘陵呈现出七彩的颜色,深红、黄、橙、绿、青灰、灰绿、灰黑、灰白交相辉映,光怪陆离到不真实的程度。

远远望去,五彩湾就如一幅鲜艳的油画,不但在颜色上瑰丽十足,而且在形态上也不落下风。连绵的彩色丘陵高低起伏,如巨蟒,似雄狮,像占代城堡中的亭台楼阁,有的就像是一个小小的微缩金字塔,千姿百态,变化多端。走进这幅油画世界中,便宛若置身梦幻世界,四面八方都是明快强烈的色

彩,强烈撞击着你的视线,让人目眩神迷。所有的山冈都被鲜艳的色彩包围着,没有任何一处单调的角落。随着日照光线及角度的变化,五彩湾的韵味也跟着改变,虽然各具特色,却都是诗情画意。黄昏时,落日的余晖将五彩湾映得如火如炽,仿佛所有山体都在熊熊燃烧,极为壮观,你的热血似乎也在那一刻跟着刺目的斜阳燃烧起来,止不住地心旌飘荡。

除了奉献给我们视觉上的极致享受,五彩湾还是一座天然的资源宝库。这里储藏着丰富的石油资源,现在该地区已经开发成为继克拉玛依之后新疆又一个大油田。正是因为石油勘探工作的开展,才将昔日不为人知的五彩湾变成了今日的探险胜地。除此之外,五彩湾还有大量的黄金、珍珠、玛瑙、石英等20多种矿产,五彩湾被这些名贵的珠宝装饰得更加富丽堂皇。

置身于五彩湾,如同身在一个最美丽的梦境中。但地面上那些裸露堆积着的烧结岩,时刻都在提醒我们,在今日五彩湾华丽的外表背后,付出了怎样一种惨痛的代价——美好与创伤总是喜欢结伴而行。

千百年里的阳光曝晒,雷电击打,终于成就了今日光彩夺目的五彩湾,如同凤凰涅槃后永生的美丽,夺目,却也悲壮。

黄石——地球最美的表面

不到黄石,你不知道美国有多美。正是这些照片里那无法抗拒的魅力,让黄石成为美国第一个国家公园。

在摄影师中普遍存在一种说法:"不到黄石,你不知道美国有多美。"

第六章 "绝版"之旅——寻访地球的独特作品

当年,正是摄影师镜头中大量优美的风光照片深深地打动了美国政府,黄石才有机会成为美国第一个国家公园,至今已有131年的历史,被确定为世界自然遗产。

所以,有人说并不是黄石的风景成就了一批批的摄影师,而是辛勤的摄影师成就了今日的黄石。它美丽的身姿频繁出现在诸多摄影大师的传世杰作中,到目前为止,它依旧是世界上最大的国家公园。赴黄石拍摄考察,成了诸多摄影者最热切的期盼,最难忘的旅程。

黄石国家公园分布于著名的落基山脉中,莽莽苍苍,占地9000多平方千米。大量的湖泊点缀在崇山峻岭、绿树红花之间,纵横交错的小溪与河流将其连成一串圆润的珠链。它们流过滚烫灼热的火山熔岩,流过冰封雪冻的山巅,流过林木丛生的山谷,流过怪石嶙峋的山路,最终汇入大河,奔腾入江海。丰沛的天然降水源源不绝地补给着园内的水源,不但保证了黄石国家公园的温润柔美,还让这里成为美国诸多大河的发源地。

黄石最著名的就是它保持完好的原始自然风光以及丰富的火山地质景观。其实,黄石本身就是一部火山活动书写的历史。这个谜一样深邃的童话仙境,诞生于近200万年前的一次火山爆发。现在的国家公园,正是当年巨大的火山口。虽然自有人类的历史以来,它还未曾喷发过,但实际上火山的活动至今也未完全平静。火山地区特有的标志性景色——地热、间歇泉、硫黄池、火山泥流遍布在公园内,俨然一部研究火山运动活灵活现的教科书。

60万年前,这个火山口进行了最后一次喷发,自此便开始韬光养晦。这最后一次疯狂形成了大片的玄武岩、安山岩、流纹岩等,构成了园内高矮起伏的硫黄山、石英山、熔岩山。

山体形态各异,或是身披白色冰雪,或是覆盖绿色森林,或是开满五彩繁花,各色相间,五彩斑斓,分外美丽。而最生动有趣的要数紫晶山。紫晶山的岩壁上堆积着厚厚的砂石、火山灰的固体混合物,有粗有细、层层叠叠,糙砺的外表构成了一个清晰的岩石层剖面,将火山数百万年来的岁月变迁全部形象地体现在这一个小小的平面中。

千百万年前,这里或许也曾经生机勃勃,在阳光下展开生命的笑靥。如今,那些曾经在这里生活过的生物却挺立成了岁月的化石,镌刻着时光流逝、自然变迁。当火山活动归为沉寂后,地球迎来了冰河期。如同历史上火山曾经3次喷发,冰川运动也在此三起三落,与火山不相上下。瑞雪代替了火山灰的烟尘,纷纷扬扬地飘洒在空中,冰川在陆地上流动,将贫瘠的岩熔地表再次打磨、塑造,最终打扮成为起伏的山峦、纵横的沟壑。较之枯燥的火山地貌,冰川地貌显得更加富于流动的韵律、美妙的节奏。黄石成了历经火与冰磨砺的圣地,千锤百炼,方才有今日的宏伟壮观。

黄石按自然景观分为五大区:玛默区、罗斯福区、峡谷区、间歇泉区和湖泊区。5个地区各有所长,各具特色,但是火山地热奇观却是五大区共同拥有的宝贵财富。这里有3000多处温泉,其中间歇泉就有300多处,占全世界间歇喷泉的一半以上,世界上再也找不到间歇泉如此密集的地方了。许多喷泉的水柱高度超过30米,形状各异,时疾时徐,有的伴着如狮吼的水柱喷射声,有的水色碧蓝,如百花齐放,竞相争艳。

"老忠实喷泉"是数不胜数的喷泉中最著名的一座,几乎成了黄石的标志。它每隔20多分钟喷射一次,每次大约4分钟,最高能喷射到60米,喷出20吨的热水。沸腾的温泉水在空气中凝结成一片白色的云雾,在阳光折射下闪出彩虹般绚烂的七彩效果,如彩练飘空,宏大的场面中还透着妩媚,然而这些都不是它名扬天下的主要原因。"老忠实喷泉"最为世人称道的便是泉如其名的"忠实"。无论冬夏,它都像上好了弦的闹钟,始终如一地按着自己的节奏和频率喷涌,任风吹雨打,丝毫无错。凡来到黄石的人,必要一睹"老忠实泉"的芳容,感叹造物主之神奇。

黄石峡谷是黄石另一处举世闻名的景观,黄石河的汹涌奔流将山脉截断,创造出了神奇的黄石大峡谷。峡谷两侧的火山岩以橙黄色调为主,间或夹杂着红、绿、紫多种颜色,在阳光下五彩纷呈,熠熠生辉。而更夺目的是一种黑曜岩形成的悬崖,如一面巨大的天然玻璃幕墙镶嵌在半空中,光彩夺目。黄石河切入峡谷,形成了著名的黄石大瀑布,飞流直下,如游龙清啸,势如破竹。

黄石还被誉为"世界上最著名的野生动植物庇护所",诸多濒危物种在这里都能被寻觅到自由生活的足迹。这是全美仅存的一处仍有美洲野牛游荡的场所。熊是黄石的象征,它们甚至会大摇大摆地跑上公路,拦住汽车,伸爪乞食,为游人增添了诸多情趣。

远处的森林之巅,分明有山顶的白色冰雪隐约显露,融化的冰水从轰鸣喷射的间歇泉旁婉蜒流淌,踏着灼热沸腾的地下水的身体而过,明明是水火不容的力量,却如此和谐地比邻而居,一同装点着黄石的美丽。也许终有一天,它们还会有激烈的冲击,再次讲述起冰与火古老的争斗,讲述起造物主在过去岁月里充满魔力的故事。

雅丹地貌——自然的杰出雕刻

在罗布泊地区,有一种特殊的地貌形态,却很少为世人所知,而它的魅力却丝毫不亚于吸引了万千游客的许多世界名胜。

这,就是神奇的雅丹。淋漓尽致体现了大自然神奇塑造力的雅丹,为神秘的罗布泊增添了奇光异彩,而光怪陆离的雅丹本身也充满了令人迷惘的谜。

大自然中的风与沙,虽然来势汹汹,却也欺软怕硬,风吹、水蚀,不过是搬运走沉淀物中的疏松沙层,对坚硬的泥岩或石膏胶结层,在一定程度上也无可奈何。于是,在荒原中留下一片片土堆,形成一种

凹凸相间的奇特外貌,即所称的雅丹地貌。

"雅丹"一词,原是维吾尔语"雅尔"的变音,意思是"陡壁的土丘"。19世纪末20世纪初,一些中外科学家在罗布泊地区发现了大面积外貌相似的土丘与河谷,并且在撰文时采用了"雅丹"来形容这一独特的地貌特征。后来,"雅丹"这个词便被地质学界逐渐认可和采用了。

雅丹地貌是一种风蚀地貌。河湖中的土状沉积物所形成的地面,经风化、间歇性流水冲刷和风蚀的作用,形成了与盛行风向平行、相间排列的风蚀土墩和风蚀凹地的不同荒漠,包括突厥斯坦荒漠和莫哈韦沙漠在内,都有雅丹地貌特征。

在雅丹地貌发育比较成熟的地区有成片的雅丹林,其整体,有的酷似古城堡、庙宇、帝王坟、千军帐,有的类似"鲸群戏沙海"和"万龙布阵",千姿百态,十分壮观。从近处看,它们也是气象万千:有的像一艘艘鼓满风帆的战船即将远航;有的像雄象、狮子、老虎、鲸、龙、鸟等可爱的动物。总之,一切都给人神秘莫测之感。

链接:中国最美的三处雅丹地貌

第一名:乌尔禾最瑰丽的岩石雅丹风受坎坷不喜平

风受坎坷不喜平在克拉玛依市乌尔禾乡东南三千米,有一处独特的风蚀地貌,定名为风城,人们习惯称它为"魔鬼城"。风城地处风口,四季多风。每当大风到来,黄沙遮天,大风在风城里激荡回旋,凄厉呼啸,如同鬼哭狼嚎,令人毛骨悚然,"魔鬼城"因此而得名。蒙古语称风城为"苏木哈克",哈萨克语为"沙依坦克尔西",其意皆为"魔鬼"。方圆约10平方千米,地面海拔350米左右。据考察,大约一亿多年前的白垩纪时,这里是一个巨大的淡水湖泊,湖岸生长着茂盛的植物,水中栖息繁衍着乌尔禾剑龙、蛇颈龙、恐龙、准噶尔翼龙和其他远古动物。这里还是一片水族欢聚的"天堂"。后来经过两次大的地壳变动,湖泊变成了夹着砂岩和泥板岩的陆地瀚海,地质学上称它为"戈壁台地"。

第二名：白龙堆最神秘的雅丹群龙聚首天涯

白龙堆雅丹为罗布泊三大雅丹群之一，在历史书籍上常被提及，它位于罗布泊东北部，是一片盐碱地土台群，绵亘近百千米。由于白龙堆的土台以砂砾、石膏泥和盐碱构成，颜色呈灰白色，有阳光时还会反射点点银光，似鳞甲般，故古人将这片广袤的雅丹群称为"白龙"。从远处望去，白龙堆就像一群在沙海中游弋的白龙，白色的脊背在波浪中时隐时现，首尾相衔，无边无际，气势雄伟。

第三名：三垄沙最壮观的雅丹戈壁的舰队

三垄沙雅丹群位于玉门关以西的戈壁荒漠中，由于地处三垄沙雅丹边缘，因此被称为三垄沙雅丹。三垄沙是一条横亘于罗布泊东部地区的流动沙丘带，至今仍受东北风的影响，随时游动。这条沙漠带长约百余千米，宽约数千米，在汉代土梁道的沙带最窄，约200米。遇到起风，沙如游蛇，在风口中行走，细沙会沿足盘旋到膝盖处。民间有谚语道：急走流沙慢走水。三垄沙雅丹东西长约10千米，南北宽约10千米，面积约100平方千米。土台高达15~20米，大多土台可长达200米。所有的土台都呈长条状东西排列，犹如茫茫沙海中的一群巨鲸，或联合舰队中的一列列战舰在游弋，气势磅礴。其成因有不同的说法，但大多数人认为以洪水冲蚀为主，再加上风的作用形成。土台的结构多以沉积层黄土形成，有不同的颜色，在早午晚太阳光线的作用下，形成不同的色彩世界，奇幻无穷。这里自古就是丝绸之路的必经之地，运气好的话，你还可以在这里捡到文物；但这里也被称为"魔鬼出没的地方"，因土台形状近似，走进之后容易迷路，若碰上沙暴，风声如同鬼哭，令人心惊胆战。

[我用眼睛去旅行]

格雷梅——隐忍于黑暗中的千年地下城

怪石嶙峋的大地上，无边无际的黑暗中，却隐藏着惊人的建筑奇迹，璀璨的"基督文明之花"，人类历史文化长廊中的瑰宝。

亚洲大陆的最西端，是平均海拔超过1000米的土耳其安纳托利亚高原。土耳其宝贵的自然文化遗产——格雷梅国家公园，便处于高原上3座城市之间的三角形地带，远古时代5座大火山喷发出来的火山岩，构成了格雷梅三角带的地基，面积近4000平方千米。

贫瘠的火山岩裸露着，山体上寸草不生，一派荒凉恐怖的景象，被称为"奇山区"。火山岩质地很软，岩体密布孔隙，经过常年的风化和流水侵蚀，形成了众多奇形怪状的石笋、断岩和岩洞。格雷梅的绿色都集中在山间峡谷，林木茂盛，与荒芜的山体对比鲜明。

卡帕多细亚时期的山地洞穴和地下建筑遗址是格雷梅最珍贵的文化遗产。2000多年前，就已经有古老的部族在此凿洞而居。公元前9世纪，一些基督徒为了躲避迫害、坚守信仰，选择了与世隔绝的地下生活。他们把松软的火山岩凿通，建起了柱子和拱门，把黑暗的地下世界变成了规模惊人的地下房屋和教堂，墙壁上绘满了《圣经》图画，至今依然色彩鲜明，美不胜收。由于洞口狭窄，光线难以射入，那些基督徒们不知在黑暗中隐匿了多长的时间，而也正是由于黑暗的保护，这些珍贵的壁画才得以流传于世。这些代表拜占庭艺术精华的地下教堂，在黑暗中绽放的"基督教文化之花"，吸引了世界各地的游客不辞长途跋涉的劳苦，来欣赏这举世无双的奇迹，在壁画前感受古老的人们隐忍于黑暗中的坚定信念。

死海——大地心窝里的一汪泪水

死海并不是海,而是一个内陆湖泊。这里没有什么特殊的美景,但上天却赐予它独特的神奇色彩。但谁能说清,这份神奇究竟代表了生还是死,宽容还是残酷?

地球表面再也找不到比死海更低的地方,它的水面平均比海平面低415米。根据《创世纪》中记载,远古时代,这里是一片大陆,由于人的恶习难改,而成为上帝眼中的"罪恶之城"。上帝把这块土地变成了一片汪洋大海,淹没了这里的城市与村庄,让这里再也没有淡水来供人生存。或者,这样的惩罚对上帝和人都是不忍不堪的,以至于当人们谈论死海的时候,有这样的说法:"大地心窝里的一汪泪水"。

其实死海本是地中海的一部分,在地壳运动中与地中海分离,东西两岸被悬崖峭壁束缚。所以死海虽然名义上为海,实际上却只是一个大的内陆盐湖。它位于约旦、以色列和巴勒斯坦之间,以一种超然的姿态于俗世之外存在着,超越了国家的界限,散发着上天赋予它的独特的神奇色彩。

1900多年前,罗马帝国的军队行至死海附近,元帅将几名俘虏投入湖中,意欲处决。但奇怪的是俘虏们均漂而不沉,浮在水面上逃过了一劫。元帅以为这是神灵的旨意,遂赦免了这几个人。这个故事为死海卸下了一层冷冰冰的面纱,它并不是令人畏惧的"死亡之海",反而能用自己谜一般的力量救人性命。当然,在现代人眼中,死海的漂浮已经不是什么难解的秘密,更知道不是什么神灵保佑。对死海成因的科学解释是异常

[我用眼睛去旅行]

简单的,这个由约旦河和另外4条小河流为其补充水位的内陆湖泊没有任何出口,夏季少雨,降水集中在冬季,每年蒸发的水量与其入补的水量大致相当,或者甚至因为大量的约旦河水被引作灌溉用水而超过入注水量。河水携带来的盐分就经年地积攒在里面了,如此,死海便成了高盐度的盐湖。据说,来自约旦河的小鱼遇上不可逃脱的潮汐,便会在这里被活活地齁死。

剔去神话中得来的不愉快的印象偏见以后,死海的风景还是有一些明媚的,全然不像其名字所昭示的那样阴森恐怖。中东地区特有的沙漠植被和强烈光照虽然不太适合人类长久居住,却无比迎合着人们对于短期旅游逗留的偏好,尤其是在北半球地中海气候的夏季。浮游死海似乎是最受旅游者欢迎的项目,人们可以惬意地躺卧其中,或者阅览,或者闭目安神,或者仔细地享受每一束迎面扑来的阳光和无边际的闲暇感,所不同的是,这一次不是在床榻上,而是在其密度比人体密度高的苍翠的湖面上。进行这样活动的同时你应该放弃两样尝试:俯卧和游泳,否则高度含盐的湖水会让你在失去平衡以后尝尽苦头。死海的浮力惊人,再优秀的潜水员,想在这里潜入湖底都是件很困难的事情。

虽然对人类无比宽容,但对水生动植物来说,死海却是名副其实的"死亡之海"。湖中除了细菌外,再找不到任何动植物,没有什么生物能在盐度如此高,且缺乏氧气的水中生存。辽阔的湖面上没有海鸟飞过的痕迹,湖水与沙滩交界的地方是一层厚厚的盐体,大片的卵石滩上更看不到生命的影子。

或者我们在死海的表面上感觉到的,还不算是它最咸涩的内涵。湖水越趋向深处,盐度越高,以至含盐量达到30%以上,太多的氯化钠在那里沉淀成纯粹意义上的盐。湖水里面的盐矿物质在消毒杀菌和治疗关节病痛等慢性疾病方面被证实着实有效,空气里面高于平常20倍的溴元素含量和更多的氧离子可以让人镇静安神,来自湖水深处的黑泥已经作为化妆品市场上的抢手产品,被约旦和以色列出口行销至世界各地。

死海的水呈深蓝色,波澜不惊,如一块巨大的蓝宝石一样瑰丽。宁静深邃的湖水轻轻荡漾,你无法说清楚它究竟代表生命还是死亡。由于蒸发量大于降水量,死海的湖水在悄无声息地消失,没有人可以预测它的未来,虽然我们都希望——死海能够得到永生。

[第六章 "绝版"之旅——寻访地球的独特作品]

艾尔斯岩——巨大醒目的孤独

在澳大利亚中部,一望无际的荒原地带,一块巨大的岩石默默矗立在天地之间,显得有几分孤独、几分苍凉、几分突兀,这就是世界上最宏伟的岩石——艾尔斯岩。

艾尔斯岩高348米,长3000米,占地面积约9平方千米,这组数字已经足够使它成为世界上最大的单体岩石,更何况它还有2/3的体积都深埋地下。它气势雄峻,犹如一座超越时空的自然纪念碑,突兀地矗立于茫茫荒原之上。它在这个世界上已经走过了几亿个年头,周围同样硬度的砂石早已被岁月风化瓦解,只有它,穿越风雨的洗礼,依旧巍然屹立,气定神闲地接受着来自世界各地的瞻仰与惊叹。

自远处望去,艾尔斯岩石仿佛与天齐高,将天地相接,气势之宏伟,令人惊叹。若遇上狂风暴雨,就可看到无数条水流沿着岩体上的沟槽急淌直下,水雾弥漫,仿佛千条瀑布奔涌归复大海,气势磅礴,令人叹为观止。

从高空鸟瞰,艾尔斯岩浑然一体,色泽均匀,线条流畅。在地面上看艾尔斯岩,则只好专注于其中的细节了。巨石的表面是略显粗糙的,其上的每一个凹凸无不说明着那些我们无法触摸甚至也没法想象的沧桑故事。还有一些自上而下的槽状条纹,在下雨的时候,落在岩石顶上的雨水沿着这样的小沟壑急剧地流下来,为艾尔斯若穿上一件珠玉的衣裳;而若要遇上大雨,便会在岩石的四壁形成气势磅礴的瀑布,飞流直下地扑到荒原的红色土地上,蜿蜒成

汨汨的溪流。

一根约200米长的石柱紧紧依附在石壁上,一直延伸到地面,被形象地称为"袋鼠尾巴"的岩山的四面陡峭,无法攀爬,只在侧翼有一条安了防护铁索的狭路,长约1.6千米,可以直达顶峰。这也是岩石的发现者——高斯的"登顶之路"。当年高斯在横跨荒原、又饥又渴之际,偶然撞见了这座参天巨石,几乎以为是困境中的幻觉。沿着这条小路攀上岩顶,双脚都已血肉模糊,而高斯却由衷地欢呼起来,因为眼前罕见的美景足以令他无怨无悔。

艾尔斯岩的色彩富于变幻,这似乎已经在人们的眼里变得有些神化了。原因就是,岩石中高含量的铁氧化物在不同的光照和温度条件下,呈现出不同的颜色。清早时分,红日东升,在清新而低温的空气里,艾尔斯岩显出娇嫩的浅红色,仿佛是一夜惬意的安睡后容光焕发的淡淡笑靥。中午,气温渐渐升至一日里的最高,岩石的表面就褪化成了铁氧化物原始的橙色,这时候的艾尔斯岩,取一个拙劣的比喻,就像是一个橙子,当然,形状上是绝对说不过去的。傍晚,太阳迫近地平线,余晖将云霞和半个天空装扮成热烈绚烂的一片,天光映现在大石头上,艾尔斯岩变得深红,像一团为将要到来的黑夜燃起的篝火。夜的幕布终于低低垂垂、疏而不漏地将大地笼罩了起来,艾尔斯岩此时穿上土色的棉衣,像一个要在黑夜里独自走很远路的老人一样,身影孤独而瑟缩。

高斯的感叹也道出了数以万计后来者的心声:登上岩顶极目远眺,远方原野上牛羊如蚁,大树如草,而只有你在高石绝顶,听耳边疾风猎猎,颇有几分君临天下、威震四野的阵势。

来此探险的人们在当地还可以享受到一种服务,就是乘坐直升机升空,自上而下俯瞰艾尔斯岩,这是一种更为轻松的方式,能清楚地观察艾尔斯岩的全貌,当然也要花费更为昂贵的代价。有人说,这样看上去,艾尔斯岩更像一只静静匍匐着的巨象,憨态可掬。

艾尔斯岩还被称做"魔岩",因为岩石表面多处已被氧化,在阳光的照射、云层的掩映下,会时时刻刻变幻不同的颜色,展现着巨石在一天里不同的心情。每天早上旭日东升之际,岩石被披上浅红色的盛装,带着几分少女的娇俏;到了正午,则会换上橙红色的外衣,火辣辣的朝气蓬勃;夕阳西下时,随着云层

第六章 "绝版"之旅——寻访地球的独特作品

的变幻,巨石也不断在红褐色和绛紫色之间转换,一派妩媚的成熟气息;在夜幕完全降临后,它又穿上紫黑色的睡衣,安然而眠。如果够幸运,能得到天气和云彩的配合,你就能看到岩石遍体通红的瞬间奇景,如一团熊熊燃烧的巨大火球,没有什么比那一刻的瑰丽更让人心动,只是这种奇观却可遇而不可求。

澳洲土著将这块巨石看做心中的圣石,认为它是当地人的灵魂,神圣不可侵犯。巨石下边的洞穴和风口,至今还保留着土著人的绘画和岩雕,内容包含了土著人对生活中事物的描述和他们的活动会议纪录,线条分明、形象生动,讲述着土著人梦幻般的传奇故事。

在当地的土著居民——阿南古族人的语言里面,这块身形和精神都显得孤单的大石头被叫做"乌卢鲁",意思是"见面的地方"。显然,这种标记是以"乌卢鲁"的独特性和知名度为前提的,约定"见面的地方"就在这块大石头下面,明确得不会产生任何一点歧义。"乌卢鲁"是阿南古族人的圣山,阿南古族人执意地认为这块大石头就是脚下大地的灵魂,并因此具有不可侵犯的神性,他们极力地捍卫这样的神性,坚持不让世人攀上岩顶。当他们的孩子到达一定的年龄的时候,族人就把他们聚集到石头下面,举行仪式庄严的祭祀礼节,把孩子交托给大石神灵以庇佑,为他们祝福。在乌卢鲁的岩穴里,从古到今地保留着阿南古族人描述其生活和生产情景的笔画,一路走来,显得风尘仆仆。1985年,澳洲政府做出了一个永久性的决策:将"乌卢鲁"归还阿南古族人,由他们对大石和附近的景区进行管理。

在艾尔斯岩的脚下景区入口,有醒目的标牌云:"为尊重当地人的信仰,请尽量不要攀爬",这是给自觉的人看的。在岩石身上,有一条铁链勾连而成的栈道,那是给无视前面文字的人留出的上山道路。

有越来越多的观光者到艾尔斯岩,并不为攀爬,而是在徒步绕行岩石一圈后带着满怀的崇敬离开。

繁星满天的夜晚,站在岩顶,仿佛伸手就可以触及天上的星辰。星光闪烁流动,巨石慵懒地静卧在那里,与大地融为一体,见证着璀璨银河下无数浪漫的故事。人世间的沧海桑田转瞬即逝,而这块有灵性的岩石,如同时空打造出的一块自然纪念碑,超越了一切时间的概念,成为人类永恒的礼赞。

[我用眼睛去旅行]

世界上,有些东西是注定要因为其独特性而没有与之匹配的,而艾尔斯岩就是其中最孤独的石头。它以自己的神秘挑逗着人类的求知欲,又把与自己有关的真相向我们隐藏;它完整地保持着自己的体形和身世,拒绝被风化,拒绝被理解。然而它对自己的孤独是再清楚不过的,它似乎觉得难以排遣,就把这样的孤独以一种巨大的手笔写在了澳洲北部的荒原上,一目了然,让看到它的人既欣喜又懊恼。

哈莱阿卡拉火山口——另类月球

夏威夷岛是一个火山遍布的危险岛屿,除了众多躁动的活火山外,还存在着一些休眠的火山,哈莱阿卡拉火山便是其中最著名的一座。海拔3055米的它是世界上最大的休眠火山之一。过去的岁月中,火山多次喷发,加上风雨、流水侵蚀的作用,使得火山口一次次被加宽、夷平,以至于现在的规模惊人:火山口深800米,环绕周边长达34千米,足以围住纽约的整个曼哈顿岛。

哈莱阿卡拉火山口位于夏威夷州毛伊岛中南部,1916年,它被划为夏威夷国家公园的一部分。60年代初期,成为独立的公园,面积约有100平方千米。"哈莱阿卡拉"具有"太阳之家"的意思,据说当地的半人神毛伊曾将太阳禁锢于此,以求白昼延长。90万年的古老火山哈莱阿卡拉,即是夏威夷人心中"太阳升起的地方"。对夏威夷人来说,哈莱阿卡拉火山的日出代表着希望,而太阳西沉也就带走了一天的不快。面对巨大的哈莱阿卡拉火山口,你会明白人类在自然面前是多么的微不足道。

在夏威夷吟唱者看来,哈莱阿卡拉火

山的意义不只是一座火山,它是夏威夷人自然天性形成历程的见证。哈莱阿卡拉火山的朝阳提醒着夏威夷人不要忘记这片土地的历史。在夏威夷流传着这样一个故事:天父瓦吉亚和大地母亲帕帕卡波拉卡共同孕育了这片土地,毛伊(岛)是它们的第二个孩子,尽管夏威夷已经归属美国,但是夏威夷人不能忘记自己的根,这是自然天性的由来。哈莱阿卡拉火山口就是他们坚守的证明。

哈莱阿卡拉火山最后一次喷发是在1790年,也许还有可能再度喷发,但它已经度过了一个相当漫长的休眠期。火山口内部有数不清的岩石碎块,高达300米的火山渣锥体、厚厚的火山灰和大小不等的熔岩块——最大的就像一辆小汽车,当然,和这巨大的火山口比起来,它们依旧是渺小的存在。银剑树是这里最著名的植物,即便是在火山口这种干热的环境中,它依然可以长到1.5米高,但是若想看它开花,可不是件容易的事情。在银剑树20年的寿命中,它只开花一次,花期过后,银剑树的生命也就走到了尽头。

从空中俯视哈莱阿卡拉火山口,四周是一片茫茫的黛青,接近火山口的地方呈现出暗红色,像是火山口内有什么东西在燃烧,映红了与它最接近的岩石。火山口呈圆锥状的拱起,而锥尖像是被人拦腰斩断,于是露出了一个幽深的黑洞,呈不规则的圆形,深不见底,好似大地突然张开了圆圆的嘴巴,让人不由联想起凡尔纳的《地心游记》。在那个大胆幻想的故事里,主人公就是从火山口下降,进入到了地心,体验了一场惊心动魄的地心之旅。而现在,通往地心之门就大开在眼前,那神秘莫测的世界,对好奇的人来说,是多么难以抗拒的诱惑。

而更为神奇的是,哈莱阿卡拉火山口的景色,像极了月球表面的环形山,四周也是一般的荒凉贫瘠,气氛寂静且压抑,难以分辨自己是在地球的夏威夷岛,还是来到月球上探险,这时的哈莱阿卡拉,更多了一些科幻的味道。

夜色中,当地的土著居民在哈莱阿卡拉火山上围着篝火起舞,向居住在这座活火山中的火神膜拜。传说来自塔希提的火神佩莱曾经掌管着整个夏威夷,后来他的权威受到海神的挑战,双方恶战一场,佩莱失败,领地也只剩下了哈莱阿卡拉地区。于是火山腾空而出,日日喷发着佩莱的愤怒。传说中有着夏威夷人对哈莱阿卡拉火山的敬畏之情,不过古老的哈莱阿卡拉火山也足以让崇尚自然的夏威夷人为之骄傲。那巨大的火山口，容纳了太多的自然奇迹。

有人说这里是离月亮最近的地方。火山曾经不断地喷发，形成了许多小火山口，大大小小地挤在一起。火山口落满了岩石、火山锥、火山灰层和火山弹，火山口内部坑坑点点，都是火山曾经喷发的记忆，还有人戏称这里为"弹坑的盛宴"。哈莱阿卡拉火山口四周没有生命的迹象，植物也难觅踪迹，红褐色的岩石和青灰色的火山灰覆盖着整个山脉，满目的苍凉，令人窒息。一个个环形火山口酷似月球表面上的环形山，若不是一轮太阳挂于天际，真会让人以为自己登月成功了呢。

冷清寂寞的哈莱阿卡拉火山口周围散散落落地有几座雪白色建筑物，给这个"月亮"增添了一些不一样的感觉。有一座拱形屋顶是美国夏威夷科学城，据说是专门观测和研究外星空间的，谁让这里是离月球最近的地方呢。

哈莱阿卡拉地区保存着夏威夷最完整的田园风光，沿着哈莱阿卡拉山脉，有一些像天堂一样宁静朴素的小村庄，那里的夏威夷人日出而作，日落而居。他们清晨看着太阳从哈莱阿卡拉火山升起，夜晚在门口遥望这个沉寂的火山口，祈祷着自己的生活不要被打扰，一日日，一年年，生活不就这样吗？

谁愿意错过眼前这梦幻般的景象呢？低头看看翻卷的云雾吧，你大概会觉得，自己已经把月亮踩在了脚下。

安赫尔瀑布——自然的绝美洗礼

在委内瑞拉东南部高原上，人迹罕至的密林深处，藏匿着世界上落差最大的瀑布——安赫尔瀑布。

当地的印第安人满怀崇敬地叫它"出龙"。它也确实像极一条出海的银龙，灵动夭矫，盘桓在高山峭壁之间。安赫尔瀑布凌空垂下，激起满山谷珠玉四溅，水雾氤氲，下坠之势如追风逐电，势不可挡，隆隆轰鸣之声，如飞龙清啸，在整个山谷间回响。在阳光的照射下，时常可见一道绚烂的彩虹挂在水雾之上，柔媚如月笼轻纱,似是谁抛出的彩练,与这条飞奔着的银龙嬉戏玩耍。瀑布两旁古树参天,山石嶙峋,藤葛缠绕纠结,在壮丽中又添肃穆之美。

由于此地的热带雨林植被非常茂密,平时无法靠步行到达瀑布的底部,也就不能从最底层观察"出龙"的全貌。到了雨季,河流因为降雨而变深,游人方能乘船逆流而上,在瀑布下敬畏地仰视。其他时间里,欣赏瀑布的唯一途径便是乘坐直升飞机,从空中观赏瀑布神秘的雄姿,只是遗憾听不到水落的轰鸣。

火山顶庞大的休眠火山口因为不同的视线角度变幻着不同的颜色,一周下来,仿佛欣赏到了一道绚丽的彩虹。然而安赫尔瀑布的魅力并不止于此,它本身的奇异风景,加上夏威夷特有的浪漫色彩,令无数的探险者纷至沓来。

穿梭在蓝天白云之间,看这巨大的白练飘然而出,如银河水泻,大气磅礴。自然的绝美震撼人心,带来一次灵魂的洗礼,滤掉所有的纷繁复杂,只余下内心最纯净的梦想。这时候,面对豪迈的天使瀑布,仿似我们每个人都可以成为神圣的天使。

魔塔山——攀岩绝佳地

魔塔山,这个狰狞恐怖的名字,却来自于印第安一个温情的传说。印第安人把它当做神山来膜拜,奈何它却成了攀岩者大显身手的天堂。

魔塔山国家公园自然以魔塔山闻名于世,而关于魔塔山的由来,当地至今盛传着两个版本。

"精装版"是一段美丽的传说。有一天,一只巨熊在追逐7个美丽的印第安

姑娘,突然平地出现一棵大树,姑娘们爬到树顶,而后大树迅速长高,以至于巨熊够不到她们。于是,恼怒的巨熊用爪子把树皮刮了许多竖道,后来,大树在漫长的岁月中被风化成现在这个样子,而当初那随着大树升至天上的7个姑娘,早已化身为北斗星,日夜守护着魔塔山顶上那方湛蓝的天空。

和"精装版"相比,"简装版"就要粗糙很多。故事是说一个恶魔喜欢在山顶擂鼓,他的鼓声震天轰响,吓坏了所有的人,因此人们再不敢接近此地。久而久之,魔塔山的"恶"名便逐渐为世人所知。

"魔塔山"这个名字,让人听上去有些毛骨悚然,但它却是美国的第一个国家遗址。究竟是何等的魅力,让它得以载入史册?

魔塔山是一块整个的大花岗岩形成的山体,与其说它是山,不如说它是一座石塔更加准确。山体上有一道道纹理,这是岁月的刀在它身上刻出的伤痕,为"魔塔"又添了几分狰狞。而真正追溯前缘,魔塔山其实形成于大约5000万年前。来自地壳内部的压力迫使大量岩浆侵入沉积岩,冷却后结晶、收缩、断裂,形成多边形柱体,大约又经过了100万年的风化腐蚀,魔塔山才初具雏形。

慕名前去游玩的人,通常都会被魔塔山最表层的外貌所震撼。这座庞然大物,从基座到岩巅高263.7米,相当于八九十层楼的高度,基座直径304.8米,自下而上逐渐收缩,远远看去,好像一座根部生长在地下的巨大木墩,下无止境,上接蓝天。或者这样的高度,换了任何的山脉丘陵,都不能在人们的心里唤起如此特立独行的感觉。但魔塔毕竟是魔塔,它最堪称绝的特点就是摆脱了平地上的一切,不着一丝束缚地拔起。它的山壁和大地的平面几乎是垂直的,没有为人们的一般性的渐变的风景切换思维留下丝毫的余地。当人们从大海上极目远眺的时候,视野被穷尽,人们习惯性理所当然地认为在他们所见的后面依然是碧蓝蓝的大海,依然是高阔的云天。幅员广大的旷野和草原也给人们这样平坦的印象。如果海洋的尽头有岸,草原的尽头有山,那么在它们中间必然有衔接过渡的大陆架、水陆交杂的海滩以及山脚的河流、缓缓升起的山麓。可是,魔塔山并没有成全人们这样的风景审美习惯,它的出现好像是四平八稳的旷野画面中不和谐的一笔,看似颠覆败坏了原先沉寂的美,却以一个醒目的感叹号一般的创意惊醒了人们的睡意,唤起了人们更高的关注。

在魔塔山下面,也曾经流传着一个"愚公"的美谈,这是个以一个名叫罗杰斯的牧场工人为主人公的真实可循的故事。在很长的一段时间里,罗杰斯面山而居,出入绕山而行,"为山所惩",终于有一天,他毅然决定将这座孤峰征服在自己的脚下。可想而知,以魔塔那样桀骜难驯的高度和竖立程度,征服的过程是相当困难的。但是罗杰斯并没有用到"子又生孙,孙又生子,子子孙孙无穷尽也"的长远家族计划,也没有劳烦到大力神夸娥氏的二子,就把它征服了。罗杰斯将数千根木楔砸进峭岩的缝隙,一路攀缘而上,最终登顶。或者这样的事情放在今天,本身也不会有太大的新闻效果,但是那是在1893年,罗杰斯是有记载的第一次人类依靠自己的体力和智慧征服了这座孤高的山峰的英雄,人类的意志被以一种酣畅写意的姿态记入在魔塔山上。打那以后,魔塔山就成了攀岩运动者挑战的焦点。一个多世纪来,有很多人成功,也有很多人失败,人们登山的热情却始终不减。这座被以极其硬朗的线条勾勒的山峰也吸引了众多导演取景的慧眼,热卖一时的好莱坞大片《第三类接触》就曾经将外星飞船的降落地点选在这里,这里四壁陡直,上面平坦,带着一些非人间的风景色彩,倒也挺配合外星人出没的剧情。

魔塔山至今还是当地印第安人心中神圣的地方,他们用最简朴的方式对神山进行着祭拜。每年都有很多远方的攀岩者来此挑战陡峭的山崖,灰秃秃的石塔在人来人往中终于有了几分生气。太阳在山上泼了金黄,清冷的石头被染成暖色,仿佛是眼前升起的希望之光,让攀登的人心中也燃起一丝暖意。

从魔塔的峰巅看到的是一片苍凉无主的州界,怀俄明、蒙大拿、南达科他、北达科他和内布拉斯加一起把它们的荒芜景象向人们呈现。在这里,魔塔山才更加像一座塔,像一座台,使人不由得产生"前不见古人,后不见来者,念天地之悠悠,独怆然而涕下"的发古思今之幽情。

第七章

神秘之旅

——最具争议的秘境

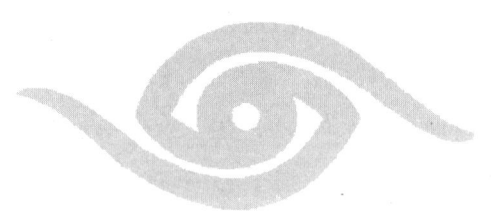

被埋葬的繁华,无法阅读的古纸卷,地球过往无语言说……悠长的过往在宁静之中蕴藏着不凡的造化,就算"苹果"这个词语已经占领了全世界,地球上仍然还保留着不少神秘秘境,说不定它们是专门为好奇的你而存在的。

阿尔沃兰海域——地中海的"幽灵"

碧绿沉静的地中海,几多梦幻,几多浪漫,几多悲情。这片孕育了无数文明的海域中有一块飞不过去的"死亡三角区",这就是阿尔沃兰海域。二战后的20年内,这里发生了11起空难,229人遇难。所有路过该海域的船只、飞机的仪器都会莫名失灵,导致它们失去方向,最后一头沉入茫茫大海。

1969年,西班牙海军一架"信天翁"号飞机在阿尔沃兰海域神秘失踪,西班牙海军动用了10余架飞机、4艘舰船搜索十几天,仅仅找到两把座椅。机长发出的最后消息令人费解:"我们正朝着巨大的太阳飞去",他们真的飞向了太阳?而两个月前另一架"信天翁"号飞机刚在这里失踪,失事机长获救,却丝毫说不清发生了什么。

1975年7月,西班牙空军学院4架训练机在阿尔沃兰海域集训,一道闪光掠过,4架飞机齐刷刷栽进海中。失事地点距离海岸仅1海里,训练有素的军人却无一人生还。

除却飞机,船员对这里也是心怀畏惧。1964年7月,一岛屿电台半小时内连续收到同一船只的两次求救信号,却怎么也确定不了该船的具体位置。

翌日,距离海岸1海里的海面上浮起了十几具穿着救生衣的尸体。对水性娴熟的船员来说,1海里的距离实为小菜一碟,况且他们还身穿救生衣。那为什么这艘名为"马埃纳"号的渔船上无一人生还呢?各种说法刹那间甚嚣尘上,但就像刊登该消息的西班牙报纸所说,"没有一个合情合理

的解释"。

从1964~1985年,有6艘潜艇在阿尔沃兰海域莫名消失,而同一时期全世界潜艇遇难事件不过11起。一位海军发言人曾表示:"那种认为它们遭到同一个敌人进攻的假设,就像它们失踪本身一样神秘,异想天开。"那么它们是怎么从地球上消失的呢?难道真像《百慕大》作者所说那样,阿尔沃兰海域下面存在某种史前文明?

阿尔沃兰海域就像一座幽灵城堡漂浮在地中海之上,间或的飞机失事、船只遇难令这片海域弥漫着悲情色彩。究竟是什么赋予这片美丽海面凶险和恐怖呢?至今还没有一个可信的解释。

无论人们如何猜疑推测,阿尔沃兰海域一直保持着沉默。

特兰西瓦尼亚——传说中的"吸血鬼故乡"

在欧洲,罗马尼亚一直是吸血鬼迷信最复杂的地方。而罗马尼亚的特兰西瓦尼亚作为小说《德库拉》中主人公德库拉的居住地,更是当之无愧的"吸血鬼之乡"。在特兰西瓦尼亚,关于吸血鬼的迷信的语言和风俗到现在还可见到。

可以说,没有哪个地方能像特兰西瓦尼亚一样能够唤起人们的恐惧感。传说吸血鬼的故乡,也是狼人和吸血蝙蝠的栖息地。郁郁森森的原始森林,四处

出没的棕熊、狼,黑暗不见天日的深山荒野,吸血鬼族的幽暗,狼人族的血腥,充满了诡谲阴郁。

特兰西瓦尼亚村落和它的防卫教堂,展现出了一幅生动的图画,为南部特兰西瓦尼亚的文化景观增色不

少。这些村落有着自己独特的土地制度、殖民方式以及农庄的家庭组织单位，这些特点使特兰西瓦尼亚村落独具特色，自中世纪后期以来，村落和它的防卫教堂一直完好的保存下来，是十三至十六世纪的建筑史上重要的插曲。

别尔坦教堂在一座小山顶上，环绕着它的三道连续的防御设施构成了其防御体系，高楼和棱堡加强了该防御设施的能力。城市就在该防御系统的脚下发展起来，城市的棋盘式街道布局，由宽度不一的通往中央广场的街道构成，它在13世纪和19世纪间发展起来，今天依然保存完好。教堂为后哥特式风格，并且是城市及其防御设施的中心，发源于西欧和中欧的文艺复兴和巴洛克风格也有体现，可以分别追溯至16-17世纪和18世纪。

TIPS：典型荧屏吸血鬼的来源

寒气森森的夜幕下，黑云翻滚，阴风阵阵，一道道闪电划破夜空，疯狂地肆虐着大地。如此诡谲阴郁的夜晚，一裹紧黑色斗篷的身影在黑夜中徘徊游荡，如幽灵般降落到窗前，化身为黑色的蝙蝠，舞动着薄翼，飞入了卧室，扑向熟睡的少女，两颗长长的獠牙，对着少女的脖颈咬了下去……这就是传说中的特兰西瓦尼亚的吸血鬼。

吸血鬼和特兰西瓦尼亚的三个历史人物密不可分，也是典型荧屏吸血鬼的来源。

费拉德·德古拉(原身威拉德三世)，一个邪恶的吸血恶魔，居住在一个鬼怪出没的城堡里，绰号"穿刺公"(用尖木桩将人钉死)，以残酷而闻名，相传曾为民族英雄，迎战外地人侵，年轻貌美的妻子误信丈夫已战死的讹传而殉情自杀，威拉德三世悲愤之余化身吸血鬼，吸尽了无数人类的鲜血。

莱斯男爵，风度翩翩却凶狠恶毒，心狠手辣，残杀300多名儿童，用鲜血来寻找点金术的秘密；

吸血鬼女伯爵(原身巴托里伯爵夫人)，美丽妖艳，却心如蛇蝎，喜欢吞噬处子之血,甚至把血装满浴盆来沐浴更衣,使自己永葆青春。他们的行为惨绝人寰,残暴冷酷,相传死后都变成了恐怖的吸血鬼。这是最早的、也是流传最广的吸血鬼形象。

不难看出,以上三个都是在贵族阶层的人物,并且拥有金钱、地位及相当的教养气质,这就是在若干年后以其为蓝本的吸血鬼文学作品出现时,对吸血鬼美丽、优雅、气质、诱惑和强大的雏形、并且充满浓郁的情欲色彩。也在这一外衣下,更激发了人们对于吸血鬼迷信这一古老的形式保持旺盛精力的其一原因。

纳斯卡巨画——答案在空中

秘鲁南部荒凉而贫瘠的纳斯卡平原,一个2000年前的迷局镶刻其上。在那里约50平方千米的范围内,绵延几千米的线条纵横期间,勾画了一幅幅奇特又准确的巨大几何图案。这些线条沉默无言,似乎在等待后人的耐心破解,又仿佛故意隐藏着什么秘密。如果说南美是一个用谜铺就的大陆,那么这些纳斯卡平原上的图形就是其中最难解的谜。

1938年,一位秘鲁飞行员飞经安第斯山脉上空时,无意间发现地面上有些异样的图形。他很好奇,于是降低了飞行高度,仔细观察起来。结果令他吃惊不

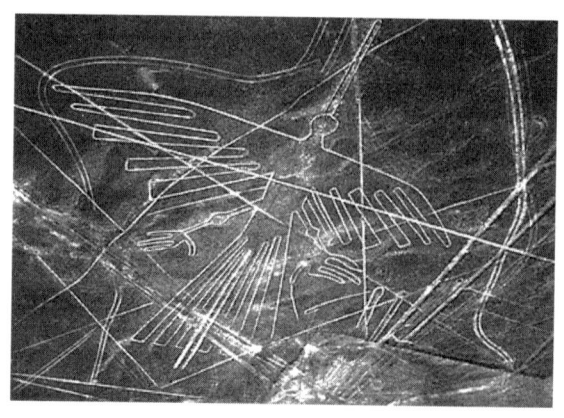

已,平时看似无奇的地表线条,竟然变成一幅幅巨大的图案。这是一些面积巨大的地画,每一根线条都是把荒原表面的细砾石挖开而成,其中一些"沟槽"所组成的线条,构成三角形、长方形、梯形、平行四边形和螺旋形之类的几何图案。

这位飞行员将其所见公布于世后，在当时并未引起多大的反响。直到1939年，纽约长岛大学的保罗·科李克博士在纳斯卡荒原再次发现这一巨型图画后，这一奇迹才引起世人的极大关注。

1939年，保罗博士乘坐飞机沿着纳斯卡平原上的古代引水系统飞行，偶尔的一次低头就有了震惊世界的发现。保罗博士看到纳斯卡平原上有着巨大而神奇的类似飞机跑道一样的直线图案。纳斯卡荒原上的这些巨画描绘的对象种类众多，有的是带有装饰风格的动物图形，有些线条则很像飞机场的跑道，还有一些规则的几何图形像是某些标志性的图案。巨画的线条宽窄和长短不一，有的长达5千米，有的1千米左右，都很笔直，并且转角和交叉处都棱角分明，那些"平行的跑道"有着明显的起点和终止点。博士不由得惊叹道："我发现了世界上最大的天文书籍。"这次发现吸引了全世界的目光，纳斯卡巨画显示了超凡的魅力，令无数考古学家、天文学家为之愿用一生探寻。

德国天文学家赖希女士为纳斯卡巨画奉献了自己毕生的精力。赖希女士找到了数百个不同形状的纳斯卡巨画。因为她，我们才能更深入了解有关纳斯卡巨画之谜。纳斯卡巨画的规模之大，出乎人的想象。在这里几乎能看到所有的几何图形，三角形、四边形、方形、圆形，甚至还有螺旋形、波浪形、放射形……那些图形的线条，有的互相平行，有的纵横交织。一些图案由着动物的样子，飞鸟、鱼虫、猴子、蜘蛛……更多图案是一些不可名状的植物形状。这些只有从天上俯瞰才能一睹全貌的图案在纳斯卡平原讲述着自己的故事，只是没有人能读懂它们。

纳斯卡巨画中最为著名的是一幅蜘蛛图。蜘蛛完全由简单的一条单线勾勒而成。有人认为这是纳斯卡最动人的画，也许是图腾，也许是某种仪式。纳斯卡平原上砌着18个相似的鸟图，一条太阳准线准确无误地穿过了鸟的羽翼。同样的图案也曾出现在出土的纳斯卡陶器之上。二者之间一定有着某种联系。一个巨大的三叉戟竖立在一座山脊之上，寒光闪烁，极富威严。纳斯卡平原上从未出现过三叉戟，当地人是如何画出这种未见之物呢？一个四边形旁边一双只有9个指头的人类巨手伸向远方，它要告诉我们什么呢？

关于纳斯卡巨画有太多的疑问，究竟是谁创造了纳斯卡巨画？它们是怎样被创造出来的？它们背后到底是什么呢？几十年来人们众说纷纭，莫衷一是。

构成纳斯卡巨画的线条是两边嵌黑花边的白带，由一层浅色卵石延伸而成。据专家估算，创造一幅图案需要搬运几十吨重的小石头，工作量极为巨大。关于如何创造巨画，科学界已经有了共识，所有的线条都是事先精心设计好的，依图而建。那么如何设计出如此巨大的图案呢？现在更多的科学家倾向于空中设计，这种解释最为合理。但是在原始社会初期，纳斯卡人已经有了空中测绘的飞行器吗？而且他们已具有了高超的设计、测量和计算能力吗？

根据美国航天飞机拍下的图片，纳斯卡巨画在百万米的太空也能看到，由此推论，巨画是为了给空中的人看的。那么"空中的人"在哪里呢？无法想象，这些至今对巨画毫不知情的纳斯卡人，竟在千年前创造了向天空展示的美丽，他们是在祈祷，还是在呼唤某种生灵的再次降临？

有人认为这种宏伟的创造与某种天文历法有关，因为一些线条极其准确地指向了黄道上的夏至点。但是这只是为数不多的几条线条，更多的线条并无指向。一些历史学家认为纳斯卡巨画应该是纳斯卡人祭祀时所走的路线，这样就可以领悟图案所代表的某种物质的实质。也有的学者认为图案中的动植物更像天空中星座的变形体，那些长长的线条则是星辰运行的轨道。

从地理位置而言，纳斯卡平原应该水草丰美，生机盎然，但是它却像火星一样荒寂。最近考古学家在这里挖掘出400多具木乃伊，而裹尸布上绣有人类升空、滑翔和急降的图案。纳斯卡巨画更加令人困惑。

关于纳斯卡巨画，人类探索似乎已经走到了尽头，答案就在那里，可是它已经随着时光流逝了。

撒哈拉岩画——史前奇迹

撒哈拉沙漠，一处令人向往又心怀畏惧的秘境，在那里，你会迷失其中，也会找回自我。

第七章 神秘之旅——最具争议的秘境

在常人的脑海中,沙漠就是一望无际的荒野,别说人类文明,就是连动物都不会涉足这样的地方。可是,就在世界上最大的沙漠地区——非洲撒哈拉大沙漠里,却有着人类文明存在和发展的确凿证据——史前岩画群。

阿尔及利亚东南撒哈拉沙漠中部的山脉中,阿杰尔高原的塔西里,保留着15000多幅史前时代的岩画和雕刻作品,记录了从公元前6000年到第一世纪撒哈拉气候的变化、动物的迁徙以及人类生命的进化。1982年,联合国教科文组织将其作为文化遗产,列入《世界遗产名录》。

玄妙的撒哈拉岩画最早由德国探险家巴尔斯发现于1850年,阿尔及利亚一处高高的岩壁上刻画了好多水牛、马和人的形象,线条简单,色彩艳丽,极富张力。20世纪30年代,在扎巴连山谷先后发现了近5000幅壁画,壁上疾驰的羚羊、粗笨的老牛、庞大的大象、悠闲的河马……栩栩如生。尤其那沙漠中不可能有的成千头水牛嬉戏在壁画之中,四溅的水花极为逼真。1956年,法国科学家走进了撒哈拉一座山洞,洞中近万幅壁画震惊了世界,一幅远古生活画卷就此拉开。

头戴巾帽、身缠彩带的原始群落尽情扭动着躯体,场面宏大,各式乐器玲珑巧妙,华服少女手捧食物,战争或者狩猎场面充满了动感,战车飞驰,车上首领手持利剑,气宇不凡,众多武士侍立两旁,威武雄壮。麋鹿、叶绿、鸵鸟、狮子在猎手的追击下奔跑跳跃,疯狂地逃命。壁画中人物身体上密密麻麻的白色斑点花纹,直接表明他们是非洲黑人的远祖。丰富的内容揭示了当时相当高的文化水平。

粗犷朴实的岩画所用材料极为简单,就是不同的岩石和泥土。史前人类用尖利的燧石勾勒出动物和人类的轮廓,然后将岩石与泥土混合的颜料涂抹其上。令人好奇的是,经历了好几千年的风雨,为什么这些岩画的色彩并未脱落,依旧耀眼夺目呢？这个问题至今没有答案。

从发掘出来的大量古文物看,距今约10000~4000年前,撒哈拉不是沙漠,而是一片大草原,是一片草木茂盛的绿洲,当时有许多部落或民族生活在这块美丽的沃土上,创造了高度发达的文化。这种文化最主要的特征是磨光石器的广泛流行和陶器的制造,这是生产力发展的标志。在壁画中还有撒哈拉文字和提斐那古文字,说明当时的文化已发展到相当高的水平。

那么,这些岩画究竟出自谁手呢？

在世界考古学界主要流传两种说法。一种认为岩画是当地土著布须曼人创作的。考古家亚历山大认为,撒哈拉地区是布须曼人的文化中心,非洲岩画就发生在这个中心地区,而后向四周传播。库克则认为是非洲许多原始居民在漫长历史时期中共同完成的,因为他发现撒哈拉人的岩画作于5000年前,霍恩人的岩画作于4000年前,肯尼亚人的岩画作于1500年前……

另一种看法是非洲史前岩画是外来文化传播的产物，更有的人说是欧洲史前岩画的复制品。他们认为是移居到非洲的欧洲尼安德特人和克罗马依人把岩画带到了非洲。不过,虽然西班牙东部、北非、撒哈拉、埃及等地区的岩画确有相似之处,但是这种想法只是没有经过证实的主观猜测和臆想而已。

也许,这些岩画出自谁手并不重要,岩画的内容和代表的意义才是最重要的。虽然这些岩画已经被证实是非洲原始人类的生活画面,但有些岩画却无法用"原始"来解释。

当我们沉醉在史前人类的美丽文化中时,不得不承认,一些岩画远在我们理解之外。有一幅6米高的半身人像壁画,脸部没有耳朵、嘴巴、鼻子、眉毛……两只眼睛一只在脸部中央,一只跑到了耳朵边上,既怪诞又滑稽。放在今天,这无疑是典型的毕加索表现手法，可是史前人类为何也会用如此变形的艺术手法呢？他们要告诉我们什么呢？有学者称其为"伟大的火星神",说不定这幅壁画描绘的是天外来客呢。

另一幅岩画"布兰德山的白贵妇"也同样无法解释。据考证,这幅壁画绘于公元前5000年左右。令人无法理解的是,壁画上除了几个近乎裸体的土著黑人之外,竟然还有一位现代打扮的白人女郎。她肤色白皙,鼻梁高而且直,留着现代的发型,身穿短袖套衫和紧身裤,臀部包得很紧,脚穿吊带袜和靴子,手持莲花,发型与现代女郎相似,头发上、胳膊上、腿上和腰部还都装饰着珍珠。当著名考古学家艾贝·希留尔经鉴定宣布它是7000多年前的真品时,人们的思维不得不再一次陷入时间和空间上的极大混乱之中。

人们知道,纳米比亚位于非洲大陆西南部,南回归线横贯其国土,这里世世代代只有黑人居住,直到16世纪,才有葡萄牙人到达这里——他们是白色人种的欧洲人。即使是传说中的腓尼基人,也只可能是在2000多年前乘船从这里驶过。那么,这个白人的贵妇是怎么在7000多年前到这里来的?还有,据考证,人类穿衣服的历史不过4600多年,而纳米比亚的许多土著黑人直到如今还衣着很少。人们不禁要问:远古时代的非洲西南部黑人何以能够超越时空,准确无误地画出几千年后另一种族的人物形象及服饰呢?

经过考证,撒哈拉岩画中最早的岩画属于新石器时代(公元前8000~7000年),也有人倾向于稍早些时间,确定为中石器时代。

事实胜于雄辩。大量的证据表明,史前远古时代,撒哈拉就早已有人类居住。其最有力的证据就是在该地区洞穴中或岩石上发现的数以万计的岩画。可以说,撒哈拉沙漠是世界上岩画最多的地方。这些岩画记载了撒哈拉地区气候的演变,也见证了撒哈拉地区曾出现过的高度繁荣的远古文明。

撒哈拉岩画中并没有"沙漠之舟"骆驼,水牛才是其主角。那么可以断定史前时期撒哈拉地区是一片绿洲,那里芳草萋萋,绿树成荫,史前人类在此安居乐业。但是当撒哈拉成为荒漠时,那些史前人类去了哪里延续他们的文明?

岩画讲述了开始,却没有结局。

英国威尔特郡怪圈——圈起来的秘密

每年世界各地都会出现大量的麦田怪圈,最能称奇而又绝对排除人为影响的便是英国威尔特郡麦田怪圈。

能想象,每年麦子成熟的季节,英国威尔特郡的麦田就会在一夜之间出现几百个独立的呈螺旋形分布的圆圈吗?能想象,这些隐藏在麦田中的秘密,规模庞大而又异常的精致复杂吗?能想象,威尔特郡麦田中的圆圈不停地变异,从350年前的简单圆圈直至2009年出现"三维"效果吗?

这些真真实实出现在麦田的怪圈,高深莫测,无人知晓,尽管它已经成为研究课题,但所有的研究只是摒除了艺术家作假的人为怪圈,对威尔特郡麦田怪圈的研究几乎没有进展。有很多人将其与外星智慧生物相联系,这些在空中才能看到的符号会不会是星外生物传递给我们的某种信息呢?或者麦田怪圈是一种不为我们所知的某种神秘超能量形成的?

距威尔特郡麦田怪圈几十米处便是著名的史前遗迹巨石阵,很多英国人坚信二者之间存在某种关联,至少传递着同一信息。那么这一信息是什么呢?跟踪麦田圈15年的卡兰这样解释最近出现的三维麦田怪圈,"代表着通过尘世之路,走向神坛世界"。

真的是这样吗?

麦田怪圈的得名是因为在上世纪80年代初,英国人经常发现汉普郡和威斯特一带的农田有怪圈,而且大多是在麦田中,因此正式将这些怪圈命名为"麦田圈"。事实上,自从1647年英国发现第一个逆时针麦田怪圈以来,全世界每年大约要出现250个麦田怪圈,图案也各有不同。

在人的理解与认知还不能达到一定程度时,我们称之为怪异。麦田怪圈常常在春天和夏天出现,遍及全世界。

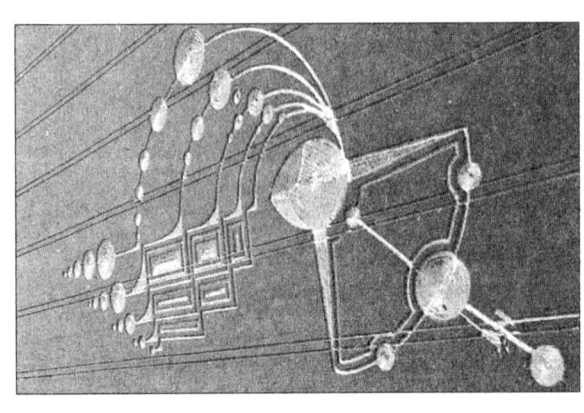

360年来,怪圈频频出现在美国、澳大利亚、欧洲、南美和亚洲各地,其中绝大部分是在英国。而且就近年英国发现的两个"三维"怪圈而言,都和新石器时期的墓葬有些联系。

一个飞行员就在英国

牛津郡的一块麦田上发现了世界首例、直径达110米的"三维"麦田怪圈,这个怪圈距一个拥有5000多年历史的新石器时代的墓葬坑遗址只有几百米,乍看仿佛是从中央的十二角形中伸出了12根长短不等的立体柱子。从空中往下看,它就像是一个广场旁边围着12座"摩天大楼"。

而一个紧邻英国的最大的新石器时代墓地之一的西肯内特·朗巴罗墓,像一个设计完美的方形建筑,过去这里也曾出现过几个奇异的麦田怪圈,其中一个是有着巨大的埃及镶嵌工艺的,直径约为107米的精巧图案,形状是两个翅膀,周围有一些符号,这些符号和暗示世界在2012年将毁灭的玛雅历法颇为相似。

麦田怪圈的变化似乎非常顺应社会的发展和人们的期望,图案也越来越复杂。最早的怪圈只是一个圆圈,慢慢地有了较为复杂的图案,1994年出现了蝎子、蜜蜂、花等动植物图案。1997年初夏,美国俄勒冈州还出现了一个更为神秘的麦田怪圈,很多麦秆上出现了小洞。科学家发现,麦田圈和周围的土地上有一些人眼无法看到的磁性小粒,分布非常均匀,离怪圈越远,颗粒越少。现在,在有了"三维"立体画的时代竟出现了"三维"麦田圈。

据研究英国麦田怪圈15年的英国戈斯波特市摄影师斯蒂夫·亚历山大和他的作家妻子卡伦观察,许多怪圈的规模宏大,根本不可能是人力所为。

当然,走到哪里都少不了"真相哥"和"技术哥"。最开始是在20世纪70年代,威尔特郡的两个水彩画家道·鲍尔和戴夫·乔利跑到麦田里去制作了几个简单的圆形怪圈,只为找点乐子并嘲弄那些相信不明飞行物的人。

随后,在20世纪90年代中期,许多伦敦的艺术家和雕刻家常常效仿这一做法。一个包括情境画家罗德·狄金森,雕刻家加文·特克、罗布·欧文等人在内的团体自称为"怪圈制造者"。他们在他们的网站上说:他们拥有大批怪圈信徒,根据这些信徒所读的书籍,他们创造了许多图案。现在他们与其他怪圈制造者合作,打算一同创造众多制作过程艰巨的"怪圈"。同时他们还认为,他们已经使"麦田怪圈"现象成为了流行文化的一个重要部分,也成了英国乡村的一大神话。

如果你读过这样的报道,这不奇怪。另有一类人认为,许多"麦田怪圈"

——大约20%,无法得到理性的解释。这根本不是人为能制造出来的。他们的研究表明,那些"真正的怪圈"是某股能量在短短几分钟之内创造出来的。有一些人说,麦子的细胞膨胀变大,麦秆在节点处向下弯曲。另一些人说作物的细胞结构也受到了影响,同时土壤的成分也改变了。

他们说,有些怪圈所呈现的图案复杂得出奇,画在纸上都困难,更不用说在黑暗中在田地里人为制作。当他们无法解释自己所看到的怪圈时,他们便转向用不明飞行物、外星人、符号、魔力、古代智慧、神秘几何学、旋风等其他未知"实体"去阐释,说这些怪圈是"来自地球之外的预言"或者是"时代的标记和征兆"。

因此,麦田怪圈究竟是人力所为,还是自然的杰作,没有人能够给出定论。

喀纳斯湖——潘多拉宝盒

喀纳斯湖南北长达25千米,仿若一弯新月藏于新疆阿尔泰山脉西麓。"喀纳斯"为蒙古语,意为"美丽富饶、神秘莫测",直白明了地诠释了喀纳斯湖的全部。喀纳斯湖是中国西部最深湖泊,其188.5米的深度使一切都可能发生。变色湖水、庄严佛光、枯木长堤、喀纳斯湖怪……喀纳斯湖就像潘多拉的盒子,幽静的气质下是湖底深处的未知。

撩开喀纳斯湖神秘的面纱,你会惊讶于它的沉静和幽美,拥有众多传闻的它其实绝美如画。喀纳斯湖水面辽阔,来自阿尔泰山的雪水清洌甘甜,周边的奎屯山、友谊峰雪冠加顶,原始森林清脆葱郁,草甸悠长纯

厚，青山、碧水、雪峰、密林……干净的润湿气息与清新的中国写意在此完美的结合。

喀纳斯湖的神韵常见于它多变的色彩上。从晨至昏，其中的韵味，只有身临其境者才能有所感悟。早春十分，青灰色的冰块顺流而下，幽暗而澄净，嫩嫩的浅绿色泛着幽蓝，直抵心脾；入夏，烈日下滚滚冰水放射出乳白色光晕；深秋时节，湖面色彩斑斓，湛蓝、黛绿的光影油画般醉人；隆冬季节，喀纳斯湖凝结成一颗硕大的水晶，光芒璀璨。喀纳斯湖奇幻曼妙的色彩归功于湖中聚集了大量的冰碛风化物颗粒，这些悬浮颗粒在喀纳斯湖不同的深度、不同的角度反射出不同的光芒。

雨后，一轮红日喷薄于喀纳斯云海之上，在喀纳斯湖西面出现一个巨大的光环，赤橙黄绿青蓝紫，色彩纷呈。喀纳斯湖一半浮于云海之上，一半隐于云海之中，大有佛祖即将降临之势，庄严而澄净。这就是喀纳斯湖著名的"佛光"。"佛光"只有短短十几分钟，转眼而过，仿佛神仙驾鹤西去。

在喀纳斯湖北段，数以千计的枯木聚集在一起，组成一条千米木堤。这些来自上游的枯木飘到这里就不再前进，不论上游水势多猛，它们到这里都不再挪动脚步。曾有人对此表示怀疑，故意将一段枯木丢于喀纳斯湖下游，结果枯木竟然逆流而上，执著地回到原地。这段千米枯木长堤固执而坚定，耐人寻味。在枯木落叶间偶见动物尸体，只让人平添恐怖。

世界上有很多关于"湖怪"的传闻，但是这些传闻随着时间的推移和真相的揭示都被人们渐渐淡忘，几乎没有几个地方值得反复推敲，除却"喀纳斯湖怪"。那条来去只留背影的"喀纳斯湖怪"似乎越来越接近现实，它使喀纳斯湖边的牛羊莫名消失，它使捕鱼工人放置的渔网一夜漂流千米，它不时在湖面兴风作浪，又瞬间消失……

2005年6月7日，距离一条游船200多米远的水面上突然浪花翻滚，瞬间就出去20多米远。待浪花稍稳，人们发现喀纳斯湖水面下出现了一个巨大的身影，快速地向湖心游去，渐渐地，一个身影分成两个，一前一后地在水面下滑行，几分钟后便消失在翻滚的浪花中。来自北京的游客拍摄下了全过程，这是人类唯一一次近距离拍摄到"喀纳斯湖怪"。那抹消逝的背影挑战着人类的全部认知。

图瓦人是成吉思汗的后裔,他们勇猛彪悍,尤擅骑术。他们固守着祖辈们粗犷又精致的生活方式,围捕、渔猎。木屋内奶茶飘香,湖边零落的牛马尸骨是图瓦人坚持的证据。他们曾数次试图追捕"湖怪",但都以失败告终。数队科考人员进行了多次大规模、大范围的考察,并无任何收获。而当"湖怪"就要在人们关注视线内消失时,又总有游客拍下有关湖怪的视频或照片。

而今图瓦人已不在喀纳斯湖渔猎,也不在湖边放牧,这里成了他们生活中的禁地。

哥斯达黎加大石——天体迷云

关于古石球,各国都有所发现,但是唯独哥斯达黎加大石球别具一格,没有人知道这些石球从何而来。最早的石球出现在公元400年,而今遍布在哥斯达黎加的石球,统计在册的就达130个,而未记录在案的还有不计其数。

当地人戏称它们为"巨人玩的石球",倒也形象。大大小小的石球,它们完美的球体上光可鉴人。浑圆的球面上雕刻有精美的几何图形,有三角形、相交直线、斜线,等等。最小的石球直径不过十厘米,最大的直径达2.4米,数吨重。有的石球推土机都推不动。这些石球总是群体出现,每次出现都至少20颗,它

们被摆放成不同的图案,令人吃惊的是,所有图案不约而同地指向地球磁北方向。

蜂拥而至的考古学家如获至宝,却陷入僵局。他们唯一能肯定的便是这些石球是人为雕刻,因为石球表面各点的曲率几乎完全一样,只有具备丰富

几何学和高超雕刻技术的人才能完成。印第安人创造了伟大的文明,但是在远古时期,能够打磨出如此硕大的石球绝非易事,单单让这些重达几十吨的石块转动起来就已经是天方夜谭了。谜一样的石球是由漂亮的花岗岩雕刻而成的,但是哥斯达黎加附近并没有花岗岩雕刻,也没有花岗岩采石场。这些来自远方的石块是怎么被运到这里的呢?远古印第安人用什么工具将其雕刻的呢?为什么要摆放成不同的几何图形呢?它们是做什么用途的呢?学者们也是一头雾水。

林海茫茫,参天大树间矗立的哥斯达黎加石球沉默无语,而遥远的夜空星光点点,它们之间真的有联系吗?

格拉斯顿伯里突岩——西方的乐土岛

高高突起的格拉斯顿伯里突岩,是英格兰最神秘的地方之一。无数的人蜂拥而来,只为亲临那神秘的理想国。

格拉斯顿伯里突岩最大的神秘之处就是"亚瑟王的遗体是否埋葬在格拉斯顿伯里"。亚瑟王——英国圆桌骑士团的首领,一位神话般的传奇人物,他死时,被同母异父的姐姐莫甘娜带到了格拉斯顿伯里,他的圣剑归还给了湖中妖精,遗体则深埋于阿瓦隆的庭院里。传说亚瑟王并未死,而是沉睡了,只要英格兰陷于存亡危机、水深火热之时,他便会于阿瓦隆的长眠中觉醒过来,去拯救自己的祖国。阿瓦隆,便是格拉斯顿城堡,也是传闻中耶稣随约瑟来到英国时所到的那个岛屿。那是一个海洋深处的小岛,四周为沼泽和迷雾所笼罩,象征着来世与身后之地。据说,也只有亚瑟王能在死后抵达这里,其他人是无力企及的。阿瓦隆被视为"只可遥望而不可抵达之地",成为人们那遥远的理想地方。

这个地方同时也是圣杯传说的舞台。传说耶稣在最后的晚餐时用的圣杯被约瑟带到了这里。耶稣被钉于十字架时,这个杯子因装过上帝的鲜血而变得神圣,因而被称为圣杯。也正因此,圣杯成为众人争抢之物,多少人妄图据之为己有而丧失了性命。据说,圣杯就藏在格拉斯顿伯里突岩的圣井里。在埋葬圣杯的地方,有一股发红的泉水源源不断地向外流,这象征着基督的圣血从圣杯里流出来,源远流长。后来人们把流水的地方称为"圣杯井",相传喝了井里的水,百病全无。一股股的红泉水至今仍从井里流出,吸引着世界各地的信徒前来寻求那能治百病的圣水。

亚瑟王的神奇传说与圣杯的故事共同结合,让格拉斯顿伯里突岩充满了神秘色彩。这里是精灵世界与人类界之间的联结点,也是西方的乐土岛。

西伯利亚通古斯——史无前例的神秘大爆炸

在1908年6月30日,伦敦的电灯骤然间全部熄灭,斯德哥尔摩的夜空七彩纷呈,荷兰的夜晚如白昼,美国大地在震颤……这一切都因为西伯利亚通古斯地区突如其来的爆炸。

北纬60°55′,东经101°57′,当地时间7时17分,朝霞普降之际,一声山崩地裂般的声音炸响了,大地在晃动,随后一朵圆柱状蘑菇云腾空而起,强烈的热浪扑倒了周边所有的植物,参天大树被连根拔起,几千平方米土地上的动植物瞬间化为灰烬。灼热的气体在空中游荡,60千米外的小城成为废墟。爆炸引起了强烈的地震波,一直传到

了遥远的北美和中国南海。据当时科学家初步推测,西伯利亚通古斯爆炸的能量相当于500颗原子弹或者几十颗氢弹同时释放的威力。爆炸后整整三天,通古斯地区没有出现黑夜,太阳射出绿色和玫瑰色光芒,令人畏惧。

能量如此巨大的爆炸是因何而起的呢?各国科学家探讨了百年,依然没有得出令人信服的答案。很多科学家认为通古斯大爆炸显然是一次核爆炸,爆炸时冉冉升起的蘑菇云就是最好的证据。况且在其后的检测中,发现该地区爆炸后的放射性物质含量明显高于其他地区,当地生物的遗传特性也遭遇到了篡改。但是当时地球上还没有出现原子弹,也不知道铀元素的存在。那么何来的核爆炸呢?

有学者认为是从天而降的大陨石造成了巨大的核爆炸。科学家库利克耗时10年致力于此,他认为爆炸时夜晚如白昼的现象恰恰符合陨石坠落的特征。遗憾的是,库利克期待的陨石坑并未找到。通古斯的爆炸中心很容易确定,被击倒的树木都指向同一个地点。但是在这个地点却没有发现陨石坑的痕迹,一片荒芜的沼泽死一样躺在那里,毫无生机。

目击者声称,爆炸最初的亮光来自贝加尔湖上空,然后迅速从东南移至西北,很像人为操控的,由此有学者认为也许是一艘核动力宇宙飞船因为仪器失灵、迫降失败而引起核爆炸。那么为什么一点飞船残骸都找不到呢?

核爆炸说

第二次世界大战结束后,苏联物理学家卡萨耶夫访问日本,他到广岛之后,看到了原子弹爆炸后留下的废墟,便联想起了通古斯爆炸,他认为两者有很多相似的地方,即:树木都是直立而没有倒下,爆炸中的人畜死亡都是由于核辐射烧伤造成的,两种爆炸产生的蘑菇云形状也很相似。卡萨耶夫大胆地预测:通古斯大爆炸是外星人驾驶的核动力宇宙飞船在降落过程中发生故障而引起的一场核爆炸。

反物质撞击说

1965年,三位美国科学家提出,通古斯大爆炸可能是从太空降到地球来的一种反物质——反陨石造成的。他们认为,半克反铁与半克铁相撞,就足以产生相当于在广岛爆炸的原子弹的破坏力。

黑洞撞击说

1973年,美国德克萨斯大学的两位科学家——杰克逊和莱伊安根据黑洞天体的理论,认为通古斯大爆炸是微型黑洞天体的强大引力造成的,微型黑洞自冰岛与纽芬兰岛之间的大西洋某地区穿过地球时,导致了这次大爆炸。

彗星撞击说

第一位提出此假说的是苏联科学院院士彼得洛夫。他认为,导致通古斯爆炸的是一个来自太阳系遥远地方的由稀松的雪团组成的彗星。当彗星以每小时4万千米的速度冲破地球表面的大气层时,由于摩擦产生了比较热的气体,这种气体一接触地面,就产生了十分巨大的冲击波。由于彗星很快便蒸发完了,地球上并没有留下任何可作为证据的彗星残骸。

同时,"反物质爆炸"说、"微型黑洞"说、"陨石坠落"说、"外星来客核事故"说,等等,亦在百家争鸣、各争其是,但都没有充足的证据。不过,科学家已在该爆炸地区发现数千粒"核熔玻璃"物质,这显示出当地确实曾发生过核爆炸。这是人类历史上最大的爆炸,近乎一场毁灭性灾难。而今如地狱般的通古斯,人烟罕至,因为那是一处禁区。

链接:西伯利亚卡什库拉克山洞——背后的目光

有人说西伯利亚地区是被上帝遗忘的地方,不宜前往,诚然如此。西伯利亚地区的卡什库拉克山洞就充满了令人畏惧的神秘气息。凡是进入此山洞的人,都会感到莫名的恐惧,心跳加速,呼吸紧张,随后失去理智般冲出山洞,待他们清醒过来,却无法解释自己的行为。

1985年,洞穴专家巴库林带队到卡什库拉克山洞考察。当他们准备离开洞穴时,巴库林突然感到背后有一股凝重的目光在盯着他,他想回头,双腿却变得僵直。他仿佛感到自己被某种力量催眠,冥冥中在听从别人的摆布。当他克服控制回头看时,一个巫师一样的家伙站在他的身后,神情专注地望着他。巴库林发疯似的拽着保险绳才逃离洞穴。此后巫师形象总是出现在巴库林的梦中。越来越多这一类似的描述,使人们对卡什库拉克山洞充满了好奇和畏惧。当人们进入洞穴深处时,惊奇地发现洞穴里的磁场信号是经常变化的,而在众多的信号中,却有一个固定的脉冲,这个信号来自洞穴深处,就是这个信号引起了人们的心慌和畏惧,越往洞穴深处,信号感越强烈。

当人们认为总算找到原因时,却发现这个脉冲并非地球岩石天然形成,具有这种振幅变化的脉冲只有人工装置才能发出。那这个人工装置在哪里安置着呢?人们找遍了卡什库拉克山洞所有的角角落落,却没有任何收获。那个巫师,更是见不到踪影。

美国51区——《X档案》中那处神秘又模糊的地方

《X档案》中那处神秘又模糊的地方,男女主人公数次走近又瞬间迷失的地方,就是传说中的美国51区。漫天的传言、神秘的音爆、巨额的经费、坚决的否认,51区注定是美国军方最大的秘密。

51区距离赌城拉斯维加斯只有两个小时的车程,长期以来都是世界UFO爱好者和美国批评人士希望了解的地方。表面看来,51区倒不像一个典型的军事基地,反而更像好莱坞科幻电影中的场景。大型的飞机机库、存储仓库、数条飞机跑道、一座空中交通管制天线,简单地组成了51区144平方千米的主要内容。值得注意的是,其中几个飞机机库异常的巨大,屋顶都被漆成了白色。空中交通管制天线高达45.72米,长方形底座长达121.92米,可谓庞然

大物,令它已然成为51区的标志。

对51区,美国军方一直矢口否认。作为美国土地上保密程度最高的一块地盘,这一地区并没有标示在美国地图上。为了欲盖弥彰,美国军方耗费巨资购买了51区周围近9000英亩的土地,将其设为军事禁区,禁止任何人或组织靠近,包括它的上空。内华达州民用航空图标注了大片的禁飞区,却没有关于51区任何相关说明。任何有关该区的图片、照片都不得外露。直到1994年,美国军方才稍有松口,但是只承认此处为军事基地,有关该区因何而设、从事何种实验却拒绝透露。几年前,美国总统命令收回州政府对51区的管理权限,现在51区直接归美国政府和五角大楼管辖。

美国普通民众大多是从好莱坞电影中了解51区的,由此他们坚信该区域一定存在某种绝密技术。而居住在51区附近的人们几乎每个人都表示在自家后院看到了球形、三角形或者飞盘形的不明飞行物。巨大的轰鸣声让他们寝食难安,而当他们向51区抗议时,这些奇怪的声音就会神秘消失。

狂热的UFO爱好者每年5月30日都来此聚会,他们对51区和外星人深信不疑,尤其是所谓的"绿屋"。"绿屋"被认为就在51区,冰冻的外星人尸骸、破碎的飞船就在其中。《X档案》中,"绿屋"数次出现,但是真相总在即将揭示时戛然而止。

几十年来,51区一直困扰着美国民众,无数次辩论会总是不了了之。美国政府到底在51区做什么?一部无解的《X档案》。

[第七章 神秘之旅——最具争议的秘境]

爱尔兰丹漠洞——血腥的宝藏

在爱尔兰基尔肯尼市的北方,有一个其貌不扬的溶洞,叫做丹漠洞。公元927年,维京海盗来到这里,对躲在洞内的居民进行了残酷的屠杀,使这里成为了整个爱尔兰最黑暗的地方。1999年,一位导游在丹漠洞内发现了一个镶嵌着绿宝石的银镯子,随后又发掘出了几千枚古钱币、一些银条、金条和各种首饰……丹漠洞从此成为世界闻名的藏宝洞。

位于爱尔兰东南部的基尔肯尼市是爱尔兰最小的城市之一,也是一座著名的古城。早在公元6世纪,此地就已经有人定居,并修建了修道院和教堂。如今,风光旖旎、拥有众多古迹的基尔肯尼市成为了爱尔兰最受欢迎的旅游城市之一,每年都有数十万游客来到基尔肯尼市,但是,游客们必定参观的地方并不是保存完好的城堡或者教堂,而是一个叫做丹漠洞的地下洞窟。丹漠洞是整个爱尔兰最著名的溶洞——内部空间巨大,地形复杂,有许多较小的洞穴纵横交错。

夜幕降下来了,无边的黑暗开始笼罩着丹漠洞,阵阵阴风袭来,显得阴森恐怖,似乎有惨叫声从遥远的深处传来。那些人极度痛苦地"啊"、"啊"惨叫着,不是一人的惨叫,而是数以千计的人在惨叫,好似来自地狱深处。

爱尔兰丹漠洞,1000多人的葬身之地,爱尔兰最黑暗的地方,它记录了一次惨无人道的大屠杀。

公元928年,一群挪威海盗洗劫了爱尔兰,1000多居民为了逃命,集体躲到了丹漠洞里。这是一个巨大的溶洞,洞里地形复杂,但是入口太明显,自认为绝佳的藏身之地却变成了居民们

的葬身之所。海盗很快就发现了洞中藏人的秘密,一场血腥的大屠杀开始了。海盗进入洞里,把所有发现的人都杀死了,然后他们守在洞口半个月,洞里当场未死的人都因感染而死或者饿死。之后的1000多年里,丹漠洞成了爱尔兰的"地狱入口",再没有一个人敢进入洞中。

溶洞其貌不扬,却出土大量人骨

丹漠洞位于基尔肯尼市北方约10千米处,与爱尔兰其他地方的洞穴一样,它是一个典型的石灰岩溶洞,形成于约300万年前。洞穴的入口长约12米,宽6米,像一个"天坑"。尽管入口不大,但洞穴内部却很深邃——最深处离地表约45米,里面还包含了一条长约500米的通道,将众多小洞串联起来。

在当地的民间传说中,丹漠洞被描述成为"一个巨大野兽的嘴",被认为是令人恐惧的"地狱入口"。因此历史上极少有人靠近洞穴,更没有人进去一探究竟。直到18世纪,才有游客、地质学家以及考古学家开始进入洞穴进行探险和研究。当地人给丹漠洞的入口起名为"仙女楼",传说如果一个人朝这里扔石头,仙女就会将石头打扫干净。从洞口再向前进,便来到一个叫"兔穴"的区域——这里的地面上覆盖了一层沙子,很像是兔子挖洞后留下的痕迹。进入溶洞的深处,会发现丹漠洞与其他溶洞并无不同,洞内布满了千姿百态的钟乳石和石笋,其中最大的一根石笋被称为"交叉市场",它不仅体型巨大,还很罕见地呈分支交叉状。

当然,仅仅是形态各异的钟乳石和石笋,还不足以让丹漠洞成为整个爱尔兰最著名的溶洞。1940年,一群考古学家深入丹漠洞进行考察,仅仅在一个小洞穴里就发现了44具骸骨,大多都是妇女和老人的,甚至还有未出世的胎儿的骨骼。这一发现震惊了整个爱尔兰。很快,更多的骸骨陆续在洞里被发现,引起了考古学家越来越多的重视。

1000年前的海盗大屠杀

考古学家对丹漠洞所发掘的骸骨进行了鉴定和研究,证实了一个在当地流传已久的传言。公元800~1066年,来自北欧的维京海盗常常对英国、爱尔兰海岸及欧洲大陆的城镇、修道院和教堂等目标进行攻击,他们行为残暴,让人望而生畏。为了活命,居民常常被迫交出所有的钱财以及粮食。

爱尔兰因为距离维京海盗的"老巢"——斯堪的纳维亚半岛距离较近,长期以来饱受海盗袭击之苦。由于丹漠洞里不仅空间巨大,而且地形复杂,基尔肯尼的居民一直都把这里当成躲避海盗的藏身之地。公元928年,海盗再次来到爱尔兰,对基尔肯尼一带进行洗劫。与以前相同,为了在海盗的洗劫中活命,居民们在海盗袭来前纷纷逃往往丹漠洞避难,他们幻想海盗抢完城市的东西后就会离开。

不幸的是,这一次丹漠洞的秘密被海盗发现了。在基尔肯尼一无所获的海盗,将愤怒洒向了无辜的居民,在丹漠洞里开始了一场血腥的大屠杀。海盗进入洞穴,把所有发现的人都杀死——据考古学家估计,有1000多人死于非命。然后海盗并没有深入洞穴去搜索那些藏在更深处的人,而是在洞口守了大半个月,这使那些原本逃过一劫的人也因感染疾病或饥饿而死。为了纪念丹漠洞发生的悲剧,1973年,爱尔兰政府将这里定为国家博物馆。不过,由于长期荒芜,洞穴竟然成了蝙蝠的家园。政府清理了蝙蝠之后,还在洞内安装了楼梯、电灯等装置方便游人参观。从此,每年都会有大量游客前来参观洞穴,并纪念那些惨遭屠杀的人们。

洞内意外发现大量宝藏

丹漠洞,这个悲惨的地方,一直沉默到1940年。那些成堆的、零散的骸骨,多半是妇女和老人的,甚至还有未出世的胎儿的,这样的悲惨深深地震撼了人们。故事到这里还没有结束。这里不仅有着黑暗的历史,黑暗的洞穴中还隐藏了许多宝藏。

突然,洞壁中的狭缝处发出闪闪绿光。洞壁上怎么会粘着绿色的纸片?难道是废纸?其实那根本不是什么纸片,而是一个镶嵌着绿宝石的镯子。人们越来越好奇,丹漠洞里竟然还埋藏着宝藏。随之,几千枚古钱币、一些金条、银条和首饰被发现,另外还有几百枚银制纽扣的样式也十分古怪,在所有和海盗有关的文物中,这些都是独一无二的。经过几个月的精心雕琢,封存千年之久而导致色彩黯淡的这些宝物终于重现夺目光彩。虽然宝物的数量不是最多,但其历史价值和考古价值却远远超过其本身价值。爱尔兰丹漠洞,"地狱入口",宝石闪耀,血腥绿光。

毫无疑问,丹漠洞内的宝物是属于那些被海盗屠杀的基尔肯尼居民的,他们在躲避海盗的抢劫时,将家里值钱的物品都随身携带,甚至把衣服上的银纽扣都解了下来,并在洞里集中起来,藏在一个隐蔽小洞里。据考古学家推测,海盗们之所以会屠杀洞穴里的所有居民,也许与他们没能发现这些财宝有关。

这些宝藏在潮湿的洞穴里待了1000多年,发掘出来后全都失去了贵金属应有的夺目光彩。幸运的是,在博物馆几十个专家工作了几个月后,所有艺术品和钱币都重现光芒。后来,这些宝藏全都被收藏在国家博物馆里,从来没有完全对外展示过。据接触过这些宝藏的考古学家透露,发掘出来的纽扣和金银制作的工艺品样式十分古怪,与以前发现的当地文物风格迥异,因此具有极高的历史和考古价值。

对宝藏的发现,博物馆的工作人员还有这样的看法——在丹漠洞中被杀害的人现在可以安息了,他们为之丧命的财宝现在成了爱尔兰的国宝,将永远聆听世人的惊叹和赞美。

喀拉喀托火山——巨大灾难的"潜伏地"

喀拉喀托火山,位于印度尼西亚爪哇岛西部和苏门答腊岛东部的巽他海峡。在1883年8月27日喷发,一共喷发了四次。喀拉喀托火山由喷发时所产生的能量,是规模最大的氢弹试验的26倍。其中第三次喷发发生了巨大的爆炸,周围区域都笼罩在一片飞沙走石和有毒气体下,天空一片漆黑,连距其560千米之外的爪哇岛卡里蒙都能听到爆炸声。

其实,早在1883年喷发的前一年,喀拉喀托火山附近区域的地震便开始频繁起来。7月20日开始,火山开始喷发,喷发所造成的波动使得停泊中的船只须以铁链加以固定。8月11日更大的喷发发生,火山灰从至少7个孔冒出。8月24日喷发变得更加频繁。8月

26日,火山进入了阵发期,每隔10分钟就可以听到连续的爆炸声。8月27日,该火山进入了最后的剧烈变动的阶段。每一次喷发都伴随着大海啸,据说海浪超过了30米高。连3500千米外的澳大利亚与4800千米外的罗德里格斯岛都能听到喷发的剧烈声响。

在这次火山大喷发时,爪哇岛上的火山全部都喷发了,这次大喷发导致100千米长的坎当斯火山山脉沉入大海,80平方千米的地面陷入海中,1.5万人在内格里城消失。火山喷发引起的大浪迅速向苏门答腊、爪哇岛的广大地区猛烈袭去,西印度群岛的300多个城镇被淹没。据说在距火山2000多千米的海上,船只的甲板上都盖着一层厚厚的火山灰。上万具尸体漂浮在水面上,默拉克岛和居住在上面的人们一起葬入海底。同时,14个火山出口从海中升起,还喷发着炽热的岩浆。连"世界瑰宝"巴龙布图大寺院也在岩浆下变成一堆废墟——该寺院建于公元790年,寺中有4000多座精美的浮雕。更为可怕的是,海浪虽然不断减弱,但还是席卷了世界上的其他许多地方。喀拉喀托火山引发的地震越过大海,一直波及到2800千米外的锡兰(斯里兰卡)首都科伦坡,以及4300千米外的印度第二大城市孟买。在8000千米外的合恩角,海浪以每小时500多千米的速度向陆地扑去。

火山喷发后4小时,4800多千米外的地方仍可以听到类似重机枪的咆哮声。根据《吉尼斯世界纪录大全》提供的数据,全世界有超过1/13的人听到了喀拉喀托火山的怒吼声。火山喷发过程中,浮石被喷射到约55千米的高空,火山灰10天之后才落到4828千米外的地方。成群的浮石在海上漂浮了几个月,空气中的微粒让全世界的落日都变成了鲜艳的红色。此后小型的喷发一直持续到了10月。喷发过后,原来的火山岛大部分消失,只剩下原来的南部,并留下了一

个250米深的破火山口。

在这场灾难中,共夺走了3万多人的生命,许多苏门答腊与爪哇的定居点被毁。许多文件报告发现了很多人的尸体被冲上了东非海岸。喀拉喀托火山喷发所造成的海啸,在2001年东南亚海啸发生前是印度洋地区所造成死伤最惨重的海啸。一些爪哇部分地区的人口自此就没有再恢复到原先的水平。这些地区重新被丛林所占据,并成为库隆角国家公园的一部分。

虽然自此喀拉喀托火山平静了一段时间,但在1927年12月,它又沿着先前火山锥的同一路线在海底再次喷发。1928年初,一座火山锥突出海面,到1930年已变成一座小岛,名为阿纳喀拉喀托,意为"喀拉喀托之子"。从那时起,火山活动断断续续地发生,这座火山锥现已继续升高到海面以上约300米。而根据报道,印度尼西亚喀拉喀托子火山,在2007年10月30日凌晨发生了37次小喷发。

有人说喀拉喀托子火山按照现在的增长态势,迟早有一天会再次大规模地爆发,那时又会引起大灾难,全世界可能会遭受比1883年更严重的灾难。但也有人不同意此观点,关于1883年这场最严重的火山大爆发,在此之前并没有类似的记载,这说明1883年的火山大爆发是偶然性的。现在喀拉喀托子火山还在小规模地喷发,以后仍将是小规模地喷发。

虽然我们无法预测喀拉喀托子火山在未来是否还会酿成像1883年那次的巨大灾难,但是现在人们已经在密切关注喀拉喀托子火山了,在火山频发时禁止游人靠近。而且现在在喀拉喀托子火山周围已经无人居住了。这些措施都会在火山再一次喷发时最大限度地减少生命财产损失。

延伸阅读:

背离自然的地方——上帝也疯狂

总有那么一些地方,似乎是上帝和人类在"开玩笑"。这些地方争议不断,有待科学研究进一步去发现,但是这无损人们对它们的好奇和争议……

冬暖夏凉的"地方"

绕行于太阳的地球,以它固有的运行规律决定了一年一度的春夏秋冬如期而至。每当数九寒冬和酷热的盛夏来临之际,爱幻想的人们是多么渴望能有一个冬暖夏凉的地方呀。

真是天公作美,随人心愿,世上竟有一部分幸运的人居住在这样冬暖夏凉的地方,这地方就是辽宁省东部山区桓仁县境内被人们叹为观止的"地温异常带"。这条"地温异常带"一头系于浑江左岸,沙尖子满族镇政府驻地南1.5千米处的船营沟里;另一端系于浑江右岸,宽甸县境内的牛蹄山麓。整个"地温异常带"长约15398千米,面积为10.6万平方米。在这块土地上,随着夏天的到来,地下温度便逐渐开始下降。当气温高达30℃的盛夏时,在这里地下一米深处,温度竟低至零下12℃,达到滴水成冰的程度。特别是船营沟任洪福家房后的一道长约1000米、宽约20米的小山冈上,则更为明显。

1995年的一个夏天,任洪福的父亲任万顺在堆砌房北头的护坡时,从扒开表土的岩石的空隙里,发现里面冒出了刺骨的寒气。老汉感到很是惊讶,于是就在这里用石块垒成了长宽不足一米、深达0.8米的小洞。夏季里,这个小洞就变成了一个天然的冰箱,散发出阵阵寒气,这时人站在距洞口六、七米远时,就会被这寒气冻得难以忍受。他们将鸡蛋放在洞口,鸡蛋都被冰破了皮;将一杯糖水放入洞内,很快就被冻成冰块。入秋后,这里的气温开始节节上升,到了朔风凛冽、隆冬降临时,这"地温异常带"上却是热气腾腾,地下一米深处的温度可达零上17℃。任洪福家的"天然大冰箱"这时又变成了"保温箱"。人们在任家山后的山冈上看到,虽然大地已经封冻,但种在这里的角瓜却是蔓壮叶肥,周围的小草也是绿茵茵的。任家在这里平整了一小块地,上面盖上塑料棚,在这棚里种上大葱、大蒜,大葱长得翠绿,蒜苗已割了两茬。人们经过测定发现,棚内气温可保持17℃,地温保持15℃。在这小冈上,整个冬春始终存不住雪。任洪福老汉充分利用了这一条件,在这道土冈的护坡前盖了三间房子,利用洞口的冷气制成了小冷库,为乡亲和沙尖子镇的饭店、医院、酒厂、兽医站等单位储存鱼、肉、疫苗等物品,其冷冻效果十分理想。

无独有偶,在河南林县石板岩乡西北部的太行山半腰,有一个海拔1500米、叫"冰冰背"的地方,也是个冬热夏凉的地方,在这里,阳春三月开始结冰,冰期长达5个月,寒冬腊月,热气如蒸,从乱石下溢出的泉水温暖宜人,小溪两岸奇花异草,嫩绿鲜艳。

人们知道,自然界的冷暖取决于太阳的光和热,随着地球的自转,当它与太阳的距离缩短时,太阳辐射带给地球的热能就增加,使地球变暖、变热;反之,地球就变凉、变冷。由此形成了地球的一年四季、春夏秋冬。

而这些奇异的地方却打破了这一自然规律,出现了超自然的现象。它们的冷热不随外界变化而变化,而有其自身的变化规律。那么,当外界变暖时,这些地方的地下为什么会是那么寒冷?外界变冷时,它又是从哪里获得的热源呢?

这奇异的现象,引起了许多科研人员的注意。他们有的认为,在这种冷热反常的地带,它的地下可能有庞大的储气构造和特殊的保温层,大气对流于这特殊的地质构造之中,才导致了这奇异的现象。另有些人认为,这些地方的地下有寒热两条储气带同时释放气流,遇寒则热气显、遇热则冷气显。还有人则认为,这个地下庞大储气带的上面有一特殊的阀门,冬春自动开闭,从而导致这种现象的发生。这种种分析只是推论而已,究竟这种"地温异常带"是如何形成的?这里的地质结构有什么与众不同?还有待于科学工作者进一步考证,才可能解开这一带"冷热颠倒"之谜。

违反地心引力的"怪地"

美国犹他州有一条"重力之山"的斜坡道,通过这段斜坡的公路长约500米,如果驱车而下,在半途刹住车,车子会慢慢后退,仿佛被一股无形的力量拉拽着,硬是往坡顶爬去。人们如果将婴儿车、篮球等从坡顶放下去,总是一滚到底,从未出现往坡顶倒爬的现象。也就是说,这条斜坡道似乎专开重物的"玩笑",质量越大的物体,越容易往上倒爬,质量过轻的,就不会产生这种现象。

第七章　神秘之旅——最具争议的秘境

在美国加利福尼亚州圣塔可斯小镇郊外西部,有一个森林围着的神秘的地方,它的直径约45米。这里地心引力异常,飞机经过其上空时,仪表功能会失常,不能正常飞行;小鸟飞入此地,会迷失方向。这里有两块面积约一平方米的石板,外表同普通石板没有异样。然而,当一个身材矮小的和一个身材高大的人各自选择其中一块站立其上,人们随即看到,那个矮小的人变得比身材高大的人还要高大魁梧;如果两人交换位置,身材高大的变得更高了,而身材矮小的人变得更矮小了;两个人一次又一次交换石板而站立,两人的身高便各自一会儿变高,一会儿变低,目睹这奇景的人无不吃惊赞叹。有人怀疑这两块石板本来的高度就不一样,于是用水平仪测量了它们的高度,结果发现它们是完全一样高,处在同一水平面上。那么,站在石板上的人的身高变化是由于人的错觉,还是测量器具的相应伸缩变化而造成的呢?目前谁也解不开这个谜。

此外,在这个神秘地带中有一条坡度极大的小道,其周围的树木全部向一个方向倾斜,或呈螺旋形向上生长,更奇怪的是,当人们走在这条小道上时,身子都倾斜,几乎与这条坡度极大的小道路面平行,即使拼命挺身,人们想直立行走也徒劳无用,于是人们只能倾斜着前进,而步伐却能保持稳健。在神秘地带中有一幢简陋的木板屋,步入这所小屋,人们的身躯便向同一方向倾斜,如用力企图改变这倾斜姿势时,会感到有一股强大力量把身子仍拉回倾斜方向。谁也解说不清是什么力量使人们的身躯斜倒。在小木屋的一侧,有一块倾斜着向屋外伸展的木板,当游人把一个高尔夫球放在木板顶端时,那球居然不顺斜坡往下滚落。当人们用手往下推球时,球只被动地向下滚几滚,然后又自动向上滚回原处,更奇怪的是,当球脱离木板时,它也不垂直落下,而是沿倾斜方向掉落下去。这种违反自由落体定律的现象,引起科学家们的极大兴趣。对这块怪地,人们的解释各不相同,有人认为是地磁异常,强大的重力转变为磁力,而强大的磁力又导致重力异常。但为什么会产生如此强大的重力呢?没有人能说得清。

欧洲也有一块怪地。在波兰首都华沙附近的一个三角形的公路中心。这里经常发生离奇的车祸,既不是路况、车况有问题,也不是司机酒后驾车,明明是风和日丽的日子,视野极佳,司机也精神抖擞,但一入这"三角"路段,就会不由自主的精神恍惚,头昏眼花,心神不安,全身乏力,随后失去自制能力。更奇的是一些动植物也特别喜爱或者忌讳这块"三角"地。枫树、柳树、常青藤等在这里长得特别快,而杜鹃花、棕榈等却厌恶这个地方,苹果、樱桃等果树来到这里,甚至生斑、枯萎,只开花不结果。猫、蛇、猫头鹰、蚂蚁在这里生活得很好,这里蜂蜜的产量比别处高30%,但是蜜蜂却从不在这里筑巢。其他牲畜也不愿在这里逗留,这里的草,奶牛也从来不吃。

为什么这里会出现这种离奇现象?有人说是"地下水脉"在作怪。这里的地下有重叠交叉的地下河流组成的流水网,地下水脉的辐射量较之宇宙射线要强好几倍,司机受到辐射便失去自制能力。但是这种解释有点牵强附会,因为不是所有的车到了这个地方都出车祸。

究竟是什么东西造成这样的离奇现象,至今还是一个谜。

同一天的今天与昨天

太平洋岛国斐济有个小镇怀耶沃,发生过一桩奇事:英国统治时期,教会为了要所有居民在星期天都去教堂做礼拜,曾规定禁止商店在星期天营业。有个商店店主瓦尼亚,他的商店正好为日界线所通过,他特地开了个后门,平时在前门营业,而轮到星期天,他就在后门营业,因为后门已是星期一了。教会却对他毫无办法。

这是怎么回事呢?这还得从"日界线"说起。地球每天由西向东自转一周,新的一天究竟从哪里首先开始呢?地球上既然没有一条永恒的昼夜开始的线,于是人们就人为地规定出一条线,叫它"国际日期变更线",简称"日界线"。"日界线"的西面是"今天",东面还是"昨天"。

海轮和飞机航行在太平洋上,从西往东越过日界线时,日期就要减去一天,撕去的日历要重新贴上,那失去的光阴仿佛重新"返回"来了;如果从东向西经过日界线,就要马上从日历上撕下一页,那一天没有度过,却要向它告别,时间仿佛一下子"失踪"了。"日界线"基本上是按经度

180°线定的,怀耶沃镇在经线180°线上,所以那个店主便自称"日界线"从他的店里穿过,店的东、西两边也就应该有两个不同的日期,因此避开了星期天。

但事实上并不是这样,"日界线"稍有曲折,主要是为了避免这条线上的一些国家在同一天内出现两个日期,给居民生活带来不便。因此,"日界线"有时向西偏,有时向东偏,稍有曲折。这样一来,汤加首都努库阿洛法,即是他们自诩的"世界上最先升起太阳的地方";而西萨摩亚的首都阿皮亚由于紧靠"日界线"东侧,则是地球上最后看到太阳沉入地平线的地方。

第八章

挑战之旅
——检测勇气的传奇景观

残酷、浪漫、凶险、传奇,这是勇敢者的游戏,一次次的呼吸与心跳间,或许你会犹如坐上了时光穿梭机一般,可以追溯地球的时光,重新回到地球曾经经历的某一个时期……

[第八章 挑战之旅——检测勇气的传奇景观]

维苏威火山——庞贝毁灭者

维苏威火山随时可能再现庞贝古城的浩劫,但火山脚下绮丽的风光却大大冲淡了它无时不在的危险指数,使得人们可以淡忘潜在的威胁。

庞贝的毁灭使维苏威火山跟着扬名天下。那一天,盛极一时的城市被铺天盖地的火山灰掩埋得无影无踪。

维苏威火山是欧洲唯一的一座位于大陆上的活火山,坐落于意大利南部那不勒斯湾东岸,是一座著名活火山。距那不勒斯市东南约11千米,海拔1277米。世界上最大的火山观测所就设于此处。若能从高空俯瞰它的全貌,可以看到一个漂亮的近似圆形的火山口,这正是公元79年那次最著名的大喷发塑造而成的。

维苏威火山在公元前有过多少次喷发,并没有留下详细记载。但公元63年的一次地震,对火山附近的城市造成了相当大的损失。从这次地震起直到公元79年,常有小地震发生,至公元79年8月地震逐渐增多,地震强度也越来越大,终于导致了火山大爆发。火山大爆发的最严重后果,是将附近的赫库兰尼姆和庞贝两座城市埋葬在厚厚的火山灰和浮石之下,使它们从此在地面上消失,距维苏威火山约9.6千米处的史比达镇也被掩埋于地下。庞贝城与赫库兰尼姆城原来都是海港城市,庞贝城距赫库兰尼姆城数千米,但海拔略高,距火山口略远。赫库兰尼姆城因距火山口较近,掩埋城市的覆盖物很厚,一般在21米以上,个别的地方厚达33米。

被火山喷出物所埋没的两座古城直到18世纪被发掘出来才得以重见天日。赫库兰尼姆城较先发现。

[我用眼睛去旅行]

1713年,在这里开凿的一口井,无意中打在了被埋没的圆形剧场上面,后来又发现了赫丘利和克里奥帕托的雕像。被发现和发掘的还有史比达镇,在这个小镇的废墟中,发现了几副人的骨骼及有字的古纸卷等,然而这些纸卷现在已经无法阅读了。

然而,人们似乎忘记了这里一次次屋毁人亡的悲剧,仍安居乐业地生活着,丝毫不在意有一把达摩克利斯之剑日夜高悬,而只是愉快地体会其锐利的锋芒。

链接:那些动荡的火山岛

那些动荡的火山岛,是否也是你检测自己勇气的一次考验?

埃特纳火山——致命的守候

埃特纳火山最著名的在于它异常的活跃性,每一次喷发都会带来一场毁灭性的灾难,但是那份惊天动地的壮丽,却值得我们用一生去守候。

"当你闻到空气中的硫黄味时,你的整个脊柱都在颤抖,这就是新生,地球的新生。"火山学家萨尔瓦托雷·卡福这样来形容埃特纳火山的喷发带给人们的震撼感受。身为欧洲最高大的火山,西西里岛上的埃特纳火山最著名的,就在于它的活跃性——公元前1500年就开始活动,至今已经喷发过500多次。滚滚熔岩像巨大的火炬直冲天际,只是这美丽的"焰火"中还夹杂着夺走人生命的一切威胁。

即便如此,居民们仍旧眷恋着这片时时可能惊醒的土地,他们早已做好了冒险的准备。每当火山爆发,许多附近居民以及慕名前来的旅游者,即使冒着生命危险也要观看这一壮大场面。也许,这并不仅仅是出于对大自然力与美的崇拜,同时也包含了一种人类对大自然残暴的另一面的宽容之心,这或许才是埃特纳火山带给我们最深的心灵震撼。

伦盖火山——裂谷上的活火山

东非大裂谷是世界上火山带最集中的地区之一,但这里的大多数火山都处于休眠状态,它们昏昏欲睡——只有仍处于形成期的伦盖火山除外,年轻气盛的它是这里唯一的活火山。

远远望去,伦盖火山就像世界上那些著名的雪山一样,白雪覆顶,但离近了你就会发现,那白茫茫一片并不是冰雪,而是火山喷发出的碳酸钠粉末。火山成分中富含钠,而硅的含量偏低,又是伦盖火山一个不同寻常之处。

2006年,伦盖火山还爆发了一次,巨大的火山口向天空喷射出火山灰和碳酸钠,遮云蔽日。附近居民被迫暂时撤离家园,但他们终究还会回到这片他们眷恋着的土地,因为伦盖火山是他们心中的"神山",那里的山顶上居住着他们膜拜的神灵,无论走到哪里,他们都会听从神明的召唤。

菲律宾火山群——动荡的磅礴

由于身处两大板块交界地带,面积不大的菲律宾群岛却集中分布了22座活火山,它们爆发频繁,且一发不可收拾,如同潜藏的定时炸弹般危险。

这里最大的马荣火山已经喷发过47次,它的圆锥形山体被誉为"世界上最完美的火山锥"。火山喷出的白色烟雾凝成云层,在夜晚变成暗红色,像一支冲天的巨大蜡烛被点燃。皮纳图博火山安静到在历史上都找不到它的喷发记录,以至于所有人都不相信它是有生命的。但在1991年,它终于发怒了,那一瞬间天塌地陷,它也作为20世纪世界上最大的火山喷发之一而永载史册。

若尔盖湿地——母亲河的蓄水池

红军战士令人肃然起敬的长征过程中,他们曾征服了一片可怕的草地。那里茫茫无际,人畜难行,宛若张着血盆大口的恶魔,吞噬了无数踏足其中的生命。70多年过去后,红军的壮举早已载入史册,不可磨灭,而那片看似狰狞的草地,也渐渐隐去其恐怖的面纱,被还原了真实的本来面目。人们不会想到,今

日,它已成为中国最美的沼泽湿地之一。

它,就是四川阿坝境内的若尔盖湿地。

若尔盖湿地宛如一块瑰丽夺目的绿色宝石镶嵌于海拔3400米之上、被高山环抱的山原中,总面积100万公顷,国际地质专家称之为"世界上面积最大、最原始、没有受到人为破坏的最好的高原湿地"。黄河水竟然有30%都由这片广袤无垠的湿地大草原提供,它当之无愧地成为"母亲河的蓄水池"。受到滋润的黄河在宽广的湿地上留下了婀娜多姿的"九曲黄河第一湾",如仙女的衣袂飘飘,宛转动人。

今日的若尔盖湿地上不再笼罩死亡的阴影,而是处处有生命绽放的痕迹。这里的原野一碧万顷,野花五彩斑斓,牛羊悠闲地游荡,位于湿地核心位置的"花湖",烟波浩渺,如梦如幻,集中体现了若尔盖的湿地特征。这里还是国家一级保护野生动物——黑颈鹤的家园。碧绿的草原上鸥翔鹤舞,水天一色,大量的珍稀野生动物生长于此,繁衍生息。

在如此浩瀚的自然奇观面前,任何生命都只能低头臣服,无力抗拒。若尔盖是美丽繁华的,却无法让人遗忘它曾经的残酷无情——曾经无数的长征将士长眠于这里,这份代价便足以让人感到沉重,无法忘记。这里是红军长征耗时最长、条件最艰险、进行斗争最卓绝、付出的牺牲却也最大的地方。这里的泥潭在顷刻间就能吞噬一条鲜活的生命,任何的挣扎在它面前都是徒劳的,反而只能加速毁灭的进程。若尔盖湿地对生命的摧残与蔑视,曾是如此令人发指。

在漫天鲜艳的晚霞中,九曲黄河闪耀着夺目的金光,美得令人沉醉,只是它也一定还未摆脱那段沉重的记忆。夕阳中,大地静寂无声,仿佛在为那些长眠于此的烈士们永恒地致敬。

这里曾经是长征战士牺牲最惨重的死亡之地,现在则成了中国最美的湿地之一，它为母亲河提供了河水，为无数生命提供了栖息的家园，只是，那份灰暗的、沉重的历史，我们至今无法忘记。

巴德兰兹劣地——荒凉的艺术之美

如果一处地方可以叫做景区的话，那它一定有个美丽的名字。但是偏偏有一处地方的名字让人不想前行，那就是美国的巴德兰兹，音译听起来有一种白兰地的浓香，但是它的意思却是"不好的土地"、"劣地"。最早来到这里的印第安人、殖民而来的欧洲人不约而同地给这片土地取了相同含义的名字。这到底是怎样的一块土地呢？

《与狼共舞》曾经让很多人对美国西部向往不已，那旷野的悲怆、生命的苍凉，给人留下了很深的印象。《与狼共舞》的外景地在美国的南达科他州，巴德兰兹劣地位于南达科他州的西南部。风和水雕刻了巴德兰兹劣地，那漫无边际的黄沙，那层层叠叠颜色变幻的岩层，尤其那道道苍茫的山脊和峡谷，无不暴露着荒凉之美。来到巴德兰兹劣地，耳边呼啸而过的风声，周围蒸腾的热浪都在提醒你：此处不可久留。虽然荒凉，但是这种荒凉的艺术之美却诠释了自然的诡异，生命的顽强。

想深入了解巴德兰兹劣地，就一定要知道它久远的历史。那是一段不太安静的日子。7500万年前，巴德兰兹劣地是一片浩瀚的海洋，1000万年前，受到挤压的大陆板块把这片地区抬升，巴德兰兹劣地正是从深厚的冲击层和火山灰沉积物中产生的。海水退去，这里成为潮湿的陆地，生长出茂密的森林，剑齿虎在这里捕食猎物。

冰川期过后，森林变成了广袤的草原，然后又变成了大片大片的草地。随后的几百万年里，雨水侵蚀、风力雕刻，使巴德兰兹劣地变得起伏不平，棱角分明，形成各种奇异的形状和造型。

自从发现新大陆以来，欧洲探险者一直喜欢在这块条件恶劣、但又能引起奇特感受的地方探险。最早到达这里的以捕猎谋生的法国殖民者首先把这里称为"荒地"。

若真的亲眼目睹了巴德兰兹劣地的"恶劣"，你也许会觉得其实它也并不那么令人讨厌。荒芜的沟壑在嶙峋的山脊和尖峰之间蜿蜒曲折，似是一件突出的浮雕作品，经过大自然天然的斧凿，带了几分苍凉的艺术美感，吸引着那些喜好探险者征服的脚步。虽然这里气候炎热、条件恶劣，但是这天然的艺术美景却能唤起人内心深处某种原始的感受。

巴德兰兹地区位于美国南达科他州和内布拉斯加州的交界处，全是由刀锋般的山脊、深沟、狭窄的平顶山以及一望无垠的沙漠组成的，此地景观颇为荒凉，气候十分炎热，极具探险之地之魅力。

悬崖、尖峰和起伏不平的地表，荒凉之地被曲折的沟壑分割得四分五裂。从日出到日落，无数的岩丘从淡红色变成光彩夺目的金黄色，令人叹为观止。

在这片断裂的土地上，夏季酷热难耐，冬季却又严寒彻骨。但再恶劣的环境，也抵挡不住生命勃发的力量。一些刺柏附着在岩坡上，不服输地向上攀爬着。盆地虽然干燥，却也有小草和野花顽强地探出了头。偶尔能看得到的一抹鲜绿，一小片姹紫嫣红，给人一种灵光乍现的惊喜之情。

巴德兰兹劣地的布莱克山高达2207米，漫山遍野长满了松树。随着时间的推移，山上的岩石被雨水冲刷下来，在东边形成了一大片沼泽。随着气候的逐渐干燥寒冷，雨水减少，沼泽逐渐变成了草原。后来部分草原受到风和水的侵蚀，暴雨把草连根冲走，露出软泥层。河水带走了这些软泥，并把岩石冲刷成尖柱和圆丘，岩石在烈日下逐渐变硬，于是山体上被刻蚀出道道沟痕。

巴德兰兹劣地的地表下埋藏着大量的生物化石。人们在原来位于海底的带灰色沉积物的岩层内发现了一种动物化石。这是一种头顶上长着长圆状壳，并且有些像鱿鱼的动物，现在已经绝种了。近年来，在这些岩层中还发现了一种古老的兔、一种既大又重的犀牛和一种被称为剑齿猫的动物化石。在巴德兰兹地区已发现的这些非常吸引人的化石中，还包括剑齿类虎、三趾类马以及小骆驼。

环境恶劣的巴德兰兹劣地是印第安人苏族部落生活的区域，他们在这片土地上以捕食野牛为生。苏族人捕猎野牛的主要方法是把野牛群驱赶下悬崖摔死。巴德兰兹劣地的地形非常适合这种大规模的捕猎方法。在某些悬崖底部，野牛的尸骨现在仍然可见。苏族人充分利用了野牛身体上的每一部分：把野牛的肉和脂肪作为食物，皮用作帐篷、毯子、衣服、马鞍和皮带，牛角当做勺子，骨头当做棍棒。野牛为苏族人提供了日常生活中所需的大部分器物。

后来欧洲殖民者开始涉足这片土地，从此，巴德兰兹劣地上的各种野生动物开始陷入绝境。草原上的野牛几乎被捕杀殆尽，依靠捕食野牛为生的苏族人几乎灭绝。如今，巴德兰兹劣地是北美最大的荒原，经过长时间的保护，野牛的数量开始慢慢增加。现在各种野生动物，包括野牛和叉角羚在这里生息繁衍，并且数量不断增加。

已经灭绝的巴德兰兹大角羊曾经就生活在这片土地上。巴德兰兹大角羊虽体型较大，却可以非常敏捷地在陡峭的山上行动，甚至攀登悬崖。巴德兰兹大角羊与落基山脉的大角羊一样，最大的特征是公羊有巨大的犄角，并处于优越地位，它可以独占所有的母羊。

巴德兰兹大角羊所在的荒地上生活着美国的土著人，他们常常在头上戴着大角羊的犄角冒充公羊以接近和捕捉大角羊。当然他们捕捉到的只是少数。巴德兰兹大角羊真正的威胁来自移民，是猎枪和那些家畜夺取了它们的生存地，致使它们无处可逃，遭到了灭绝的命运。

巴德兰兹劣地已经被开辟为国家公园，是美国唯一兼具南部草原野生动物和独特地形的国家公园。这里不同他处，人烟总是稀少，是真正亲近自然的好去处。有人曾经这样评价过巴德兰兹国家公园："它有一个恶名，但绝对是个好地方。"硕大的岩石像宫殿一样宏伟，橘红色的光影在浮动，蓝色的阴影勾勒出岩石的轮廓。不同时期的沉积层显现出不同的颜色，从灰到蓝再到黄。千奇百怪的石塔和壮丽的拱壁，夜来香、大百合、野玫瑰和鲜红的球锦葵争奇斗艳，有可爱的土拨鼠群和静静吃草的野牛群，头顶不时传来金色猎鹰的鸣叫，黑尾鹿和叉角羚羊旁若无人地嬉戏着。无论是几小时的徒步游览，还是几天的露营探险，这里独特的风景总会挑战起你的想象力。

巴德兰兹劣地最重要的景观就是石墙，这里的石墙绵延百里，成为一道天然的屏障，分隔着南北截然不同的风景。在北部，你看不到这些石墙的踪影，只有草原一望无垠，没有阻拦，但是在南部的平原上，石墙却拔地而起，就像一座斑驳的古代城池。石墙是正在消失的自然奇迹，现在石墙的造型和50年前已然不同，它正以令人无法相信的速度消逝着，某些地方每年被风化的厚度达25厘米，这个速度是惊人的。我们无力留住石墙曾经的美丽，只能尽情地享受它垂暮的绚丽。其实这是一种令人心痛的凄美。

在那高低不平坑坑洼洼的山体中，你可以找到一根根平直的横线，那就是沉积岩的历史。那里还清晰可见早期海洋的一层层沉积物。

日出日落，年复一年，时光枯燥地重复着。巴德兰兹巨大而孤独的身影从朝阳的淡红中转为夕阳的金黄，然后又归入黑夜的沉寂。虽然背负"劣地"之名，但它并不甘心因此被人嫌弃，于是它长久地等待着，等人来解读它曾经的沉淀。

瓦迪拉姆——史诗中的神殿

如果你看过一部史诗样的巨片——《阿拉伯的劳伦斯》，一定不会忘记里面那宏伟美丽的沙漠景色。劳伦斯曾经形容它"浩大，一望无际，似神殿般广阔"。

劳伦斯口中的"神殿"，就是约旦南部的瓦迪拉姆沙漠，那里曾是他纵横捭阖的战场。因为劳伦斯的传奇故事，这片沙漠名声大振，广为世人熟悉，与佩特拉古城、亚喀巴珊瑚礁，一同构成了约旦旅游的铁三角。

[第八章 挑战之旅——检测勇气的传奇景观]

瓦迪拉姆是一片典型的纯沙沙漠,布满了沙丘和风化的峡谷,由于人们也许会联想到影片中悲壮的战争场面,而显得有几分肃杀。狂风随时有可能肆虐,卷起一阵阵沙尘。一望无际的地平线上,从沙尘的掩映中隐约透出怪石的轮廓,这些巨大的奇形怪状的岩石如同战地城堡,为平缓的沙丘线条增加了跳跃的变化。

这片沙漠并非死气沉沉。骆驼、狐狸、老鹰都是这里常驻的动物,沙地上到处可见它们活动的脚印,非洲大羚羊也在这里拥有自己的自然保护区。

沙漠中的贝多因人至今仍恪守着传统的生活方式,踏实而满足地游荡在他们古老的家园。黑色的帐篷在沙漠中看上去凝重而庄严,似是一个民族不落的旗帜。高大的骆驼的步伐有些懒散,却丝毫不乱,它们也是沙漠警察用来巡逻的交通工具,驼铃声响彻整个瓦迪拉姆的天空。带上阿拉伯头巾,跟随他们的驼队流浪一程,绝对是沙漠之旅的最好体验。但切不可以为贝多因人就是墨守成规的,当他们为疲惫的游客端上一杯香气浓郁的阿拉伯咖啡时,你才知道,原来这些沙漠牧民不但热情善良,还自有自己的浪漫生活方式——这咖啡的韵味实在比一杯星巴克要来得甘醇许多。

当大漠的风沙散尽,在远方可以看到扎着头巾的贝多因人,他们牵引着古老的驼队缓缓前行,也能看到现代化的吉普车队浩浩荡荡向沙漠深处进发。两种不同背景的文化撞击在这片古老的沙漠中,在夕阳中留下了同样的长长的背影,那都是努力追求希望的印记,一样的美丽,充满着殊途同归的希望。

浩大、一望无际、似神殿般广阔,又像月亮表面一样宁静安谧,这里是劳伦斯奋斗过的战场。沉稳的骆驼和狂野的吉普一起从这里穿过,那是不同的人们,在追寻同样的梦。

岩塔沙漠——荒野的墓标

澳大利亚西南海岸线的楠邦国家公园内,有一片神秘怪异的沙漠。虽然与平常的沙漠一样,都是荒凉的人迹罕至之地,但它的奇怪之处就在于地面上林立着无数塔状孤立的岩石,且形态各异,这些罕见的标志让这个地方得名为"岩塔沙漠"。

岩塔沙漠地形崎岖,鲜有人踏足,这里时有狂风呼啸,在寂静的沙漠中,这声音像是发狂的野兽正在撕扯面前的猎物,让人毛骨悚然。风卷流沙,一片金黄,岩塔七零八落地矗立在蓝天与黄沙之间,呈暗灰色,高度1~5米不等。随着

延伸入沙漠腹地,这些岩塔也奇迹般地从暗灰转变为和沙漠类似的金色。

成千上万的暗灰色岩塔固执地立在那里,那种沉重的存在感直压得人透不过气,它们神秘且诡异,令人胆战心惊。你永远也搞不清楚,这里到底蕴藏了多少诡异的故事。岩塔的大小形状各不相同,有的大如房屋,有的细如铅笔,有的表面平滑,有的却坑坑洼洼,状如蜂窝,有的像一只甩着大尾巴的袋鼠,似乎随时都能从原地弹跳出去。

岩塔存在于此已经有几万年的历史,但它确实是近代才从流沙中冒出头来的。岩塔其实是海中贝类的化身。几十万年前,温暖舒适的海洋中繁殖了大量的软体动物,它们死后,它们的贝壳破碎成石灰沙,被风浪刮到岸上,经过日积月累,一层层堆砌,便形成了今日的岩塔。随着沙漠里风吹沙移,它们曾被埋没在沙子底下,直到今天才重见天日。

巨大的岩塔,在沙漠上投下一个个轮廓分明的黑影,如同月球表面的景

色,令人见之难忘。风的低语如泣如诉,仿佛是那些海中的精灵在为我们讲述千万年来大海里的美丽传说。

索诺兰沙漠——灼热的生命之歌

索诺兰沙漠是北美洲四大沙漠之一,也是最炎热的沙漠,分布在美国和墨西哥,总面积约26万平方千米。由于毗邻加利福尼亚海湾和太平洋,这里每年都能有夏冬两个雨季,降水量可达120~300毫米,远远高于其他沙漠。

如果你以平常意义上的沙漠来猜度索诺兰,只能想起沙海、仙人掌、兀鹰,一派的荒凉寂寞。进入索诺兰沙漠,那眼前的情景一定会让你大吃一惊。如果你说它荒凉,何以竟会被浓密的植被遮挡了你远眺的视线,这些植被的枝叶蔓延之繁茂,甚至牵绊了你迈出的脚步?如果你说它寂寞,何以在流沙上还能看得见各种动物留下的脚印,凌乱却鲜活?

得天独厚的自然条件,使得这里一反干热的沙漠常态,竟然呈现出一派热闹的生命奇景。这里有时间四季的界限,景象并非常年如一。每逢雨季,沙漠中的空气开始变得潮湿凉爽,带着绿色的生命气息。而雨季一过,便也如寻常沙漠一般干燥灼热。春季,花儿竞相开放,露出了严冬后生命的迹象;到了夏季,花儿盛开得更加生机勃勃,虽然阵雨来势凶猛,却伴着雨后美丽的彩虹;秋日的习习凉风驱走了夏季的酷热;冬季则是绵长的细雨霏霏,冷空气会一直吹到沙漠的山谷,有时还可看到皑皑白雪。

索诺兰沙漠包含多种生物群集,地球上数以千计最奇特的动植物都在这

块热闹的沙漠中繁衍。成群的仙人掌是索诺兰沙漠的一大景观,它们组成了一片小小的绿色森林。这里有300多种仙人掌,它们高高地举着枝干,在强烈日晒下顽强地生长着,其中又以厚柱仙人掌最为壮观,成了索诺兰沙漠特有的象征物。厚柱仙人掌是全世界最高的仙人掌,寿命能达500年,高度大约15米,如一座座尖塔直冲向天。在索诺兰沙漠丰沛的降雨条件下,这些仙人掌如同一个个功能强大的蓄水池,每一场降雨还未结束,许多仙人掌就已经长出新的枝根来尽情吸收水分。它们的神奇之处就在于可以胀大体积来容纳额外的液体,将雨水积蓄起来,从而滋养沙漠上的其他生命。一队队渡鸦和兀鹰习惯悠闲地在仙人掌上小憩,镇定地审视着它们生长的家园。

在沙漠里最干燥的五六月,仙人掌却都开始变得花团锦簇,雪白、艳红的花朵摇曳生姿,里面藏满了甘甜的花蜜。这些花蜜成了沙漠中栖居的鸟类、昆虫和蝙蝠可口的美食,它们也以传播花粉作为回报。待到花朵发育成多肉的果实,又可以为更多的野兽提供美味的餐点和充足的水分,直到再一个夏季来临、雷雨季节开始为止。一场生命的轮回又在沙漠中忙忙碌碌地展开。

一众矮小的乔木也代表着这片沙漠的特色。这些乔木的叶子表面覆盖着的茸毛可以隔热抗寒、吸收湿气、减少水分流失,许多小动物会躲到这些小乔木下栖息,享受枝叶的庇荫,它们的粪便又为乔木的生长提供了充足的肥料。在这个多样化的生态系统中,所有生物便是如此共存共荣、相依相偎。

与其说这里是沙漠,不如说它更像一个亚热带的荆棘灌丛。但不管何种分类,都只是人为的定义。在如此严苛的环境下,这些生物并不是苟延残喘着苦苦支撑,而是活得欣欣向荣、自得其乐。环境的定义,对它们而言,又有什么不同呢?

只要你能从困境中看到生机,那么每一处沙漠都会是富饶的绿洲。因为希望始终装在你的心里,即使再多的艰难险阻,你也同样可以活得精彩纷呈,如同索诺兰沙漠里这片繁荣的生命奇迹。

火焰山——飞鸟千里不敢来

吴承恩在《西游记》里精彩的描写,让世人皆知火焰山的大名。

现实中的火焰山其实并没有那么可怕。它位于新疆吐鲁番盆地中部,是绵延百余里的一条红色山峦。红色砂岩被阳光晒得闪闪发光,像是团团烈焰在燃烧,火焰山由此得名。但在山腹中,却还藏着一些沟谷,似乎是被高温和烈日遗忘了的地方,这里绿荫蔽日,与外边的荒山秃岭形成鲜明的对比。这宛如世外桃源的境况,才为火焰山增添了几分与神话故事不符的神话色彩,绿荫与四围暴烈的红色相映,正是火焰山真正的危险与诱人之处。

山区气温夏季可达47℃,太阳直射处可达80℃,沙面可烤熟鸡蛋。热浪翻滚,使人透不过气来,山上也寸草不生。由于地层堆积比较水平,加上岩层软硬相间,在经年雨水侵蚀下,顺坡形成一条条沟壑。山体侵蚀下来的物质,在山麓前形成红色的洪积扇裙,扇裙前缘在干旱环境下又形成无数多边形龟裂,使山体变得沟壑林立,曲折雄浑,格外引人瞩目。

虽然高温难耐,但火焰山山体却又是一个天然的地下水库的大坝。正是由于火焰山居中阻挡了由戈壁砾石带下渗的地下水,使水位抬高,在山体北缘形成一个潜水溢出带,有多处泉水露出,滋润了鄯善、连木沁、苏巴什等数块绿洲,从而也造就了这一带的生命。

有一座巨大的沙丘特别壮观,长几百米,高数十米,通体赤色,风吹成的脉络清晰可辨,阳光照耀下,如熔岩缓泻。沙丘旁边,是一断崖,上面竟有百十个洞窟,那是南北朝时克尔克孜族修建的佛窟,这些佛窟历

史之久,敦煌也难望其项背。火焰山是古丝绸之路上的重要一站,处于当时中西文明的交接点上,位置得天独厚,它能领风气之先,也就不足为怪了。

火焰山为什么这么热?一直以来有几种说法。

第一种说法来自吴承恩,他认为是孙悟空大闹天宫时踢翻了太上老君的炼丹炉,几块带着余火的砖落到人间,形成了现在的火焰山。当然这种说法带有神话色彩,无法让人相信。

对此山的形成,还有另一个生动的传说:古时候,天山有一条恶龙经常吃童男童女。一位叫哈拉和卓的青年决心降伏恶龙。他手执宝剑,与恶龙激战七天七夜,终于腰斩了恶龙,并把恶龙斩成七截。死龙不再颤动,变成一座红山,被斩开处变成了山中的峡谷。当然了,这也仅仅是传说。

还有一种说法认为火焰山的火来自地下煤层的自燃。有学者在考察火焰山时曾经发现这一带在历史上确实有过烈焰熊熊的时候,这是因为构成山体的地层中含有煤层,其中有的煤层厚达11米,它们曾发生过自燃。近地表较厚的地方,煤层已经自燃殆尽,而且还可以看见那里留下的紫红色燃烧结疤。

要知道煤层自燃,在新疆境内并不罕见。硫磺沟煤田火区项目技术人员解释道:如今距离乌鲁木齐市42千米的硫磺沟煤田,自清代光绪年间就是裂隙纵横,浓烟弥漫,岩隙间火焰呼呼,经年不绝,到如今已经有100多年了。历时4年,此煤田火区才于2003年被扑灭。然而,天山是地质活动较为剧烈的地区,埋在地层中的水平煤层经过多次地质运动,大多变为倾斜煤层,煤层露头后与空气接触,氧化后积热增温,引发自燃,最终酿成煤田火灾。

还有一种猜测,火焰山如此热的原因极有可能是由于地热引起。地热,是由地球物质中所含的放射性元素衰变产生的热量。因为构造原因,地球表面的热流量分布不匀,这就形成了地热异常,这也可能是火焰山这么热的原因。然而,这仅仅是一种猜想。

还有人认为火焰山之所以如此炎热干燥,应归因于此地独特的自然地理条件。现实中的火焰山为天山支脉之一,是天山东部博格达山坡前山带短小的褶皱,形成于十五六千万年前的喜马拉雅造山运动时期。山脉的雏形形成于距今1.4亿年前,基本地貌格局形成于距今1.41亿年前,经历了漫长的地质岁月,跨越了侏罗纪、白垩纪和第三纪等几个地质年代。亿万年间,地壳横向运动时留下的无数条褶皱带,再加上大自然的风蚀雨冲,便形成了火焰山起伏的山势和纵横的沟壑。

虽然现在火焰山已经不像《西游记》里所说的那么火焰灼灼,然而这里独特的地理条件还是造就了这个世界上唯一的大火炉,使它的温度依然不减。解开火焰山火热之谜,对我们今后如何进行地下热力资源的开发和利用有很大的帮助。

拾级而上,洞外虽酷热难耐,洞内却清凉宜人。都是掏洞为窟,砌以灰泥,有的洞洞相连,高的可达五米。想想千百年前克尔克孜人头顶烈日,在峭壁上完成这项浩大的工程,真是令人感动。洞的四周,都是壁画,不过大都斑驳,佛像法身几不可辨,许多只是一面灰墙。仅存的几幅佛像壁画,极为精美,衣袂飘飘的飞天,法相庄严的如来,依稀可以看出他们当年的风采。原来这些佛洞在历史上曾数遭掳掠,几个荷兰人——大约也是偷窃敦煌壁画的盗贼吧,将壁画连同灰泥整版割下,再用驴车运回欧洲。路程遥远,又加上戈壁颠簸,那些壁画大多毁于途中,幸存的,现都藏于大英博物馆。

文明的传承就如同黑暗中的一盏灯火,脆弱却又给人以不灭的希望。所以便有一些苦行的人,比如达摩、比如玄奘,他们穿过大漠戈壁,翻过这酷热火山,万里奔波,历经艰辛,去守护一盏"心灯",希望以济世人。于是恒河畔的世尊,一样可以拈花微笑于中原烟雨。佛经上所说的佛法无边,大约就是这个道理吧。

延伸阅读:
世界最难征服的10大景观——对生命的最好挑战

10.原始的威胁——亚马孙丛林

亚马孙流域的植物种类之多,居全球之冠。许多大树高六十多米,遮天蔽日,故旱地森林的地面光秃秃,只有一层腐烂的枝叶;涝地森林则情况迥异。树冠由高至低分层,各层都充满生机。葛藤、兰花、凤梨科植物争相攀附高枝生长。

其间栖息着猴子、树懒、蜂鸟、金刚、鹦鹉、巨大蝴蝶和无数蝙蝠,水中生活着凯门鳄、淡水龟,以及水栖哺乳类动物,如海牛、淡水海豚等,陆地上则生活着美洲虎、细腰猫、貘、水豚、犰狳等,还有2500种鱼,1600多种鸟。

亚马孙的危险不只源于丛林中变幻莫测的环境,泥潭、沼泽、野兽和蚊虫,还有令人头皮发麻的传说和故事,"河水中潜伏着能瞬间撕碎巨大野兽的食人鱼"、树枝上站立着专门猎杀人类的"食人族",这些故事给每一个想去亚马孙的人以巨大的心理压力。

当你独自走入无边无际的丛林时,孤独感是对你最大的考验,周围斑驳的光影,密集的植物使你的视野大大受到限制,更造成你对未知事物的本能恐惧。

隐秘指数:★

危险指数:★

综合指数:★

探险提示:

防水问题:在雨季或多雨地区,特别是长时间的穿越,如防水准备不充分,整个活动会遇到极大的麻烦。如:无干燥衣物可换,相机、电池、食物等物品遭打湿破坏。因此在出行前要对活动地区的气候做些了解,并做好相应准备。

饮水问题:在短途穿越时,如已知补水困难就应带足饮用水,每人每天大约两升。长途穿越,可在途中的溪瀑、江河、湖塘取水,但一定要观察其污染情况,如:水附近有无人畜活动、有无动物尸体、有无粪便及其他污染物。水中有大量泥沙时要使水沉淀10分钟以上。蚂蟥多的地区,打水时要用敞开或透明的容器,以便能及时发现水中是否有蚂蟥。

露营问题:寻找安全、避风、干燥、平整的高处扎营。此时要注意周围的环境,如:是否有落石、滚石、风向如何,有无动物巢穴或蜂巢等。尽量不要在河畔扎营,除非确定是枯水期,水位不会变化。营地不要紧靠水边,那里蚊虫较多。

野外生物：出行时要准备清凉油、风油精、红花油等药物。打绑腿可以有效防止蚂蟥、蛇及其他生物对腿部的攻击。毒蛇大量出没之地可以准备蛇药。

9.魔鬼三角洲——百慕大

百慕大群岛是世界闻名的一个地方，位于美国北卡罗来纳州正东约600千米的海上。百慕大三角的具体地理位置是指位于大西洋上的百慕大群岛、迈阿密和圣胡安这三点连线形成的三角地带，面积达40万平方英里。百慕大三角是由360多个岛屿组成的群岛，这些岛屿好似一个个圆形的环躺卧在大西洋上。

由于百慕大群岛与美洲大陆之间有一股暖流经过，因此，这里气候温和，四季如春，岛上绿树常青，鲜花怒放。百慕大又被称为"地球上最孤立的海岛"，因为它与最接近的陆地也有几百英里之遥。因此，百慕大群岛四周是辽阔的海洋，具有蓝天绿水、白鸥飞翔、花香四溢的秀丽风景。

百慕大风光秀丽，气候宜人，但这不足以让它闻名世界。真正让它成名的是那些噩梦般的海难和空难，传闻中神出鬼没的外星飞碟，那里海底诡异非常的巨大金字塔。

这片海域拥有太多的未知，太多的传说，让路过此地的水手们不寒而栗，让每一个在船上的人的夜晚变得难以入睡。这片海域静静地躺着无数的沉船和飞机残骸，你可以尝试在这里潜水，触摸那些身边的沉船，感悟历史上的真实灾难。

隐秘指数：★

危险指数：★★

综合指数：★

探险提示：

基本原则：一定要穿配救生衣。不要使用耳塞。一定要把面罩内的水清除干净。不要做超呼吸的动作。在完全离水上岸后再去掉蛙鞋、面罩、呼吸管。

落单时的处理:保持镇定。让自己上浮,扩大自己的视野,尽量寻找同伴,如果还是没有发现同伴,就浮上水面,注意观察水面上有气泡的地方就是有人的地方。如果超过10分钟还没有发现同伴,就必须回到入水点。

8.极限危险山路——北永加斯道

北永加斯道对世界上每一个乘车的人来说都无疑是最危险的一条路,这条路很容易就会危及他人生命。它穿越在玻利维亚安第斯山脉,总长70千米,穿行近3600米极其狭窄的V字形弯道,最窄的地方只有10英尺,旁边就是800米的深渊。尽管地势险要,当地人还是在海拔5千米的山腰上开凿出了一条长约80千米的山路。一面是山势陡峭,一面是"万丈"深渊,一旦出了意外,附近不仅没有救援人员,而且手机也没有信号,很难向外界求救。

这里每两周就会有一宗严重交通意外发生,每年都会有100到200人丧命于此,这组数据充分地证明了北永加斯道的危险与可怕。而最大的恐惧是你一旦驶入这段山路,就意味着你不能回头了,10英尺宽的道路恐怕没有人能掉头。

隐秘指数:★

危险指数:★★★

综合指数:★★

探险提示:

如果你是司机,那你就一定要打起120分的精神,因为一个小小的错误都会导致你和车上所有的人直接自由落体1000英尺。如果你是乘客,请保持安静,任何的聒噪都是对自己以及他人生命的不负责任。

7.极寒无比——南极洲

南极被人们称为第七大陆,是地球上最后一个被发现、唯一没有土著人居住的大陆。南极大陆的总面积为1390万平方千米,整个南极大陆被一个巨大的冰盖所覆盖,平均海拔为2350米。冰层平均厚度1800米,最厚达4000米以上。

大陆周围的海洋上有许多高大的冰障和冰山。全洲仅2%的土地上无长年冰雪覆盖,被称为南极冰原的"绿洲",是动植物主要生息之地。"绿洲"上有高峰、悬崖、湖泊和火山。南极大陆共有两座活火山,那就是欺骗岛上的欺骗岛火山和罗斯岛上的埃里伯斯火山。

南极洲总是一片白茫茫的,这里是冰雪的天堂,极限寒冷的代名词。常年将近零下一百度,还夹杂着刺骨的寒风。在这里极其容易冻伤,要尽量把自己包裹在衣服里,即使这样,你依旧会感到刺骨的寒冷。在这里,将考验你的意志力与承受能力。

如果你能挨住寒冷,那证明你是一个身体强健的人,但是你还要面对无尽的白色。地是白的,山是白的,下雪时候天也是白的,这白茫茫的一切更是考验人的心智。

隐秘指数:★★

危险指数:★★★

综合指数:★★★

探险提示:

在南极这样的特殊环境中,要知道以自己的能力可能会遇到的问题及危险,要有心理准备并能随时应变。在陆地上及海上观赏野生动物时,要保持安全的距离。要注意及遵照领队的指示,不可以擅自离开自己的团队。没有适当的装备及经验,不要进入冰河区或大片的冰原当中,因为那里极可能会隐藏着危险,例如:薄冰覆盖着的冰洞、冰缝。不要冀望救援,必须增加自给自足的能力,合乎规格的设备,还要有周全的计划和受过专业训练的人员,危险性才可能降低。

不要进入紧急避难所(除非有紧急状况发生),如果你使用过避难所的食物及设备等,请在事后告知最近的研究单位,或政府主管机构。请遵守限制吸烟的规定,并注意防火,特别是在建筑物周围,因为南极属于干燥地区,极易发生火灾。

6.世界的巅峰——珠穆朗玛峰

珠穆朗玛峰简称珠峰,又译作圣母峰,尼泊尔称为萨加马塔峰,也叫埃非勒士峰,位于中华人民共和国和尼泊尔交界的喜马拉雅山脉之上,终年积雪。高度8844.43米,为世界第一高峰,是中国最美的、令人震撼的十大名山之一。

随着时间的推移,珠穆朗玛峰的高度还会因为地理板块的运动而不断长高。有趣的是,珠穆朗玛峰虽然是世界第一高峰,但是它的峰顶却不是距离地心最远的一点。珠穆朗玛峰高大巍峨的形象,一直在当地以及全世界范围内产生着巨大的影响。

挑战珠穆朗玛峰的高度是很多人的理想。站在世界的顶点,看着脚下云海翻涌,那将是别样的享受。但这座山跟它的山峰一样高傲,它不允许别人随便踩到它的头上。

登顶的路上会遭遇种种困难,寒冷、缺氧、大风等恶劣的自然因素也同样考验着你的心智。每一个挑战者都要接受珠穆朗玛峰严格的筛选,要走完这8844.43米,绝非一日之功。在这段时间里,你必须把握住瞬间的机会,否则就会和登顶的机会失之交臂。

隐秘指数:★★

危险指数:★★★★

综合指数:★★★

探险提示:

一般来说登珠穆朗玛峰至少要提前一年就开始进行各方面的准备,包括体能、装备以及心理情绪的调节。攀登像珠穆朗玛峰这样的世界最高峰,一般来说没有20万元经费是根本下不来的。并且攀登珠穆朗玛峰条件非常苛刻,包括个人的身体素质、登山经历,等等,除此之外,攀登前还要进行至少两个月的负重强化训练。可见攀登珠穆朗玛峰是一项耗资、耗时、巨大的危险运动。

5.灾难片中常见——无名海岛

一座孤零零漂在海上的小岛,上面没有人居住,四周都是大海,一片小树林,偶尔头顶飞过几只海鸥,没有援助,只有自己。这些场景不光出现在电影小说里,也真实地发生过。

《鲁滨逊漂流记》这部小说是笛福受当时一个真实故事的启发而创作

的。1704年9月,一名叫亚历山大·赛尔科克的苏格兰水手在海上与船长发生争吵,他被船长遗弃在南美洲大西洋中的安菲南德岛上。四年后,当他被救回英国时,已成了一个野人。

在孤岛上生活将考验人的野外生存能力,更需要你具备丰厚的野外生存知识,包括怎么解决最基本的吃饭、喝水问题。海水是绝对不能喝的,它只会让你流失更多的水分。还要自己制造简易的住处,了解海岛上什么能吃,什么不能吃,如何生火等问题。

在这里你还要面对绝对的孤独,每天甚至都听不到动物的叫声,只能听到无尽的海浪声。在这远离现代社会的地方,你必须要学会过原始的生活。

隐秘指数:★★★★

危险指数:★★★

综合指数:★★★★

探险提示:

遇难口渴时,不要喝尿、海水、鸟血。

不要吃水母、有刺的鱼、像鹦鹉那样有钩形嘴的鱼,否则你的嘴会肿得像气球一样。按住鱼的眼睛,可以让它们不得动弹。在困境中能激发人的斗志,如果和你一起遇难的同伴受伤了,要细心照顾他,但是对一些没有根据的症状,不要病急乱投医。这时候,无知反而会让你更痛苦,休息和睡眠是最好的办法。每小时至少抬起双脚5分钟,不要做无畏的挣扎。如果感到无聊,你可以唱歌,要让你的头脑不断地想事情,任何可以让你感兴趣的事情。玩纸牌、脑筋急转弯,这些都可以让你不至于闷得发狂。

绿色的水比蓝色的水要浅得多,小心远处看似像山的黑影。寻找绿色的陆地。不要游泳,游泳消耗体力。此外,救援的船艇漂流都比你游得快。也不要再回忆起这段危险的海上生活。如果你感到燥热,可以把衣服弄湿,不要把尿液弄到衣服上。这样虽然会让你感到暂时的凉快,但是不值得让这短暂的凉快使你的皮肤发疹。遮掩自己,把皮肤暴露在外会让你比口渴或饥饿死得更快。

如果通过排汗没流失过多的水分,那么在没有水的情况下你可以生存14天。如果你感到口渴,就咬住衣服的扣子。海龟极容易捕捉,它也是作为晚餐的极佳选择。海龟血很有营养,你也可以把它当做无盐分饮料食用。海龟的肉既紧致又美味,其脂肪有很多用途。你们还会发现海龟蛋。不过要小心海龟的嘴巴和龟脚。燃起你的斗志,即使心灰意冷,但决不能放弃。记住:一定要有勇气,要牢记上面这些提示。只要你还有求生的意志,就一定会成功。

4.没入深水中——代波尔德洞穴

代波尔德洞穴位于佛罗里达州位于地下250英尺处,是以拥有此地的一美国男子的名字命名的。据一名探测者称:"阳光照耀不到代波尔德洞穴的内部,这使得这个深达250英尺的巨大密室毫无生机。这里对潜水者也是从不客气的:自1960年来,已有大约300人死于水下。"

一处充满水的洞穴,只能潜水进去,随时都有迷路的可能。在这黑暗的水中洞穴中,即使你带有最强的水下电筒,你也不可能看到几米以外的东西。即使你最轻微的动作,都会带起水底一片片的白砂。这些白砂形成的白雾如果让你迷失方向了,那将是致命的。

比这更可怕的将是代波尔德洞穴所带给你的压迫感。幽暗的环境,安静的水底,没有流动的水,只有静静的白砂,这里会把你对黑暗的恐惧无限放大,蔓延到你身体的每一个角落。

隐秘指数:★★★★

危险指数:★★★★

综合指数:★★★★

探险提示:

身体及精神均需在最好的状态。检查装备情况,状况良好方可使用。遵守潜伴制,避免单独潜水。潜水过程中不要屏气。上升过程中的速度不能太快。勿使用耳塞。在耳内感到疼痛前,须使耳压平衡。遵守潜水深度限制,尽量避免超过那个深度。

3.世界上最热——伊朗卢特沙漠

地球上最热的地方当属伊朗境内的卢特沙漠,这里的最高气温可达71℃。对到底哪里是地球上最热的地方,众说不一。许多人认为是利比亚的阿济济耶,曾创下57.8℃的最高记录;美国加州的死亡山谷在1913年曾达到过56.7℃,位居第二。

但根据美国国家航空航天局的卫星监测记录,在伊朗的卢特沙漠曾出现过71℃的高温。这片地区大概有480平方千米,被称为"烤熟的小麦"。这里的地表被黑色的火山熔岩所覆盖,容易吸收阳光中的热量。

也许很多人没有深入过沙漠,但是对沙漠的恐惧却是深入绝大多数人的内心的,因为在现在的大多数电视剧、电影中,都把沙漠邪恶化了。其实在沙漠中生存不是很难,但是却很容易让人绝望。一望无际的黄沙,酷热难耐,还时不时出现一阵沙暴。

在这里,大自然充分展示了它的力量——摧毁一切的力量,让人感到自己的渺小与无能为力,这里的恐惧绝对是其他地方无法企及的。如果你走出了这片沙漠,你不光战胜的是你自己,也战胜了大自然。

隐秘指数:★★★★★

危险指数:★★★★

综合指数:★★★★

探险提示:

沙漠温差很大,以10月、11月为例,白天地表温度可达50℃上下,夜晚则可降至0℃以下,在11月,如遇寒流,温度可降至零下10℃以下,因此沙漠探险中,冬季、夏季的服装应一一具备。白天沙漠的阳光会灼伤皮肤,你可以选择长衫、长裤,但长裤在艰难的行进中会大大消耗你的体力,因而宁可腿部晒脱皮,也要选择短裤。最难忍的灼伤皮肤情况将会出现在后脖颈上,你的衣领摩擦在脖子上会疼痛无比,最简易的办法是带顶遮阳帽,并在帽子的后面压一块白手帕以阻挡强烈的阳光。

防晒油在沙漠中是不适用的。沙漠中的沙和海滩上的沙完全不同,它是极细的微尘,微弱的风和轻轻的脚步就会把它扬起,假如你擦了防晒油,这些沙尘会让你的皮肤变成细沙纸。一双合脚的沙漠靴是最重要的,一定要高腰,柔软,如果是新鞋,最好在进入沙漠前,先在城市中穿一两个星期,"磨合"好了再穿进沙漠。太阳镜最好有两副,一副是平时使用,另一副是防风沙的,可用摩托镜或滑雪镜。一个大号水壶、一筒爽身粉、手电筒、宽胶带、小圆镜、塑料袋等小物品都会在沙漠中给你带来意想不到的方便。比如爽身粉可以擦在你运动时身体经常被摩擦部位,小圆镜用于求生时反射信号,塑料袋用于防尘。

2.从未被征服——卡瓦格博峰

梅里雪山有13峰,卡瓦格博峰是最高的一座,海拔6740米,为云南第一峰。卡瓦格博峰是藏传佛教的朝觐圣地,为藏传佛教宁玛派分支伽居巴的保护神。峰型有如一座雄壮高耸的金字塔,那里时隐时现的云海更为雪山披上了一层神秘的面纱。

被誉为"雪山之神"的卡瓦格博峰作为"藏区八大神山之首",享誉世界。卡瓦格博峰以其高耸挺拔之美,以及它在宗教中的崇高而神圣的地位,吸引了无数的中外旅游者和登山者。然而,从20世纪初至今的历次大规模登山活动无不是以失败告终。因此,梅里雪山至今仍是处女峰。这里未曾被人类征服,没有人成功过,它的危险不言而喻。迄今为止,过去15年中共有9次攀登梅里雪山的活动。其中:中日联合攀登有4次,日本单独攀登1次,美国队攀登过4次,全部失败。

自1996年后,国家明令禁止攀登梅里雪山。从此,也更让人领会到藏族同胞对人与自然关系更为真诚和深刻的理解:人只有尊重自然、爱护自然,方能与自然和谐相处;人若一心与自然为敌,只意欲征服自然,则必将以灭亡告终。

隐秘指数:★★★★★

危险指数:★★★★★

综合指数:★★★★★

探险提示:

虽然现在已禁止攀登卡瓦格博峰,但是当年建立的登山大本营还是可以去的。大本营的海拔不算太高,但路途较长,起伏不定,需要一定的体力和意志力。

1.未来的梦想——遨游太空

太空旅游是基于人们遨游太空的理想,到太空去旅游,给人提供一种前所未有的体验,最新奇和最为刺激人的地方,是可以观赏到太空旖旎的风光,同时还可以享受失重的味道。而这两种体验只有在太空中才能享受到,可以说,此景只有天上有。

太空旅游项目始于2001年4月30日。第一位太空游客为美国商人丹尼斯·蒂托,第二位太空游客为南非富翁马克·沙特尔沃思,第三位太空游客为美国人格雷戈里·奥尔森。专家表示,未来的太空旅游将呈大众化、项目多样化、多家公司竞争、完善安全法规四大趋势。

太空旅游现在还是个梦想,但它已经悄然接近我们的生活了。在不久的将来,这将是一项大众喜爱的旅游活动。科学技术的进步也必将使得太空旅游不再昂贵,从而使得越来越多的人有机会体验。

虽然外太空是危机四伏的,四处横飞的太空垃圾,强烈的紫外线,无法实施救援的太空站,但这一切问题终将被克服,我们会像上班坐电梯一样去太空站旅游,体味别样的生活。

隐秘指数:★★★★★★

危险指数:★★★★★★

综合指数:★★★★★★

温馨提示:

需要极大量的资金支持,以及良好的身体状态,至于具体的注意事项,现在还没有,因为此旅游项目的部分资料目前还属于高级机密。

第九章

静 修 之 旅
——探寻生命本源的方向

　　如果,我们远行的目的是为了回归自然,我们远行的乐趣在于挣脱世俗的桎梏,那么有些地方,你无论如何也不能错过。来到这里,整个世界都静了下来,真实和梦境在这里没有界限……

[第九章 静修之旅——探寻生命本源的方向]

雅鲁藏布大峡谷——人类最后的秘境

在这个可爱的星球上,我们清楚的地方或许不容易历数,但要为人类罕涉其足的地方举一例,雅鲁藏布大峡谷当之无愧——就是那峡谷中的峡谷,纵深第一的峡谷,那海拔第一的峡谷,那"世界屋脊"的边上,藏语名字的峡谷,那温润而沧桑的峡谷。历数百万年不息的地幔软流层上涌体打造了这一区域的地质毛坯,第四纪的冰川是上帝手上的刀笔,一刻一划无不鬼斧神工,却又在布拉马普特拉河——雅鲁藏布江的涤荡冲刷作用下趋于圆润明朗,来自印度洋的充裕水汽沿着开阔的通道逡巡北上,带来年均500毫米以上的雨量,所过之处为峰峦坡崖染上苍翠,一切走兽虫鸟遂得栖丛。

雅鲁藏布江是西藏的母亲河。作为世界上海拔最高的河流,在它的下游90°大拐弯处,还横亘着同样气势恢宏的,世界上最长、最深的峡谷——雅鲁藏布大峡谷。世界上鲜有地方比雅鲁藏布大峡谷更难于探索开垦,也没有哪里比它更加丰富多彩、气象万千。

雅鲁藏布大峡谷深嵌在"世界屋脊"——青藏高原的千山万谷之中,长504.6千米,最深处达6009米。由于河床陡直落差极大,大峡谷500多千米的长度,却得以汇集整个雅鲁藏布江水力资源的2/3,其单位面积内的水能蕴藏量为全世界之首。大峡谷还是青藏高原上绿色通道的重要门户,面向孟加拉湾和印度洋。由于喜马拉雅山脉阻隔了那里西南季风的北上,大峡谷变成了暖湿气流迂回进入青藏高原的唯一入口。在这黄金般的峡谷中,形成了雅鲁藏布江流域世界最北的热带气候带和自然带,以及世界第一大降水带。充

沛的水汽和热量为峡谷带来了独特的种类繁多的生物群,同时也使这里成为世界上山地生态系统类型、植被类型、生物群落最丰富的峡谷谷地。

雅鲁藏布大峡谷给人的奇特地质美感不仅仅在于它的绵长纵深,很大程度上也得益于它独到的造型,那些出人意料的拐弯,将缭绕缠绵的中国山水画的境界写意得淋漓尽致。从空中一定的高度俯瞰峡谷,只见河流行走在山脉中间,看似为山脉所阻断,其实却从缝隙罅口中自在地游走流去,这实在有助于人们获得一种对雅鲁藏布大峡谷还神化地活着的印象,那河流仿佛是一条挣扎着要奔去大海的长龙,虽历尽险阻,却矢志向前。著名的扎曲拐弯可以算作其中的杰出代表。这是环绕迦巴瓦峰的一个马蹄形拐弯,位于大峡谷的出口巴昔卡,河道在这里变得更加狭窄,随之河水却变得更加汹涌犀利,如同千军万马一齐挤踏,现出争渡的阵势来,咆哮的水流在原本看似要一泻千里的地方却碰壁转而迂回他方,声势不可谓不惊心动魄。此外,还有邦辛附近的直角拐弯,何等的伟力,才会使如此巨大的水流生硬地回转,以"碧水东流至此回"的诗句形容此时声势一定不为过。

从纬度带上看,这个区域地处热带,但其气候却不止于热带。面朝大海、开阔的箕形开口极大地方便了雨带的形成,将热带气候和自然带在这个地区比理论上向北推进了5个纬度,这在世界气候地理景观上也是不多见的。而在山体本身不同的海拔高度上,气候和动植物的种类也在安静地更迭着。从上到下,依次是高山冰雪带,草甸灌丛带,常绿针叶林带,半常绿阔叶林带,常绿阔叶林带,最后是葱茏于低山河谷之间的季风雨林带,所以说来,同一座山的同一时刻却向人们展示了太多互相参差的季节物候之美。自山顶漫步下到谷底,眼目的阅历俨然是从北极到赤道的体验,"一日之内,一山之间,而气候不齐"。

在很长的人类文明时期里,雅鲁藏布大峡谷一直都在人们的知识见解之外,咆哮的山洪、凶险的地形、弥漫的瘴疠、搏人的野兽,无不阻碍着人类对它发起探寻的脚步,却也不断拨拉着人们与日俱长的求知心。1998年10月下旬,中国科考队员对这片堪称"人类的最后秘境"的地质空白区域作了一次为期40多天的详尽考察,这也是首次被记载的雅鲁藏布大峡谷徒步穿越。考察活动进行得艰苦卓绝,也收获颇丰,得到了有关大峡谷地质、水文、植被和物种的一系列数据。干流瀑布群的数量和所在,大面积的红豆杉林区,"昆虫类活化石"的缺翅目昆虫,一件件神秘的面纱从它的面庞上揭开,大峡谷渐渐地为人们所熟悉,当然这种理解似乎是有些迟到的。于是,"植物类型天然博物馆"、"生物资源的基因宝库"、"地质博物馆",雅鲁藏布大峡谷一时间声名鹊起。

雅鲁藏布大峡谷的资源储量是骄人的,旅游资源暂且不谈,这里有世界上最丰富的水能资源、中国继东北和西南之后的第三大林区、3500多种维管束植物和相当潜力的待开发的成矿资源。坐拥这样优厚的资源,并不等于我们可以恣意地使用,太多的教训使我们明白,在行动之前必须要权衡这次行动的得失。

由于垂直落差大,这里的9个垂直内然带沿谷坡依序分布,宛如从极地到赤道一一展现,是世界山地垂直自然带最齐全、最完整的地方,堪称"世界山地植被类型的天然博物馆"。这里的重点保护动物有40余种,虎豹羚羊、犀鸟蟒蛇,一应俱全,是中国生物类型最丰富的地区之一。一些濒临绝种的古老物种也在此生息繁衍,至今,这里的自然生态环境仍保留着远古的风貌,将大峡谷变成了"生物资源的基因宝库"。由于大峡谷处于印度洋板块和亚欧板块俯冲的东北角,地质现象多种多样,所有这些宝贵的自然资源都引起了世界科学家的瞩目。但由于整个峡谷地区险峻幽深,激流咆哮,冰川、绝壁、陡坡、泥石流遍布,与巨浪滔天的大河交错在一起,条件十分恶劣,让人望而却步,以至于这里的许多地区至今仍无人涉足,这些区域也成为地质科考工作的空白,被称为"地球上最后的秘境"。

"雅鲁藏布大拐弯"是大峡谷的一大奇景。它是雅鲁藏布江围绕南迦巴瓦峰潇洒一甩而甩出的一个马蹄形大拐弯。高山险峰与拐弯峡谷的组合,本身就是一种自然奇观。这个拐弯的大峡谷又是由若干个小的拐弯相连,滔滔的江水在奔腾的过程中被巍峨的山体阻挡,做180°转弯后掉头而去,令人想起"大江歌罢掉头东"的豪迈诗句。若是有机会能从空中立体俯视,才能一睹它壮观秀丽的全貌,领略到雄浑原始的自然风情。由于受喜马拉雅山和雅鲁藏布江大拐弯的包围阻隔,峡谷核心地段多处为无人区,其内侧的墨脱县更是成为高原上的孤岛,隐藏在深山密林之中,不通公路,被评为"中国十大徒步线路"之首。

[我用眼睛去旅行]

在交通与通讯设施都极为完备的现代,当猎奇者的足迹几乎遍及地球上的每一个角落时,我们都以为整个世界就此已一目了然,又有多少人能想到,竟然在"世界屋脊"上,还有这样一块人类难以逾越的"神秘禁地"。虽然它被科学家视做"打开地球历史之门的锁孔",但那把开门的钥匙却如此难求。多年来的徒步科考工作,虽克服了重重的危机,却只是揭开了"秘境"的面纱一角。还有多少珍贵的未知,被幽闭在历史的禁门之中?

雅鲁藏布大峡谷吸引了无数探险家征服的脚步,只是能深入其中的却寥寥无几。在恶劣的自然环境下,你的体力、毅力、智力,都是必不可少的要素。或许这是一次需要押上全部赌注的危险之旅,但它深邃的存在却永远不会让你后悔,值得热爱它的人付出一生的脚步去追逐。

东非大裂谷——世界最长的伤疤

从卫星拍摄的照片上看去,东非大裂谷宛如地球上一道开裂的硕大伤疤,令人触目惊心,油然而生一种惊异且神奇的感觉。

看到"东非大裂谷"这个名字,你会想到些什么词语?狭长、黑暗、恐怖还是阴森?荒草漫漫、怪石嶙峋、不毛之地、毫无人烟?其实是你误读了东非大裂谷。

在3500万年前,东非大裂谷由非洲板块的地壳运动所形成,它不紧不慢地穿越了东非所有的国家。东非大裂谷起于赞比西河的下游,一路向北,直到马拉维湖北部。在这里,东非大裂谷兵分两路,东部的裂谷为主裂谷,一路穿越坦桑尼亚中部、肯尼亚北部和埃塞俄比亚高原中部,来到红海海边,全长5000多千米,西部全长1700多千米,沿着乞力马扎罗山一路向西到达苏丹境内的白尼罗河。在这里,两兵汇合,继续向南前行,经希雷河达赞比亚河河口入印度洋消失。这么多纷繁的名字,足以说明东非大裂谷孕育了多少美丽的景色,成就了多少荣耀的历史。

东非大裂谷代表着力量和生命,使得原本无味的苍茫高原呈现出错落有致的精彩,有时高峰耸立,层林环抱;有时峡谷幽静,湖光秀美;时而火山蒸腾,时而犀牛奔跑、羚羊跳跃,如此的包容力,也只有东非大裂谷能做到。没有它,非洲的魅力一定大减。

东非裂谷带位于非洲东部,全长约6400千米,深达1~2千米,最宽处可达200千米以上。它几乎跨越了东部非洲所有的国家,总面积500多万平方千米,占非洲面积的1/6还多。其实裂谷带还远不止局限于东非范围,而是地跨了中东与东非,向北一直延伸到西亚的死海约旦河谷地。非洲几座海拔在4500米以上的高峰全部分布在这个区域内,其中以在埃塞俄比亚境内的裂谷带为最长,而肯尼亚境内的最为奇特。裂谷在肯尼亚境内的轮廓非常清晰,贯穿南北,恰好与东西向横穿境内的赤道相交叉,形成了一个漂亮的十字形。俯瞰下去,浑然天成,鬼斧神工。肯尼亚因此得了一个有趣的别称——东非十字架。

大约在1000多万年之前,地壳的断裂和重组让地球经历了重生和疼痛,并留下了这道永远的伤疤。这片区域位于陆块分离之处,在上升流的强烈作用下,东非地壳抬升形成一系列高原山川,而向两侧的分散作用使地壳的脆弱部分断裂,塌陷而成为裂谷带,时至今日,它仍以每年2~4厘米的速度持续张裂着,东非大裂谷也就不断向两侧扩展。虽然速度极为缓慢,奈何岁月持之以恒,终有一天,东非大裂谷会将它东面的陆地与非洲大陆完全脱离出去,形成地球上一个全新的大洲,科学家已把这片遥想中的土地命名为"东非洲"——山河重整,地貌再组,产生一片新的海洋以及众多岛屿,新大陆脱颖而出。

听上去像一个美妙的科幻故事,或者是远古时期才会发生的剧烈地质现象,但是现在,它就真切地发生在世人的眼皮底下,虽然细微到我们无法察觉它的变化,但它确实存在着,并且会影响人类千百万年后的生活。当然,谁又能说得清楚到时候究竟会怎么样呢,毕竟那是距离你我太过遥远的事情了。

东非大裂谷两侧悬崖峭壁宛如用鬼斧神刀劈成一般,大裂谷绵延不绝,深不见底。高耸的火山在群峰之间时而可见,苍茫的原始森林掩住了群山的影子。山坡上盛开着紫红色、淡黄色花朵的仙人球,草原茫茫无边,偶尔有不高的灌木丛点缀其间。这里湖泊众多,形状狭长,就像一串精美的蓝水晶项链给东非大裂谷以柔和之美。湖水微波,芳香飘漾,就连野草的香味都那么香甜。山水之间,蓝天白云下面,裂谷底部,平平整整,坦坦荡荡,成群的牛羊懒洋洋地在乡间小路上散步,它们的日子缓慢而悠闲;火山造就了良田,这里沃野连绵,充满了收获的喜悦;点点村庄,袅袅炊烟,田园之景令人陶醉。在东非大裂谷中穿行,你会恍惚:云雾缭绕中的这一片生机盎然,亦真亦幻,这是在裂谷中吗?世界上有这么美丽的"伤疤"吗?

说到东非大裂谷,不得不单独说说它的火山。这里的火山大多为死火山,但是也有几处仍然活跃的活火山。非洲的高山并不多,为数几个4500米以上的高山,比如乞力马扎罗山、肯尼亚山,还有埃尔贡山,都拜东非大裂谷所赐。最为壮观的活火山是尼腊贡戈火山,其海拔虽然只有3700米,但是这里浓浓的硫磺味几十千米之外都能闻到。火山口终年烟雾升腾,就像一个硕大的炼钢炉在不停地工作着。火山口里是一个岩浆湖,湖水就是翻滚的高温岩浆,那里火光冲天,轰鸣声响彻云霄,原始而有力地诠释着远古的传说。

东非大裂谷底部平坦,20多个如蓝水晶般的湖泊精致又各有特色地散布其间。非洲除乍得湖外,所有的天然大湖都与大裂谷有着不解之缘。这些湖泊彼此不是决然地裂开,狭窄的水道巧妙地将它们串联,感觉就像一条水量充沛的大河沿着峡谷就势蜿蜒流淌,生生不息。坦噶尼喀湖是世界上最狭长的湖,南北长达670千米,就像一条长长的云带一样,它也是世界第二深湖,湖深1130米,仅次于贝加尔湖。维多利亚湖是非洲最大的湖泊,基伍湖是激情四射的火湖,纳瓦沙湖湖面的海拔1900米,是裂谷内最高的湖。这些湖泊的湖水湛蓝,湖面或辽阔,或小巧,千变万化,且水量丰富,吸引了众多的野生动物,比如凶猛的非洲狮、漂亮的红鹤、贪婪的秃鹫、伶俐的羚羊……纳库鲁湖有一种名叫弗拉明戈的鸟,被称为世界上最漂亮的鸟。几万只火烈鸟聚集在湖区,飞翔或者栖息,就像挂在天际的云霞,煞是好看。这些地区大多已经被划为国家公园而

第九章 静修之旅——探寻生命本源的方向

受到保护。

在肯尼亚境内,一段东非大裂谷具有显著的地形地貌特征,这段峡谷长达约800多千米,近千米深,大裂谷的轮廓在此非常明了。肯尼亚浓缩了东非大裂谷的精华,是个神秘而智慧的国度。东非大裂谷两侧,悬崖断壁,山峦连绵,犹如延伸的城墙。肯尼亚的首都内罗毕就坐落在东非大裂谷南端,也是东非大裂谷的子民。在肯尼亚,登上裂谷高崖处,放眼望去,只见裂谷深不可测,底部松柏苍翠,一座座死火山孤寂地坐落在沟壑深处,而串串湖泊宛如闪闪发光的蓝宝石,一刚一柔,那么的和谐美妙。

由于地壳运动活跃,东非大裂谷地区的火山、地震运动非常频繁。裂谷带里火山林立,如同这道伤口上一个个醒目的疮疤。其中最著名的要数乞力马扎罗山和肯尼亚山,只是它们都已数百年不曾活动。1910年曾经爆发过的梅鲁火山也早已失去了往日雄风,另外一些小的火山都看上去很平静——尽管它们本身都曾经是火山猛烈爆发的产物。只有仍在形成中的伦盖火山依然活跃,它蠢蠢欲动,成为裂谷带内为数不多的活火山。火山口里有一个充满高温熔岩的岩浆湖,湖中积蓄着火山喷发时流出的岩浆,热浪升腾,如一锅刚刚化开的钢水,令人敬而远之,不敢上前。

在没有见到东非大裂谷之前,大多人一定把它想象成一条断涧深沟,狭长黑暗、怪石嶙峋。只有亲眼见过东非大裂谷的人才会明白,这里完全与人们惯常的揣测大相径庭,或许这才是它能吸引这么多人前来观看的原因。

背上旅行包,走在崎岖不平的山路上,在层层叠叠的绿色山峦中不要停下脚步。一路上,穿过峡谷、古堡、湖泊、村落,总会有让你出乎意料的惊喜。山中不时传来清越的鸟鸣,呼吸着新鲜的林间空气,令人心旷神怡。这里有至今保存完好的原始森林,青藤老树相生相伴,一派原始景象。本来以为"前无去路",突然就会"柳暗花明",出现大片茵茵绿草,原来是巨大的树冠遮挡了我们的视线。累了,从路边的灌木丛中摘朵不知名的小花,或者与穿着艳丽、头顶器物的黑人妇女并排而行,都会让你会心一笑。非洲人民勤劳朴实,珍惜着东非大裂谷的恩赐。他们的要求总是很少,只期望日出而作,日落而息,人和自然就这么和谐地交融在一起,脉脉柔情就这样在静默中传递。质朴无雕琢,东非大裂谷护佑着非洲的居民,给他们以最真实自然的生活。

东非大裂谷在近代承载了太多的屈辱和苦痛,在西方殖民主义者的笔下,那是一块野蛮、贫穷、落后的土地,一块没有文明与希望的荒瘠之地。其实恰恰相反,几百万年前,人类的文明就在此发源,埃塞俄比亚境内的阿法盆地记录了古人类学上太多的荣誉与梦想。图尔卡纳湖出土过260万年前人类母亲的化石,她被考古学家命名为"露西"。1975年,在坦桑尼亚与肯尼亚交界处的裂谷地带,发现了距今已有350万年历史的"能人"遗骨。在硬化的火山灰烬层中,还发现了一段延续22米的"能人"足印。这一切表明,早在350万年以前,大裂谷地区已有直立行走的人类,这可能是人类最早的成员。一系列考古发现证明了东非大裂谷曾孕育了人类早期文明,非洲是片古老的土地,东非大裂谷就是它的证明。

没有停止过的地壳仍在忙碌着,几亿年后的红海会浩瀚无比,那么东非大裂谷呢?它也在不停地扩张着。其实我们没有能力去想象几亿年后的事情,沧海桑田怎是人力所能预料的?对东非大裂谷来说,人类的历史是短暂的,可能我们只是它的过客,但是现在,就是现在,我们拥有它,这就足够了,我们有我们足够的时间来欣赏它。

如果有空闲,就背起行囊沿着东非大裂谷来一趟非凡之旅吧。

你的体验不止于旅行,是生命与历史的对话。

尼罗河上游——文明的曙光

"你来到这片大地,平安地到来,给埃及以生命。啊!隐秘之神,你已将黑夜引导到白昼,我们庆祝你,给我们指引。你种植了拉神开垦的花园,给一切行走者以生命;你永不停息地浇灌着大地……"黄昏静谧时分,在尼罗河畔,诵读这样的尼罗河颂诗,再合适不过。

尼罗河,一个好美丽的名字!很久以来,这个名字就一直在我们的眼前耳

第九章 静修之旅——探寻生命本源的方向

边出现。到底这是一条怎样的河流,它凭什么被人们乐此不疲地提及?为什么有那么多争斗的起源仿佛都是从这条河延续开去?

很难说是尼罗河肥沃的土壤孕育出了非洲的文化,还是非洲的文化让尼罗河跟着荣耀起来。当法老的木乃伊都已成为历史的遗迹,尼罗河却不问尘世沧桑,一如既往地安静流淌着。

尼罗河发源于赤道以南、非洲东部高原,由南向北纵贯埃及全境,沿途经过许多湖泊,留下6道瀑布,出现数处激流和险滩,最终穿越非洲沙漠,进入地中海。

尼罗河是非洲第一大河、世界第二长河,全长6740千米,流域面积280万平方千米,是非洲大陆面积的1/10,大部分在埃及和苏丹境内。

像世界其他名川大江一样,尼罗河也一直受到人们的赞美。埃及诗圣艾哈迈德·肖基曾写下"尼罗河水自天降"的不朽诗句。前人也曾有过这样的描绘:"河谷里有灿烂的阳光、肥沃的土地、温暖的气候和美丽的风景。"在尼罗河河谷的土地上,青草、谷穗、葡萄夹在灼人的沙漠之间,使这里宛如水流不断、花果丛生的"人间天堂"。

尼罗河的上游有两条主要的支流——白尼罗河和青尼罗河。白尼罗河源于维多利亚湖以西终年多雨的群山之间,流经卢旺达、布隆迪、坦桑尼亚、肯尼亚、乌干达和扎伊尔,最后进入苏丹。青尼罗河发源于埃塞俄比亚西北部高原的塔纳湖,流经埃塞俄比亚和苏丹。这两条支流在苏丹首都喀土穆汇合,合流点以下的河段就称为尼罗河。

汇合后的尼罗河主流水量大增,流量变化加大,再纳支流阿特巴拉河,然后进入埃及。尼罗河在埃及境内长达530千米,在埃及首都开罗以北形成面积为2.5万平方千米的巨大三角洲平原,河道在这里

分成许多岔流,流入地中海。三角洲平原上,地势平坦,河渠纵横,是古代埃及文化的摇篮,也是现代埃及政治、经济和文化的中心。

尼罗河谷地与尼罗河三角洲地区,古埃及人称之为"黑土地",这里的土壤呈黑色,含有洪水留下的黑色淤泥粉末。正因为有了这层表层土,这一地区的土地才肥沃异常。

如果不是尼罗河,埃及本应是一大片荒漠,是一片红土地,而不是现在狭长的绿洲。由于尼罗河慷慨地馈赠,农业便一直成为埃及的重要支柱。尼罗河谷犹如一个庞大的农场,农民们种植的大麦、亚麻、小麦、各种蔬菜和葡萄,收成很好。天然植物如纸莎草、睡莲、芦苇、刺槐等遍布全埃及。就连许多动物,也靠尼罗河生存,如河马、鳄鱼、羚羊、沼泽中的鸟类(鸟头麦鸡、鹭鸟和鹳)以及各式各样的鱼。

希腊历史学家希罗多德甚至把埃及称为"尼罗河的礼物",如果没有尼罗河充足的泛滥之水,埃及的一切都不会存在。

古埃及时期,每逢仲夏和初秋,尼罗河水就会泛滥,洪水过后留下肥沃的淤泥,农业因此而发达。古埃及人修筑的蓄水池,可以蓄水数周,待河水退却,他们再将池水缓缓排出,留下肥沃的淤泥,用来种植农作物。

关于尼罗河水的泛滥,流传着许多神话、传说。相传尼罗河水泛滥是因为女神伊兹斯的丈夫遇难身亡,伊兹斯悲痛欲绝,泪如雨下,她的泪水落入尼罗河中,使河水上涨,引起泛滥。所以,每年6月13日或17日,当尼罗河水开始变绿、预示洪水即将泛滥时,埃及人就会举行一次欢庆,称为"落泪夜"。

如今,尼罗河水由一组大坝及灌溉系统控制着,其中最为著名的是阿斯旺大水坝,它横跨两岸的坝顶近4000米,底部厚980米,高110米,一年四季都可进行灌溉。没有了一年一度的洪水泛滥,那些曾经令尼罗河河谷变得肥沃的淤泥只好沉积在纳赛尔水库的库底了。

尼罗河畔的居民曾经根据河水的涨落,定下了各种劳作的日子,创造出一年分成三季的自然历法:每年7月,尼罗河水开始泛滥之时,自然历法中的第一个季度"阿赫特"就开始了,在此后的4个月里,田野被浸透在水中;第二个季节被称为"佩雷特",意思是"出",既指土地"出"水,也指幼芽"出"土,是农作物的生长季节;最后季被称为"舍莫",是收获庄稼、平整土地和维修堤坝的季节。

尼罗河三角洲地区是埃及最富饶的地方,被称为"鱼米之乡"。虽然三角洲的面积仅占埃及全国总面积的24%,但在这块土地上,人口却占全国人口的90%以上。埃及的城市、村落、居民和久负盛名的历史古迹,绝大部分都分布在这一带,"不到绿色走廊不算到埃及"的说法在非洲极为普遍。这里既是古埃及灿烂文明的摇篮,也是世界著名的文化发祥地之一。

早在公元前6000年左右,埃及人的祖先就在尼罗河两岸休养生息。据史料记载,塔吉安人曾在这里生活、定居,法尤姆人、梅里姆德人和巴达里人也都先后在此生活。他们不仅从事渔猎,还从事农耕。公元前4000年左右,他们就已经创建了围堰造地、筑堤防洪和引水灌溉等控水工程。他们还学会了用亚麻和兽皮做衣服,用石头做锄板,用木头做小船,用称为"瑟德"的纸莎草编筐篮。那时,在上、下埃及出现了两个奴隶制王国。公元前3200年,上埃及法老梅尼斯统一了上、下埃及,建立了第一个统一的奴隶制国家,定都于开罗西南30千米的孟菲斯,这座古城被称为"白色城堡"。

古代的埃及人,还创造了辉煌的文化,发展了天文、数学、医学、建筑学等。尼罗河畔,各个历史时期的文物古迹比比皆是,雄伟的开罗城、巍峨的金字塔以及各种各样的古代庙宇,无不令人赞叹。

在尼罗河畔底比斯古都四周,许多拉美西斯遗迹就在向世人昭示着埃及的过去。其中,有世界上最令人惊叹的庙宇——凯尔奈克,占地0.02平方千米,奉祀底比斯之神,即公羊头的阿蒙。此外,还有狮身人面像、神殿、庙宇和一个圣湖。紧挨凯尔奈克的是卢克索,也是奉祀阿蒙的。它的对面就是帝王谷,这里埋葬了第十八王朝(公元前1570~前1342年)的许多法老。埃及最著名的吉萨大金字塔,坐落在开罗附近,紧靠尼罗河三角洲。

尼罗河的确为埃及提供了许多得天独厚的生存和发展条件,并在此基础上促进了埃及文明的诞生。早在法老时期,埃及就流传着"埃及就是尼罗河"、"尼罗河是埃及的母亲"等谚语。尼罗河也确实是埃及人民生命的源泉,它为沿岸人民积聚财富、缔造文明创造了条件,所以,埃及人民把尼罗河比喻为哺育、滋养自己的伟大母亲,古代著名的《尼罗河颂》便是埃及人民对尼罗河感情的

[我用眼睛去旅行]

真实流露：

"光荣啊，起源于大地的尼罗河！你川流不息，为的是使埃及苏生！……你灌溉土地，使一切生物欣欣向荣。你生出大麦和小麦，好叫神庙里欢度节日。"

众多支流与干流的交汇使得尼罗河成为一条庄严成熟的母亲河，妩媚且多情。在这条母亲河的庇护下，非洲人民古老的文明得以代代传承，生生不息。我们才有缘得见，那诸多人类的奇迹。

乞力马扎罗山——非洲之王

豹子到这样高寒的地方来寻找什么呢？没有人作过解释。海明威在他著名的小说《乞力马扎罗的雪》一开头，便提出了这么一个奇怪的问题。乞力马扎罗的山顶上，发现了一具风干的豹子尸体，而这只凶猛的野兽，冒着地冻天寒，来到雪山之顶，付出生命的代价，究竟是来寻找什么呢？

正如海明威所描述的，乞力马扎罗山海拔近6000米，是非洲最高的山，由于作家赋予它一个浪漫多情的氛围，再加上本身的自然环境良好，比起其他大洲的险峰来，攀登难度低了很多。更多的人来征服它时并没有太多紧张的心情，而更像是一次度假，悠然地欣赏它那份安静的美丽。

"乞力马扎罗"在非洲斯瓦希里语中的意思是"光明之山"。它位于非洲东部，是坦桑尼亚与肯尼亚的分水岭。它庞然的身躯压迫得周围的高原悄然下陷了近200米，它由两

> 第九章 静修之旅——探寻生命本源的方向

座主峰——基博峰和马文齐峰组成。两峰之间,还有一个长达10多千米的马鞍形山脊。从空中望下去,有点像个巨人的"工"字,以极为洒脱写意的书法,写在广阔的大草原上。终年积雪的雪顶在碧绿草地的背景下极为醒目。尽管距离赤道仅300多千米,山脚下的气温能达到59℃,但峰顶的气温却在零下34℃,天差地别,造成了"赤道雪峰"的奇观。当壮丽的雪顶在高高的山上沐浴着绯红的朝霞、反射出耀眼的光芒时,"光明"这个词便是对乞力马扎罗最恰当的诠释。那情景,如同上帝洒下的圣光,照射在教皇头顶璀璨的王冠上,无比庄严圣洁,难怪众多的登山者要为之倾倒。

世人只记得它梦幻般的冰帽雪冠,却鲜有人注意冰雪覆盖下隐藏的其实是一个火山群落。因为处于东非裂谷带断层交汇处,火山活动在历史上一度极为强烈,乞力马扎罗便是由火山喷发后大量的熔岩堆积而成的。它的主峰基博峰峰顶还留有一个巨大的盆状火山口。但往深处看去,火山口四壁已经布满了厚厚的冰层,底部耸立着巨大的冰柱,晶莹剔透,占据了这个本该充斥着炽热的火山灰和岩浆的世界。由于近代长久的沉寂,火山已被认为进入了休眠状态。至少5000米以上的山峰都被永久冰川所覆盖,最厚的地方能有80米,冰雪代替了火焰,火山的激情也让位于雪峰的静谧。

但是谁又能了解,大山内心潜藏的最原始、最真实的悸动?总有些火热的东西还流淌在它的心里,正如那些不远万里来拥抱它的游人们,他们心里也有这样一种热情,让他们能听得到乞力马扎罗野性的呼唤。

来乞力马扎罗的人通常会有一种错觉,在攀登的路上,似乎那个诱人的雪顶总是高深莫测,在空中盘桓,永远都无法到达。云雾甚至会延伸到雪线之下,在半山腰缭绕。据说它的雪顶只有在清晨很短的时间才会撩开神秘的面纱,让世人一睹真颜,而其他的大部分时间里,它美丽的身姿都是在云雾中若隐若现,神秘撩人。

有别于其他地方的险峰大多坐落在某个高大的山系之中,乞力马扎罗是"孑然一身"的,它也是这地球上最大的独立山体,超然到甚至拥有完全由自己塑造出的一套天气系统,因高度、坡向不同,气候和降水有着明显的垂直变化,一座山跨越了5个不同的自然带。

近年来有迹象表明，永久性冰川正在悄然融化，有人认为这是全球气候变暖带来的恶果，而也有人认为这是火山正处于再次升温的阶段，导致冰融雪化。看来冰与火的较量永无休止，火在这场长久的博弈中虽然貌似处于下风，却从未停止过努力。或许当火山内心澎湃时，它的激情沸腾、温度升高，终于有能量开始反戈一击，便会慢慢扳回这落后的局面。

无论出于什么原因，乞力马扎罗的冰川已经明显比19世纪时小了很多，如果保持这种趋势毫无改善的话，它美丽的冰帽可能在一两百年之内就会完全消失。地球上最奇妙的景色之一就只能成为我们照片中永恒的回忆。如何挽留这旷世奇景，成了摆在人类面前一个棘手的难题。

乞力马扎罗的山脚下，斑马、长颈鹿，各种热带动物都在悠闲地漫步，但是只有大象才是这片土地的主宰者，它们世世代代围绕着这座大山，四处游荡。由于偷猎者肆虐，非洲象的生存一度受到极大的威胁，现在，肯尼亚边界的安博塞利国家公园成了它们的"根据地"，公园的保护措施以及乞力马扎罗丰厚的物产，保证了这些庞然大物能不受打扰地在此繁衍生息。

"我们坦桑尼亚，愿意在乞力马扎罗山顶点亮一盏灯，照亮世界所有的角落……"这段话是坦桑尼亚国父尼雷尔的豪情誓言，由此可见，乞力马扎罗山对坦桑尼亚人，乃至整个非洲人的重要性。文人墨客用文字热情歌颂它，当地人把它当做神明顶礼膜拜，所有的探险者都以摸到过乞力马扎罗山顶的雪为荣。

就像海明威提到的那只执著的豹子，将生命永远留在了高山之巅。它究竟是来寻找什么呢？在冰天雪地的山顶，也许它也曾怀念过丛林里的阳光，但它内心深处蕴含的野性，让它依旧愿意挑战生命的极限，验证自己生命的征服力，哪怕为此而殉道。它虽然失去了生命，却已经成为一种永恒的精神象征，一个生命无畏的图腾，洗礼着后来者的灵魂，激励着每一个继续攀登者的脚步。

[第九章 静修之旅——探寻生命本源的方向]

海螺沟冰川——触得到的冰川

提起冰川,人们普遍的印象必定是南极的冰雪,那远离人烟的白色大陆,高寒高海拔的荒凉地区。极少人会想到,中国四川西部、贡嘎雪山的脚下,还存在着亚洲海拔最低的冰川——海螺沟冰川。与世界上其他的冰川相比,它算得上是离现代都市生活最近的一条冰川。

海螺沟冰川公园位于贡嘎山风景区内,发源自贡嘎山主峰东坡一条冰融河谷,是四川旅游的四大宝地之一。冰川绵延不绝,如一条银色的长龙,自贡嘎山顶飞奔直下,虽然它安静地卧在峡谷之中,却让人每时每刻都能感受得到它鲜活的灵动。在山谷底部,它一头扎入翠绿的原始林海,形成冰川与森林交相辉映的奇景。

每日清晨,旭日东升之际,被冰雪覆盖的贡嘎雪山顶上一片金光,光辉万丈,灿烂夺目,这便是海螺沟冰川内最著名的一大景观——日照金山。清晨的绝美,预示着一天的勃勃生机。带着大自然赋予的好心情,不妨尝试着攀谈一下这里的冰川雪岭,一路上可看到无数的冰洞、冰湖、冰门、冰梯,如同进入一个晶莹剔透的冰之王国,冰泉中淙淙的流水声,如珠落玉盘。

海螺沟内有一条巨大的冰瀑布,宽1000多米,垂直落差约1080米,由无数巨大的、寒光四射的冰块组成,宛如天河在垂落过程中突然凝结。冰瀑布并不会常年流动,但冰融之时,便会产生惊天动地的冰崩现象,蓝光闪烁,雪雾漫天,山谷轰鸣,气势极为壮观磅礴。

虽身处美轮美奂的冰

[我用眼睛去旅行]

雪世界,但身边千姿百态的原始森林里却依然是繁花满树、枝叶参天,让身处其间的人丝毫感觉不到寒意。更为神奇的是,在冰川地区,居然分布着数十处大小不一的温泉,最热的一处水温可以达到90℃。冷热交汇一地,互不相扰,着实令人惊叹。

谁说冰川就只和寒冷联系在一起?海螺沟冰川便让你身处冰川时也能暖意融融。那满眼的新绿,和煦的阳光,泡在热气腾腾的温泉中看雪花纷纷扬扬地坠落,你无法说冷或是暖,无法说是冬天还是春天,看似矛盾的个体都不可思议地同时出现在你的眼前,两个本该是毫不相干的空间在童话故事中交错,被神奇的力量引导着相遇,而你是何其有幸,成为享受这一切的童话主角。

阿里——最美的西藏

如果说青藏高原是世界的屋脊,是近年来旅游者最向往的圣地,那么作为青藏高原上海拔最高、高原形态最完整的地理单元,阿里则集中了西藏地理与文化几乎全部的精粹,被称为"世界屋脊的屋脊",西藏最神秘诱人的地方。

阿里位于西藏西部,大部分地区海拔在4600~5100米,通往阿里的新藏公路几乎是阿里与外面世界的唯一通道。新藏公路是世界上海拔最高的公路,行走在这条路上,阿里高原的自然风光和风土民情尽收眼底。

这里幅员辽阔、地形独特,众多的雪山连绵起伏,昆仑山脉、冈底斯山脉、喜马拉雅山脉林立四周,它们气势磅礴地将阿

里环抱其中,成为中国西南边疆的天然屏障;数不清的湖泊散布在一望无际的辽阔草原上,美丽绝伦;各种高原珍稀动物和名贵的植物让人眼花缭乱,把这里变成了大自然的天然牧场。

阿里境内的冈仁波齐雪山是藏传佛教的四大神山之一,被佛教信徒认做是"世界的中心"。峰顶终年积雪,在阳光照耀下闪烁着圣洁奇特的光芒。距离神山不远,则是与之并列齐名、被称为"圣湖"的玛旁雍错,幽蓝的湖面碧波荡漾,传说这里的水永恒不败,能洗净人的一切罪孽、一身风霜。

狮泉河、孔雀河、象泉河和马泉河是这里最著名的4条大河,虽然这几个名字可能听起来陌生,但它们却分别是印度河、恒河、萨特莱杰河和雅鲁藏布江的源头。

多少人不惜长途跋涉,不畏路程艰险,只求看一眼阿里那里一尘不染的碧天。壮美的雪域风光,恢宏的自然造化,秀美的高原山水,多彩的民族风情,高深的藏传佛教文化,阿里的纯净绝美让你觉得仿若进入仙境,它似一朵高贵的雪莲,远离人烟,忍受着寒冷与孤寂,但是每一片花瓣却都散发出骨子里的冷傲与香艳,势不可挡,让人情不自禁地想去接近,感受这世界上最清冷的芬芳。

高黎贡山——横断明珠

滇西大地上,面积辽阔的高黎贡山莽莽苍苍,雄险奇秀,这里得天独厚的地域条件、丰富的自然资源和独特的民族文化,使其具有了极高的生态旅游价值。

"高黎"的名字来自于横断山脉中一个古老的部族,"贡"就是"山"的意思。高黎贡山自北端的青藏高原开始,倾斜着延伸到南端的中印半岛。高黎贡山拥有大大小小几十座雪山,它似一条世界上最巨大的走廊,连接起高山海洋。

因为高黎贡山山体巨大,阻挡了西北寒流通行的道路,同时也留住了印度

洋的暖湿气流。山顶常年高寒,山脚的河谷却在暖流的影响下,风和日丽、翠绿如碧,是典型的亚热带气候,可谓一山十里不同天。保护区内山势陡峭,峰谷南北相间排列,温泉喷涌,土地温润,原始阔叶林区林海幽深,当今世界上最大的杜鹃树种——大树杜鹃,在这里已经生长了500多年。云南樱花、山茶竞相争艳,与大熊猫齐名的山区古原生动物——羚羊健步飞奔,这里珍稀动植物资源丰富,有着极典型的高山峡谷自然地理垂直带景观,是与亚马孙河流域齐名的"世界十大生物多样性最丰富的重要地区"。

人常说一山一世界,但连绵的高黎贡山拥有的却是万千世界。最原始古朴、神秘美丽的怒江大峡谷自山脚下穿越而过,怒江水奔腾汹涌,孕育出独具特色的民族文明。傈僳族和怒族人在山脚之下的河谷两旁安居乐业,他们传统的节日习俗都带有浓郁宗教色彩的民族风情,为高黎贡山增添了多彩的人文情趣。

公元前4世纪的南方丝绸之路至今仍完好地保存在高黎贡山内,古老的驿道从历史的繁华中退却,沉寂成一部无言的史书,翠绿的苔藓爬满昔日马蹄踏过的石板,清脆的蹄音仿佛穿越几个世纪,始终传递着文明与希望。

因为高山深谷、激流险滩、路途艰辛,高黎贡山无法像其他旅游景点那样游人如织。作为一个旅游者,你那走马观花的游览,通常只是看到了高黎贡山多样的表情,却不能真正看清它的内心。这片充满灵气的山峦与林海,作为滇西历史沉默的见证者,隐藏着太多的高深莫测,并非只依靠观赏与聆听便可以领悟的,而是需要你用心去交流和体会,感受高山静默而庞大的存在。

[第九章 静修之旅——探寻生命本源的方向]

刚果河流域——地球的"第二片肺叶"

绿色的雨林上空蒸腾着凝翠的烟霭,清新的空气中裹着林木的芬芳,地球用它的"第二片肺叶",正安然地吐故纳新。

奔腾于赤道两侧的刚果河全长4640千米,是世界上流量仅次于亚马孙河的第二大河。刚果河流域也是世界第二大热带雨林地区,有着地球"第二片肺叶"的美誉。这里有非洲大陆最广袤、最浓密的赤道热带雨林,在降雨和热量的滋润下,植物的生长犹为茂盛,常绿的雨林在南北纬之间绵延不断,似一片无边无际的绿色海洋。这里植物种类十分繁多,包括最具经济价值的油棕、椰子树以及各种名贵的热带硬木,也许随便一棵参天巨木,便能让你富可敌国。

高大的乔木挺拔入云,稠密的树冠彼此紧密地依偎,在雨林上空扯开了一幅巨大的绿色帷幕。地上藤蔓纵生,错综复杂地牵绊在一起,构成了一个几乎寸步难行的"野生植物王国",像极了童话中藏宝的迷宫。迷宫中的植物没有季节的概念,只要阳光能照到的地方,就有枝叶在滋长着,它们开花结果,生生不息。

这里也是热带动物嬉戏的天堂,有著名的野生动物禁猎区,你能见到奔跑的猩猩,漫步的大象,岸上打滚的河马,还有雄赳赳穿过丛林的狮子,到处都洋溢着旺盛的生命力。

来这个神秘的人间迷宫寻宝吧,闯一闯热带生物主宰的王国。这里,每天不知道有多少令人浮想联翩的新事物等你来探寻,或许,今夜,它便是你梦开始的地方。

第十章

探索之旅
——寻找"匪夷所思"的生命

尽管人类文明的印记已经遍布我们所在星球的绝大多数地区,但是从烟雾氤氲的热带雨林到狂风肆虐的极地冰川,仍然有数百万平方千米呈原始状态的土地保持着自己的活力。唯有追随野生动物的足迹,探索发现那些"生命",才能找到地球上最纯净的风景。

[第十章 探索之旅——寻找"匪夷所思"的生命]

雷阿塞地区热带雨林——"绿毛怪"的传说

1897年,美国人汉斯和巴斯克斯背着行囊,远涉重洋来到西班牙,直奔陶兹伦多大森林。

一连多日的长途跋涉使两人都疲惫不堪。这天,他们终于来到雷阿塞地区的一条溪水旁。前面的巴斯克斯望见不远处有一块绿茵茵的青草地,开心极了。只见他一个箭步跨上前去,同时回头招呼走在身后的汉斯:"快点过来,这里有一块草地,很柔软。就像貂皮一样,还长着长毛哩!"

走在后面筋疲力尽的汉斯不信,抬眼望去,看见巴斯克斯已经直挺挺地躺在草地上,不禁强打起精神,朝那块大约三四平方米大的绿毯子走去。汉斯正走着,突然,眼前那块绿茵茵的毯子猛地一下被什么力量卷起,变成了一只从未见过的毛毯样的动物,巴斯克斯被紧紧地裹在了中间,只露出个脑袋来,脸憋得通红,张着嘴大喊救命。

汉斯见情况不妙,赶紧猛扑过去,谁知那绿色的怪物裹挟着巴斯克斯,迅速跃入水中。站在岸上的汉斯心急如焚,又不敢跳下水去,怕水里有更多的怪物出现。心有余悸的汉斯再也不敢停留,背起行囊失魂落魄而逃。回国后,他心惊肉跳地向新闻界讲述了这次惨痛的冒险经历。

无独有偶,1937年,雷阿塞地区的一个猎人出门打猎,当他来到巴曼河上游时,看见水中漂着一节断木,约有5米长,粗细像水桶一般。奇怪的是,这节断木周围有许多藻类样的绿色毛状物,它们在水里飘浮着,显得非常柔软。

好奇的猎人便拣来一根长杆,用长杆去挑水中的绿色物体。只见那绿色的物体顿时翻动起一阵水花,继而沉入水底,再也没有出现。回国后,猎人把自己打猎途中的所见讲给家人及邻居听,他的经历一时成为街谈巷议的趣闻。

时间一晃就是半个世纪。到了1989年,雷阿塞地区发生了一起警察捉拿犯人的追捕事件。就在紧急的追捕中,曾经一度被人们遗忘的绿色怪物再次出现在人们面前。

当时,西班牙籍的国际贩毒头目哈沙勒在纽约被美国警方盯上。有名的国际反毒组织的铁腕警官约翰·科恩及其助手佩克负责监视并抓捕大毒枭并捣毁他背后庞大的制毒集团。

1989年的4月,哈沙勒离开美国,回到西班牙,科恩和佩克尾随而至。然而尽管他们用尽心思再三乔装打扮,还是被狡猾的哈沙勒觉察出了端倪。4月25日,哈沙勒和其他毒贩,与科恩及助手,还有西班牙警队发生了一场激烈的枪战。第二天,哈沙勒仓皇逃往陶兹伦多大森林,科恩等人也尾随而至。

当哈沙勒逃到巴曼河时,被紧追而来的科恩等团团围住。谁知即将落网的哈沙勒却异常镇静,待科恩正要上前铐他时,突然,嗖嗖几声,一串子弹以迅雷不及掩耳之势从河对岸的树林里射来。机警的科恩就势拉住哈沙勒往地上一滚,牢牢地铐住了他。

就在这时,枪声戛然而止。科恩抬起头,只见巴曼河上平静如初,除他们以外并没有其他任何人的痕迹。然而正在此时,随着一阵凄惨的救命声,一个血肉模糊的人影跟跟跄跄地从河岸边的森林里奔出来,不久便栽到河里去了。科恩见此情景,顿时惊惧大叫起来:"是森林怪物在抓人啦。"

科恩和佩克押着哈沙勒小心翼翼地走进森林,他们断定那人一定与制毒基地有关。进入丛林后,他们看见的只有一摊摊殷红的血迹和几支枪械,此外什么也没有了。科恩环顾四周,阴森森的大森林弥漫着一种恐怖气氛,令人不寒而栗,便和佩克押着哈沙勒准备往回走。

忽然,"哗"的一声,一个蓬草状物体从树上落下来,正好罩在科恩的上方。眼疾手快的科恩急忙闪身,但已经来不及了,他的双腿被柔软的绿草包住,并迅速向他的上身扩展。科恩大叫佩克朝他开枪射击。佩克只好对准绿草向科恩的腿部射击,随着几声枪响,蓬草漫漫卷曲起来,终于掉在地上,变成一个毛绒绒的绿球,飞快从草地上溜走了。佩克仍不肯罢休,对着逃之夭夭的绿草又连射几枪,受伤后的绿草仍然速度不减地拼命逃窜。

这时,哈沙勒趁科恩他们对付绿草的机会,使劲撞倒科恩,撒腿就跑。佩克见状,紧追不舍。一阵狂奔之后,哈沙勒终于逃出了郁郁葱葱的大森林,来到一片空旷的原野。随后赶来的佩克举枪向毫无遮掩的哈沙勒射击,子弹击中了哈沙勒的腿部,剧烈的疼痛使哈沙勒跪倒在地,只能束手待毙了。然而就在佩克刚跑出几步,准备生擒逃犯时,哈沙勒却在转瞬间消失了。佩克急中生智,赶紧向前方跑去。猛然间看见一个绿色的毛状大包裹飞快地朝森林滚去。同时,听见哈沙勒瓮声瓮气的声音在里面惨叫。佩克恍然大悟,是怪物裹挟了哈沙勒,他随即对准绿色大包裹开了两枪,然而那包裹滚动得飞快,转眼就看不见踪影了。

佩克找到科恩,为他脱掉裤子查看他受伤的腿部,赫然看到科恩的两条腿全变成了炭黑色,在黑色的皮肤上,一个个小红斑点像被针扎过一样。佩克将科恩背出一望无际的大森林,途中恰与那位老猎人不期而遇。老猎人告诉他们,科恩是被绿毛怪咬了,绿毛怪有许多张嘴,它会缠住人死死不放,直到人被憋死。科恩只是受了轻伤,过几天就会康复的。

除此之外,一支西班牙生物考察队也曾在巴曼河的源头看见一头绿毛怪,它长有一个扁平的脑袋和一对窄长的眼睛,在水里飘浮着,一旦发现了人,便会立即卷曲成一团,迅速钻入水中逃匿。这支考察队认为:绿毛怪是一种两栖动物,并不是食人动物。另有一些专家认为,绿毛怪可能是动植两类物种,就像冬虫夏草一样。更有人认为它是某种动物身上附有一种绿色保护色而已。

关于绿毛怪的说法,众说纷纭,但在没有捉到实物之前,这些都仅仅是推测。迄今为止,人们尚未捕获到这种浑身毛茸茸的绿色动物。

据记载,雷阿塞地区的绿毛怪形态不一,有的像毯子,有的像草球,有的像树木,有的像蓬鱼……各种说法,五花八门,人们在害怕的同时,又充满好奇,希望能破解这个谜。

[我用眼睛去旅行]

英国苏格兰高地——"大灰人"的故事

英国皇家学会会员、伦敦大学教授诺曼·柯里教授是位登山专家,1845年,当他独自一人登上苏格兰高地凯恩果山脉的最高峰——1300米高的班马克律山时,发生了一件奇怪的事:他每走几步,就会听到一声巨大的脚步声,仿佛有人在山雾中以大他三四倍的步伐紧跟其后。

柯里教授立即站住,左右张望,由于大雾,什么也看不清,四周也摸不到任何东西,他只好迈开步子继续前进。与此同时,那怪异的脚步声又随之响起。柯里教授禁不住毛骨悚然,撒开两腿一口气跑出七八千米。从那以后,他再也不敢独自攀登班马克律山了。

柯里教授的奇遇引出各种关于山妖"大灰人"的传说。人们都说会有一种奇特的力量把人引向"断魂崖",之后就身不由己地跳下去送死。

苏格兰著名女作家温蒂·伍德在一个阴霾的冬日,途经莱林赫鲁山入口的石子小径时,忽然听到身后传来一声巨大的回响,这声音好像是冲着她来的,要和她用当地的盖尔语交谈。伍德小姐被吓得魂飞魄散,话都说不出来了。镇静了一下后,稍有恢复的伍德小姐自我安慰道:"不要怕,那不过是野鹿嘶鸣产生的回音。"这念头刚一闪现,那奇怪的声音又从她脚边响起来,而且这回连她自己也可以肯定那绝不是动物的叫声——而是人类的语言。最终,这个勇敢的女人还是坚强地恢复理智,兜着圈子慢慢地向四周看看是否有人受伤。然搜索了半天,却一无所获。这时恐惧又袭上她的心头,她不由得加

快脚步往回走,只觉身后有什么东西跟着她,并且脚步声越来越急,越来越近,直到听到前面村子的犬吠声,伍德小姐的一颗心才算落了地。

1926年,又有两位先生称他们在班马克律山遇到"大灰人"。

1928年夏季的一天,作家琼·葛兰特和丈夫李斯里先生一起在凯恩果山区散步。那天天气晴朗,突然间,葛兰特心中的惧意一阵阵地强烈起来,最终她撇开丈夫,拔腿往回去的方向飞奔。李斯里先生被弄得摸不着头脑,在后面边追边喊:"喂,亲爱的,发生了什么事呀?"可这时的葛兰特只顾拼命奔跑,哪里有喘气的工夫,况且她似乎根本讲不出个究竟来,只是感觉身后有一个满怀恶意的怪物在紧紧跟着她,而且越来越近;虽然她并没看清那怪物的模样或身影,但却能清晰地听见它"咚咚"的脚步声。

就这样,跑了大约两千米路,葛兰特似乎越过了一条看不见的界线,突然间又觉得什么都安全了。一秒钟之前还为了性命竭力挣扎的葛兰特,这时又莫名其妙地放松了。

讲"大灰人"的故事,必须要提到亚历山大·杜宁先生——传说他杀死了一个大灰人。杜宁先生是一位经验丰富的登山专家,又是一位自然学者和摄影家。

1943年10月,亚历山大·杜宁先生打算用10天的时间独自攀登凯恩果山。他并没带足干粮,只是准备了一把左轮手枪。在登山的过程中,忽然间大雾袭来,寒气逼人。他担心遇上暴风雨,就赶紧往回走。

这时,雾中传来一阵奇怪的声音,"嗵嗵嗵",很像脚步声,从声音间隔的时间判断,那步子迈得很大,杜宁下意识地摸了摸口袋里的左轮枪。没过多久,眼前出现了一个奇怪的形体,不等杜宁看清楚,那奇怪的形体便向他扑过来,显然是带有攻击意图的。杜宁毫不迟疑地向那奇怪的形体连开三枪,可是子弹似乎没起作用,那形体依然向他逼近,杜宁先生只得撒腿逃跑了。

在二战期间,1945年5月末的一个午后,空中救援人员彼得·丹森正在班马克律山山头巡逻。忽然间浓雾急降,丹森便原地坐下休息。他掏出三明治和一块巧克力,正吃着,忽然间凭着登山者特有的敏锐感,他觉得身边多了一个人,但他并没太在意。接着他又发觉脖子上有什么冰凉的东西,他认为是水气增多的缘故,于是他披上了带帽外衣,还是不去理会。又过了一会,他仍然觉得脖子上有股压力,这回他终于站起身。这时他突然想起"大灰人"的传说。也就在这一刻,丹森发现一切都是真的,并意识到要逃下山去,可是已经晚了——他正在以一种难以置信的速度,飞快地跑向"断魂崖"。虽然他极力想停下脚步,但根本做不到,就好像有人在背后推着他跑似的,他也试图改变方向,可仍然办不到⋯⋯

如果"大灰人"仅仅是一个传说,它为什么会被现代许多著名学者、作家、登山专家和军人的亲身经历屡屡证实呢?

这不是迷信虚幻,但是时至今日,苏格兰高地的"大灰人"仍是一个难解之谜。

喜马拉雅山——"雪人"的幻想

1920年初,一连苏联红军士兵被派往第比利斯(今格鲁吉亚首都)执行增援反击为邓尼金残部弗兰格尔的军事任务。可是,在穿越高加索山脉的过程中,整队人马却神秘失踪。对此,红军司令部大惑不解,而当地老百姓则平静地说:"这100多人都被'雪人'掳去做丈夫了⋯⋯"

地球上真的有"雪人"吗?为什么在世界许多民间文学作品中,都有关于"雪人"的记载?

在西藏,在冰天雪地的喜马拉雅山区,多年来也一直流传着关于"雪人"的传闻。中国"雪人"最早的文字记载便是清人纪昀所撰写的《滦阳消夏录》了,其有云:"方桂,乌鲁木齐流人子也,尝牧马深山,一马忽逸去。蹑迹往觅,隔岭闻嘶声甚远。循声之一幽谷,见数物,似人似兽,周身鳞皴斑驳如古松,发蓬蓬如羽葆。目睛突出,色纯白,如嵌二鸡卵。共按马身生啮其肉。"

在西藏,藏民把"雪人"叫做"岗拉仓姆吉",意即"雪山上的野人"。据说,"雪人"体型高大,可达2米左右;全身披浅灰色的长毛,头发为棕黄色;直立行走,快捷如飞;以挖食草根,捕捉雪兔、雪鸡等小动物为生;力大惊人,敢与凶猛的灰熊搏斗。它们长年累月地生活在雪山之上的悬崖绝壁、冰川雪岭之中,由于它们的毛色极易与积雪、荆棘相混,又极机敏,稍有响动便飞速避匿,连照相机也很难捕捉到它。

20世纪50年代末,国际上兴起"雪人"热。人们将好奇的目光投向西藏地区。来自世界各国科学考察队都聚集在喜马拉雅山南麓,千方百计搜寻"雪人"。女作家吉尔宁也曾在一群尼泊尔少女的陪同下来到喜马拉雅山南麓寻觅"雪人"。

在一个阳光明媚的夏日里,这群少女在雪山间的一条小涧里嬉戏,忽然,不知从什么地方跃出十几个"雪人"来,它们呼啸着一拥而上,将惊慌失措的少女们尽数掳走。正在一旁山崖上观察雪景的吉尔宁还未来得及下水,因此才得以逃脱。她劫后余生,将这次身临其境的冒险经历写进了那部引起轰动的著名探险记《"雪人"和它的伙伴们》里。

1985年10月,有个个体牙医在从那曲羌塘一带返回拉萨的途中,曾见到这样一个触目惊心的场面:一大群受惊的野驴从山谷中狂奔而出,在它们的后面,一头棕色的怪兽紧追不舍。不一会儿,一头落伍的野驴便被它紧紧地攫住。这个牙医确信那棕色的怪兽就是人们传说的"雪人"。

据统计,近年来,从世界各地陆续传来的发现"雪人"的报告仅美洲就达1350份。加拿大、美国、俄罗斯、中国和白俄罗斯的中部、北部地区及西伯利亚、高加索、中亚细亚的山区——帕米尔高原、喜马拉雅山和天山等地区也不断有目击"雪人"的报告传来。

1986年,在美国隐居动物学家安·乌尔德里兹的率领下,一支庞大的考察队伍风尘仆仆地来到喜马拉雅山区。令人惊喜的是,一天黄昏,在海拔3000米的高山上,考察队与一个"雪人"不期而遇。在转瞬即逝的瞬间,有人立即拿出相机拍摄下了"雪人"的照片。尽管这张照片不够清晰,却至少可以说明这样一个事实:这种身高大约2米、浑身长满深红色毛发的类人生物是客观存在的。

这张照片重新勾起了人们对喜马拉雅山区存在"雪人"的幻想,来自世界各国的科学考察组再次深入喜马拉雅山区,却无缘再创造一种奇遇。

神农架——传说中的"野人"探秘

远古时期,神农架林区还是一片汪洋大海,经燕山和喜马拉雅运动逐渐提升成为多个陆地,并形成了神农架群和马槽园群等具有鲜明地方特色的地层。

神奇的地质奇观

神农架位于我国地势第二阶梯的东部边缘,由大巴山脉东延的余脉组成中高山地貌,区内山体高大,由西南向东北逐渐降低。

神农架平均海拔1700米,山峰多在1500米以上,其中海拔3000米以上的山峰有6座,海拔2500米以上的山峰20多座,最高峰神农顶海拔3105.4米,成为华中第一峰,神农架因此有"华中屋脊"之称。

神农架"山脚盛夏山顶春,山麓艳秋山顶冰,赤橙黄绿看不够,春夏秋冬最难分",是林区气候的真实写照。这里拥有当今世界北半球中纬度内陆地区唯一保存完好的亚

热带森林生态系统。境内森林覆盖率88%,保护区内达96%。这里保留了珙桐、鹅掌楸、连香等大量珍贵古老孑遗植物。

神农架有许多神奇的地质奇观。在红花乡境内有一条潮水河,河水一日三涌,早中晚各涨潮一次,每次持续半小时。涨潮时,水色因季节而不同。干旱之季,水色混浊;梅雨之季,水色碧清。宋洛乡里有一处冰洞,只要洞外自然温度在28℃以上时,洞内就开始结冰,山缝里的水沿洞壁渗出,形成晶莹的冰帘,向下延伸可达10余米,滴在洞底的水则结成冰柱,形态多样,顶端一般呈蘑菇状,而且为空心。进入深秋时节,冰就开始融化,到了冬季,洞内温度就要高于洞外温度。

独特的地理环境和立体小气候,使神农架成为中国南北植物种类的过渡区域和众多动物繁衍生息的交叉地带。红坪峡谷、关门河峡谷、夹道河峡谷、野马河峡谷雄伟壮观;阴峪河、沿渡河、香溪河、大九湖风光绮丽;万燕栖息的燕子洞、时冷时热的冷热洞、盛夏冰封的冰洞、一天三潮的潮水洞、雷响出鱼的钱鱼洞令人叫绝;流泉飞瀑、云海佛光皆为大观;金丝猴、白熊、苏门羚、大鲵以及白鹳、白鹤、金雕等走兽飞禽出没草丛,翔天林间。一切是那样的和谐宁静,自在安详。

古朴而神秘的民风民俗

这里还有着优美而古老的传说和古朴而神秘的民风民俗,人与自然共同构成中国内地的高山原始生态文化圈。神农氏尝草采药的传说、"野人"之谜、汉民族神话史诗《黑暗传》、川鄂古盐道、土家婚俗、山乡情韵都具有令人神往的诱惑力。

当代世界,最令人感兴趣的自然奥秘,莫过于扑朔迷离、魅力无穷的"野人"之谜了。多少年以来,人们一直坚信,有一种与人十分相像的动物与我们并存在这个世界上。它们硕大凶猛、茹毛饮血、时隐时现,引出许多恐怖、离奇的故事来。然而,人们不禁要问,在我们地球的某些角落,真的还生存着我们祖先的同类——尚未完全进化的"野人"吗?

翻开我国古代史籍,就有关于"野人"的记载。据清代的《房县志》载:房山深处有许多一丈多高的"野人",他们全身长着密密麻麻的长毛,藏在森林中捕捉小鸡,或者与人搏斗。

即使是在当代,新闻报道中各地的"野人"事件仍层出不穷。特别是来自中国神农架的许多报道,让人觉得若即若离,仿佛"野人"就在我们身边。

1976年,中国科学院组织了"鄂西北奇异动物考察队"前往"野人"频频出现的神农架山区考察。据统计,至1976年10月止,房县和神农架一带有160余人目击"野人"54次。此后,在该区邂逅到"野人"的人数更是与日俱增。

"野人",成了人们开口必说的话题;"野人",成了人们津津乐道的传闻。

1980年,考察队员们在神农架一带也多次见到"野人",遗憾的是却未能抓获一个。1981年8月,一个全国性的进行"野人"考察研究的学术团体成立,揭开了"野人"考察的又一篇章;到1995年4月,"野人考察"队再次进军神农架,掀起了世纪末的"野人"考察热;直到1999年,又有当地政府官员邂逅"野人"的消息传出。

1983年5月初,在滇西南与缅甸接壤的沧源佤族自治县,听到了该县有关发现高等灵长类——合趾猿的新消息。"野人"的秘密在湖北省神农架区域已被探寻多年,现在沧源的这一发现,首次证明世界上除了苏门答腊和马来西亚之外,我国也有合趾猿这种接近人类的高级动物。

1980年春节,沧源县勐来公社曼来大队翁黑生产队佤族小学教师李应昌在围猎中,猎获了一只佤族人称为"犰"的动物。分食后,李应昌留下了"犰"的一只左脚掌。经贾兰坡教授鉴定,这种动物是合趾猿。在这个公社,曼来、班列、拱撒、永安等大队,发现"野人"的踪迹越来越多。

1981年,勐来公社小学校长金有储听到几名佤族同胞说,看到一个披着长发、皮毛呈棕色、两个乳房坠到肚脐的裸体女"野人"。

1982年12月,班洪公社班莫寨也捕获到一只"犰",体重约100斤。又据老人们回忆,班列佤族猎人曾抓住过活"犰",驯养过两个月,它在笼中懂得害羞,对参观者以背朝之,并以手臂遮挡面部,会在凳子上坐立,会哭、会笑,有表情。

亲眼见过"野人"的10多位佤族同胞说,他们看见"野人"在溪边捧水喝,还听到过"野人"婴儿的哭声。"野人"还能偷地里成熟的苞米,甚至把猪背走。那些"野人"还能从枯树干中和河边石头中找虫子吃,挖吃竹笋,摇栗果。它们的同伴被猎人猎获后,还会想方设法营救或背走同伴的尸首,并会搬起石头打人。有关方面建议迅速制定保护"野人"的政策法令,由国家组织专家与边民联合考察,尽快揭开"野人"的秘密。

在国外,"野人"也屡屡被发现。美国的伊凡·马可斯还花了几十年时间拍摄了一部关于"北美野人"的纪录片,曾经在全球轰动一时。

迄今为止,人们已经找到了"野人"留下的足印、粪便、窝和毛发。那么,"野人"究竟是什么模样呢?

根据目击者的描述和对野人脚印的分析,专家们认为,野人是两脚直立行走的人形动物,皮肤褐色,全身长着浓密的毛,披头散发,没有尾巴,成年后体高2—3米,比人强壮,手长达膝部,它们住山洞,吃野兽。

"野人"高兴时会像人那样笑,并且会表达不同的感情,他们会发出各类声音。在神农架,人们还发现了长达48厘米的"野人"脚印,据专家估计,这个"野人"的体重有二三百千克。

伴随着轰轰烈烈的传闻应运而生的,是一些人的故弄玄虚和地方报纸的夸张炒作。

早在1962年,一则关于发现"野人"的消息就从西双版纳传来,并传言"野人"被英勇的边防战士打死,吃了它的肉。一支"野人"考察队几乎在一夜之间便成立起来了,人们千里迢迢奔赴边疆,带着不捉"野人"誓不罢休的雄心壮志。经过半年的艰苦调查,队员们才发现被人们传说得如火如荼的"野人"原来是长臂猿。

1984年10月2日,湖南省新宁县水头乡的30多位农民捕获了一只20千克的动物,它能直立行走,会哭会笑,十分惹人喜爱,经鉴定是短尾猴。

消息不胫而走,几天之后,在国内的一家报纸上,这只短尾猴便摇身一变而成了"挑逗少女当场被捕"的"野人"。

因此,许多学者对地球上是否有"野人"一直持怀疑态度。既然真的有"野人"存在,为什么这么多年以来,人们一个也抓不到呢?哪怕是死的也好啊。在国外,更有人认为马可斯拍摄的关于"北美野人"的纪录片是人扮演的。

那么,地球上究竟有没有"野人"呢?根据目前我国探索"野人"和世界上研究"野人"的材料、证据,科学家们得出了"野人"并不存在的结论。当然,这个结论是有据可依的：

第一，虽然人类对"野人"的考察研究历史久远，却尚未获得野人存在的直接证据。

作为世界上传闻"野人"较多的国家之一，我国自新中国成立后便兴师动众，有组织地深入"野人"聚居区进行了多次大规模的考察，除了找到被疑为"野人"的脚印、毛发和粪便等物外，几乎一无所获。

第二，物种的存在形式是种群，"野人"不具备这个生物学表态特征；生物的生存必须有营养物质，对大型动物来说，必须有丰富的食物来源，必须占有一定的空间。

假如神农架一带真的有作为一个物种存在的"野人"，他们应该有一个数量不小的种群存在，才能大量繁衍、生存下来；在日复一日、年复一年的生活环境里，他们必然每天都会留下些生活过的痕迹，例如一般动物在大量采食后都会遗留下来的食物残屑；另外，作为灵长类的一种，"野人"必须有一个使其种群栖息且持续生存的自然条件。

事实上，人们在神农架既找不到"野人"的尸体，也找不到"野人"留下的食物残屑。世界上许多所谓的"野人"区根本不具备"野人"种群栖息和持续生存的自然条件。作为一个物种，它们又怎能生存呢？

第三，有关"野人"的许多资料，大部分来源于道听途说，没有研究价值。

据统计，20世纪20~80年代，在神农架目击"野人"者达300人次，在云南的沧源县约50人次，在广西的柳北山区约20人次。近几年来涌起的"野人热"，使得一些捕风捉影的传闻被大肆渲染，可谓鱼目混珠，真伪难辨。正如一位科学家所言："'野人'使人幻想——同时也给人胡说的机会。"

有关资料还表明，"野人"的双腿可快跑如飞。从动物进化来看，快跑者都是从开阔地区发展而来，森林地区给动物提供了攀爬活动的条件，却不可能培养出快速的奔跑者。

第四，有关"野人"存在的间接证据虽然不少，但许多证据却禁不住科学家的鉴定。

1974年，中国科学院动物研究所曾将神农架地区群众提供的、据称是直接

[第十章 探索之旅——寻找"匪夷所思"的生命]

获自"野人"身上的毛进行鉴定,发现居然是苏门羚的毛。对各地的"野人"足迹,被兽类学家一语道破:熊类的后脚印与人类颇相似,只是略大些。

由此看来,我们完全有理由认为"野人"并不存在。

地球上某些人迹罕至的地区或许有某种未被科学知晓的生物存在,从而引起人们的猜测与遐想,至于它究竟是什么动物,科学家们尚在寻踪觅迹中。

链接:中国历史传说中的"山鬼"之谜

战国时代楚国伟大诗人屈原曾写过一首题为《山鬼》的诗。诗人笔下的"山鬼",没有狰狞的容貌,没有恶意的动作,它眼含情,脸常笑,想与人亲近,又犹犹豫豫、疑心重重;它生在深山野林,喝泉水,栖树林。两千多年来,人们一直提出疑问:"山鬼"究竟是什么?

对"山鬼",曾有过各种不同的解释,一种是山神说。张泉英在《屈原赋译释》中认为,"山鬼"即山神。郭沫若在《屈原赋今译》中认为,"山鬼"是失恋的女神。一种是山鬼说。程嘉哲在《九歌新注》中认为,它是丛葬山中的鬼魂。还有一种是山怪说。东汉王逸认为,"山鬼"是一种山上的怪物。今天则有人认为是一种人形动物——猩猩。

部分现代人类学家认为,"山鬼"可能是一种尚未发现的人形动物,俗称"野人"。

"山鬼"出没的地方,正好是古代的楚地,特别是屈原的故乡秭归附近。楚地就在今湖北一带,秭归离著名的原始森林区——神农架很近。神农架地区山高林深,藤蔓交错,人迹罕至,多少年来,那里就盛传着"野人"的传说。清朝杨廷烈在《房县志》中说,"房山高险幽远,石洞如房,多毛人,长丈余,遍体生毛,时出啗人鸡犬,拒者必遭攫搏。以枪炮击之不能伤"。"毛人"也许就是"山鬼",它的智力较高,加之清代枪炮性能较差,瞄准不太准确,因此不易伤它。又据《房县志》记载,"房陵有猎人善射,矢无虚发,一日遇猴,凡七十余发,皆不能中。猴乃举手长揖而去。因弃弓不复猎"。这里的"猴"似乎也是"野人",因为猴没有如此高的智力。

"野人"之说不仅有史记载,而且有画流传。在房县红塔公社高碑大队的汉墓群中,有一幅石刻毛人画像,画上的毛人像猴又像人,正举目远眺。房山地区以"野人"命名的东西很多,如"野人"山、"野人"洞、"野人"碑。传说"野人"曾把人拖入洞内,因此立碑镇慑,碑上刻着捐款者140人的名字。"山鬼"出没的地方与"野人"的活动地区是一致的,因此有一些人类学家认为,"山鬼"就是"野人"的别名。

在屈原前后,古籍上也屡次有关于类似"山鬼"的动物的记载。战国时成书的《山海经》记载说:"枭阳国,在北朐之西(今广西郁水流域),其为人人而长唇,黑身有毛,反踵,见人笑亦笑。"又说周成王时南方州靡国曾献过一种"赣巨人"。这种动物"长丈许,脚腿反向,健走、被发、好笑"。南北朝时,湖北也进献过一雌一雄两种人形动物,建武帝让画工画了画。神农架山区究竟有没有"野人",目前尚有较多的争论。肯定"野人"存在的一些学者如刘民壮等对神农架"野人"进行了多年考察,调查到"野人"目击者300人,发现了"野人"脚印2000个,发现"野人"毛发十余种、数千根,发现"野人"粪便及吃剩的野猪骨头,还发现了"野人"修筑的睡窝。睡窝用竹子、树枝编成,显示出较高的智慧。"野人"毛发经武汉医学院研究室鉴定,"发现它与黑猩猩等类人猿有较大差别,而在形态特征上接近于人类"。华东师大生物系电镜室用三万倍电子显微镜鉴定,结论与上述结论一致。

如果"野人"确实存在,它又是什么动物呢?有人认为,很可能是古代巨猿的后代。巨猿中的一支由于神农架优越的气候条件得以生存至今。它可能是南方古猿,正处在人类系统的边缘上。

还有些学者否定"野人"存在的可能性,认为"野人"的传说是虚幻的,因为迄今为止,并没有人能出示"野人"的照片或标本。他们认为,既然"野人"的目击者时有报道,那么总应有"野人"的尸体遗骸,但至今却无一发现。"野人"传续至今,一定要有一定数量,才能生儿育女,传宗接代。而现在多数看到单个活动,其种群不可能延续。神农架山区可食的坚果、浆果不多,冬天无果实可食,"野人"难以生存。

那多情善笑的"山鬼"究竟是什么,至今还没有明确的答案。

[第十章　探索之旅——寻找"匪夷所思"的生命]

苏格兰尼斯湖——历时1400年的"湖怪之谜"

苏格兰的尼斯湖是英国淡水储量最多的湖泊,它的湖水很深,有的地方超过274米,这个深度可以和世界上很多高的建筑物相比较。然而使它出名的却不是这些,而是1400年来载入史册而被人们竞相传颂的"尼斯湖湖怪"。

从公元565年,就开始有了关于"尼斯湖湖怪"的说法,当初,爱尔兰的圣徒哥伦巴看到了这个怪物。一个世纪之后,为哥伦巴写传记的作家圣·亚当南这样写了哥伦巴碰到湖怪的一幕:哥伦巴的一个追随者正要游过湖面,到对岸为主人拖一条船,这时,湖怪突然"张开大口咆哮着"跃出水面。亚当南的叙述对怪兽的形象表达得很模糊,直到14世纪,随着湖怪目击者的日渐增多,这只怪兽的外貌才逐渐清晰起来。

1933年,一位英国外科医生度假时驱车经过湖边,偶尔拍下了迄今已知的第一张怪兽的照片。照片上怪兽伸着长长的脖子,拖着肥厚的躯体拱向水面。医生说,照片是在离湖怪约60~90米处拍摄的。

而医生拍照的地点,在一段时间内常有人看到怪兽出没,人们猜想这可能与这段时间附近正在新修一条公路,工地上不时响起的爆炸声有关。这张照片很快便登上了《每日邮报》,但又很快引起了各种不同意见的争论。怀疑它的人声称,这照片所拍的不过是被湖底的气体顶出水面的一堆烂白菜,或是一只正在潜水的水獭模糊不清的尾巴。而相信它的人认为,照片所摄与声称见过怪兽的人的描述一致,再者,一位著名

的医生也不可能做出有损名誉的骗人勾当。

在声称曾看到怪兽的人中,很多都是有身份、有地位的,如校长、海军军官、教团僧侣、两位城镇职员、一位诺贝尔奖金获得者,有越来越多的人发现了湖怪的踪迹。

1951年,一个名叫拉克伦·斯图尔特的人跑回房子取出相机拍下了一张照片,这是一张从55米处拍下的照片,它和18年前那位医生拍的照片一样,同样让人关注。

1960年,关于湖怪的第一部纪录片开拍了,鉴于人们对湖怪怀着亲切友好的态度,片子起名叫《小尼斯》。拍这个片的摄影师是航空工程师蒂姆·丁斯代尔,他为了拍此片,放弃了自己原来的职业,住在湖里的小船上,不停地寻找湖怪。

丁斯代尔的热情激发了其他人,并推动人们用更科学的方法来回答湖怪是否存在的问题。1961年,在两位自然学家和国会议员戴维·詹姆斯的倡导下,"尼斯湖现象调查局"成立了。詹姆斯成为调查局的组织者,他对所有的报告进行了核对、整理,然后出版。在夏季的几个月里,他招募学生和其他志愿者一起寻找怪兽的踪迹。

这些人在沿湖的重要位置上安排了90厘米的照相机,这些照相机一架接着一架,它们各自的视角范围互相交叉一部分,这样,对湖怪的观察就很连续和完整了。但他们的努力恰恰又毫无结果,而且此时英国、日本的摄影队使用了最现代化的设备都来拍摄怪物的活动。

1969年,一支考察队配备了维克斯级的潜水艇"双鱼"号(艇上配有微光水下照相机、闭路电视和录像机),一艘单人驾驶的美国"蜉蝣"号潜水艇,以及一队声纳专家到尼斯湖进行考察活动。

白天,高架着的照相机不停地巡视着水面;夜里,装着夜视照相机的船来回搜寻。考察队还采用了其他一些古怪的方式,包括从皇家海军借来的噪声发生器,以企干扰和惊动怪兽。他们还用动物的干血、蛇的内分泌物和其他调料制成一块23千克重的大诱饵,把它悬入尼斯湖里。

考察队在此守候了一段时间之后,唯一的发现就是"双鱼"号,当它潜到乌尔喀特城堡时,工作人员测得此处的湖水深289米,"双鱼"号还发现了一个巨大的水下洞穴。

这个洞穴是怪兽的兽穴吗?怪兽为什么不在这里呢?带着这个疑问,考察队离开了。其他的湖怪调查队仍继续注意着尼斯湖,"尼斯湖现象调查局"的詹姆斯提出了对湖怪看法的五种可能性:

哺乳动物类,如长脖子的海鲸;

蝾螈或其他长尾巴的两栖动物;

鱼,可能是只巨鳗;

软体动物,如巨形的海生蛞蝓;

古代的蛇颈龙属动物,或7000万年前灭绝的吃鱼爬行动物。

支持湖怪为蛇颈龙的人指出,1938年,曾经在靠近南非的印度洋捉到一条腔棘鱼科的鱼,在此之前,人们还以为这种鱼已经灭绝了。他们这样的猜想,在上一个冰期后期,有种动物搁浅在尼斯湖中,具体说就是在15000年前,冰川退去时,由于冰的融化,北半球的水面大幅度上升,许多峡谷被淹没,变成峡湾。在峡湾入口觅食的蛇颈龙顺着洪水来到新形成的湖湾,也就是尼斯湖。

这种推测是否正确呢?尼斯湖湖怪是否就是蛇颈龙的后代呢?人们现在还在关注着、存疑着。

除尼斯湖湖怪之外,人们还曾发现了其他湖泊中的怪兽,像盖尔湖中的"可怕的野兽,如灰狼般大小。它击倒了一棵大树,并用尾巴连击三次,杀死了三个人,"等等。

莫拉湖也是怪物出没的巢穴,有种怪物"大如印度象,约9米长,4个驼峰"、"有四肢和蛇状的头"。

在爱尔兰,湖怪很自然地为人们所接受,成为当地动物秘闻中的一部分。在洛杉矶附近的奥卡纳甘湖中出名的湖怪几乎和人们在照片上及文字中描述的尼斯湖湖怪一模一样。

据报道,1985年7月25日清晨时分,在密集的雷暴雨中,一只奇异的动物从中国长江中爬上岸,武汉市郊县汉川县的建筑队青年木工杨雄生捉到了它,这只稀奇动物全长0.36米,有一张老鹰似的勾嘴,方头平顶,上有直线状花纹,背

[我用眼睛去旅行]

壳像鳖,呈扁平形,头有常用的雪花膏瓶般粗大,缩不进壳内,四只脚都有爪牙,尾巴像鳄鱼尾,长0.14米,由30多环节形鳞甲组成,尾部腹下还有50多根黄色肉刺,与大海参的刺相仿,也是一种水生物专家未曾见过的动物。

这些怪动物的被发现向人们提出了一个谜题:在北半球,是否存在这一种被人们认为早已灭绝的动物呢?

链接:国内湖泊的水怪之谜

在西夏邦马峰以西的吉隆沟,是人烟罕见的原始森林,沟里的白粟湖,面积不到1平方千米,但水深莫测。驻守在这里的驻军官兵经常发现一个奇怪的现象:马一到湖边,就恐怖地嘶叫,转身往回跑。如果逼着马往前走,它就惊慌地狂奔,过了这个湖,又恢复常态。1984年6月的一天,副团长和几个战士经过湖边时,马又惊叫起来。此时,他们看到湖水波浪四起,露出一个庞然大物的脊背,灰黑色,发出"嗬、嗬"的声响。从它露出的一部分头来看,像一头罕见的大水牛,有角。就在怪兽露面的时候,他们的军马战栗地嘶叫着跑离这个地方。副团长还说,就是冬天结了冰,马经过这里照样要惊,而且,还能听到冰下有响动,湖面有一处始终不结冰。

众所周知,动物的感觉是很强的,马也同理,当人没有任何感觉的情况下,它就能预知远处某些潜在的危险,譬如山林中的狼、草丛中的豹,一旦感知,早早就便为之嘶叫不安。很显然,战马在湖边受惊与湖中的怪物有关。然而,这个湖里的异物到底是什么动物?它与藏北双湖发生的水下异物拱翻考察船的事件,是否是同一个"水怪"?疑团至今未解开。

另据消息说,风靡一时的神秘"哈纳斯湖怪"之谜已真相大白。经科学家实地调查判定,所谓"哈纳斯湖怪",只是一种长达10米的巨鱼——哲罗鲑。

哈纳斯湖位于新疆北部阿尔泰原始森林中,很久以来,在当地人中流传着种种关于"哈纳斯湖怪"的传说。有时怪兽在水面游动,搅动湖水如倒海翻江。

在20世纪80年代中期，来自北京、上海、长春、兰州和乌鲁木齐的科学家纷纷到哈纳斯湖考察，希望将湖怪的谜底揭穿。1985年，新疆大学生物系副教授向礼陔在一次偶然的机会中亲眼目睹了怪兽，并将怪兽之谜揭穿。他在望远镜中发现了一只静卧水面的红色庞然大物，头部直径为1米左右。从它的颜色、体态及露出水面的脊鳍、脂鳍、尾鳍的形态断定，所谓怪兽只是一只巨形肉食鱼——哲罗鲑。

哲罗鲑为冷水性的纯淡水凶猛性鱼类，终年绝大部分时间栖息在低温、水流湍急的溪流里，该鱼属鲑形科目，与大哈鱼、狗鱼同属，最大者一般在50千克上下，如纳斯湖中这般巨大者，不仅在淡水湖中，即在海洋中也实属罕见。

目前国内湖泊中"水怪"之谜尚多，诸如鄱阳湖、长白山、镜泊湖等地，均有大型"水怪"的传闻，尚待破解中。

长白山天池——怪兽之谜

长白山，圣洁的山，神圣的山，神奇的山，神秘的山。壮丽的风光、古老的传说和怪兽之谜交织在一起，使长白山天池更具有神秘色彩。

长白山天池气候多变，风狂、雨暴、雪多是它一贯的秉性。对阴冷似乎情有独钟，长白山天池的冬季竟达10个月之久，漫漫无期的凛冽使湖水冻结的时间持续达6个月。而狂风怒吼，则是长白山天池所略施的颜色。风力5级时，池中浪高可达1米以上。如同任性的少女发怒，平静的湖面霎时狂风呼啸，砂石飞腾，甚至暴雨倾盆，冰雪骤落，为绰约多姿的奇峰危崖罩上了一层朦胧的面纱。这雾霭风雨、瞬息万变、虚无缥缈的"白山风云"，既绘出了"水光潋滟晴方好，山色空蒙雨亦奇"的绝妙美景，又为长白山天池增添了无限的神秘感，它塑造了长白山天池的独特个性。

雄伟壮丽的长白山,静谧幽深的天池水,徐徐拂面的凉风,旖旎风光的背后,又隐藏了什么呢?那深不见底的天池水里,似乎有双眼睛不甘寂寞地浮出水面,明目张胆地打量着这个人类的世界。

水怪,这个诡异与神秘的幽灵物,这个狰狞的庞然大物,为长白山天池增添了更多的诡异和神秘色彩。它时而浮出水面,时而沉入池底,时而窥探人类,时而仓忙逃逸。它是天池的主人,还是擅自闯入者?

据多位目击者描述,在长白山高耸入云的天文峰下,碧蓝幽深的天池边,"只见一头毛色黝黑、若棕熊般狰狞水怪正伏卧在天池边的一块嶙峋怪石后,双眼灼灼地向近在咫尺的人群窥探。它听见惊叫,惊骇地霍然蹿起,扑通一声,跳入水中。平静无波的天池内顿时漾起了一条人字形波纹,而水怪转瞬间就无影无踪了。"

天池水怪的消息不胫而走,在社会上掀起了轩然大波,科学家、生物学家、旅游者、探险家纷纷沓至而来,只为目睹那奇异的一幕。

2005年的一天,有人趁着夜色登橡皮筏入池,刚入湖就遇到一股黑色的大水柱冲天而起,差点掀翻橡皮筏。水怪,又出现了!

天池中到底有无怪兽?如果有,那它到底又是什么?

难道是一条鱼在作怪?可是天池山高水冷,一年中有近8个月的时间被冰雪覆盖,即使是在盛夏的正午时分,水温也只有11℃左右,什么鱼会在这里生活呢?而且天池地处高山之巅,自然环境恶劣,草木不生,水中有机物质及浮生物极少,没有可供大型动物生存的食物。天池水中无任何生物,既然水中没有生物,若有怪兽,它吃什么呢?这一连串的疑问使得天池更加神秘美丽。

幽暗的深夜,灵异的眼睛扫视着天空,变异的身躯游荡在湖面,不连贯的咒语穿透了了无人烟的天池,似在向人类宣泄不满,也或者是在向人类呼唤。长白山天池的怪兽,等待着人类的揭秘。

南美洲原始森林——"吃人植物"的传闻

近些年来,许多报刊杂志不断刊登了有关吃人植物的报道,有的说它在南美洲亚马孙河流域的原始森林中,也有的说在印度尼西亚的爪哇岛上时有发现,众说不一。这些报道对各种不同的吃人植物的形态、习性和地点作了详细的描述,结果使许多人相信,世界上的确存在这样一类可怕的植物。但十分遗憾的是,在所有发表的有关吃人植物的报道中,谁也没有拿出关于吃人植物吃人的直接证据——照片或标本,也没有确切地指出它属哪一个科,或哪一个属的植物。为此,许多植物学家对吃人植物是否存在的问题产生了怀疑。

有关吃人植物的最早消息来源于19世纪后半叶的一些探险家们,其中有一位名叫卡尔·李奇的德国人在探险归来后说:"我在非洲的马达加斯加岛上,亲眼见到一种能够吃人的树木,当地居民把它奉为神树。曾经有一位土著妇女因为违反了部族的戒律,被驱赶着爬上神树,结果树上8片带有硬刺的叶子把她紧紧包裹起来,几天后,树叶重新打开时,只剩下一堆白骨。"于是,世界上存在吃人植物的骇人传闻便四下传开了。从这以后,又有人报道在亚洲和南美洲的原始森林中发现了类似的吃人植物。

这些报道使植物学家们感到困惑不已。为此,在1971年,有一批南美洲科学家组织了一支探险队,专程赴马达加斯加岛考察。他们在传闻有吃人树的地区进行了广泛搜索,结果并没有发现这种可怕的植物,倒是在那儿见到了许多能吃昆虫的猪笼草和一些蜇毛能刺痛人的荨麻类植物。这次考察的结果使学者们更怀疑吃人植物存在的真实性。

到目前为止,学术界尚未发现有关吃人植物的正式记载和报道,就连著名的植物学巨著——德国人恩格勒主编的《植物自然分科志》以及世界性的《有花植物与蕨类植物辞典》中,也没有任何关于吃人树的描写。除此以外,英国著名生物学家华莱士,在他走遍南洋群岛后撰写的名著《马来群岛游记》中,记述了许多罕见的南洋热带植物,也未曾提到过有吃人植物。所以,绝大多数植物学家倾向于认为,世界上并不存在这样一类能够吃人的植物。

为什么会出现吃人植物的说法呢?艾得里安·斯莱克和其他一些学者认为,最大的可能是根据食肉植物捕捉昆虫的特性,经过想象和夸张而产生的;当然也可能是根据某些未经核实的传说而误传的。根据现在的资料已经知道,地球上确确实实地存在着一类行为独特的食肉植物(亦称食虫植物),它们分布在世界各国,共有500多种,其中最著名的有瓶子草、猪笼草、茅膏菜和捕捉水下昆虫的狸藻等。

艾得里安·斯莱克在他的专著《食肉植物》中指出,这些植物的叶子变得非常奇特,有的像瓶子,的有像小口袋或蚌壳,也有的叶子上长满腺毛,能分泌出各种酶来消化虫体,它们通常捕食蚊蝇类的小虫子,但有时也能"吃"掉像蜻蜓一样的大昆虫。这些食肉植物大多数生长在经常被雨水冲洗和缺少矿物质的地带。由于这些地区的土壤呈酸性,缺乏氮素养料,因此植物的根部吸收作用不大,以致逐渐退化。为了获得氮素营养,满足生存的需要,它们经历了漫长的演化过程,变成了一类能吃动物的植物。但是,艾得里安·斯莱克强调说,在迄今所知道的食肉植物中,还没有发现哪一种是像某些文章中所描述的那样:"这种奇怪的树,生有许多长长的枝条,有的拖到地上,就像断落的电线,行人如果不注意碰到它的枝条,枝条就会紧紧地缠来,使人难以脱身,最后枝条上分泌出一种极黏的消化液,牢牢把人黏住勒死,直到将人体中的营养吸收完为止,枝条才重新展开"。

有些学者们认为,在目前已发现的食肉植物中,它们捕食的对象仅仅是小小的昆虫而已,它们分泌出的消化液,对小虫子来说恐怕是汪洋大海,但对人或较大的动物来说,简直微不足道,因此,很难使人相信地球上存在吃人植物的说法。但一些学者认为,虽然眼下还没有足够证据证明吃人植物的存在,但是不应该武断地加以彻底否定,因为科学家的足迹还没有踏遍全世界的每一个角落。也许,正是那些沉寂的原始森林中,将会有某些意想不到的发现。

云南大理——美丽的蝴蝶"聚会"

美丽的蝴蝶翩翩飞舞,这种情形我们司空见惯。可是在我国云南大理的蝴蝶泉,千万只蝴蝶大聚会的壮观景象却叫人看了不禁称奇。蝴蝶为什么会聚会,是什么原因使它们聚到一起的呢?

在我国云南大理有个蝴蝶泉,昔日,每年的农历四月,成千上万的蝴蝶从四面八方而来,它们汇聚泉边,首尾衔接,从树枝上垂下一条条长长的蝴蝶链,几乎和水面相接,让人赏心悦目。原来蝶类在性成熟期,雌虫能分泌出一种叫性引诱素的挥发性物质,来引诱雄虫。一只雌蝶分泌的性引诱素可能还不到千分之一克,但这足以使方圆几千米之内的无数只雄蝶赶来"约会"了,这就是蝴蝶聚会的内在原因之一。

那么,为什么蝴蝶偏偏在大理的蝴蝶泉边聚会呢?这和当地的环境条件有关系。大理的蝴蝶泉边有棵枝繁叶茂的大树,每年农历四月,这棵大树上鲜花怒放,花儿的样子就像一只只翩翩起舞的蝴蝶。可能正是这些树上的花儿,才招引蝴蝶来到这个美丽的地方聚会。300多年前,旅行家徐霞客就在他的游记里描绘了大理的蝴蝶聚会。

其实,蝴蝶聚会并不是大理这个地方独有的。据记载,在100年前,昆明城的圆通山也有过蝴蝶聚会的盛景,但现在的昆明已经很少听说这回事了。为什么这个地方的蝴蝶聚会衰败了呢?有人分析,这可能是由于附近居民增多、游人增多的缘故,使蝴蝶转移了聚会的地点。不过有人曾在人迹罕至的靠近西双版纳的澜沧江边看到过盛大的蝴蝶聚会。

蝴蝶聚会的另一个原因就是迁徙。蝴蝶不仅善于成群飞舞,而且常常跨洲越海迁飞。美洲的大斑蝶,是少数迁徙性昆虫中的一种。每年冬天来临之前,它们纷纷结成庞大的队伍,从寒冷的北美洲加拿大出发,飞到北美洲南部墨西哥的马德雷的山区过冬,形成规模巨大的蝴蝶聚会。待来年春天,它们又成群结队地飞回北方。每当大斑蝶迁飞时,如云似雪,遮天蔽日,好像黑夜即将来临。远望去,整个山上就像覆盖着一张美丽的花毯子。

对蝴蝶为什么要迁飞,有的昆虫学家认为,昆虫迁飞是为了逃避不良的环境条件,是物种生存的一种本能行为,与遗传和环境条件有关。

他们提出两种假说:一种认为,迁飞是昆虫对当时不良环境条件的直接反应,如食物缺乏、天气干旱、繁殖过剩、过分拥挤等。另一种认为,某些环境条件的变化,影响到昆虫的个体发育,致使昆虫发育成为一种迁飞型的成虫。但是上述两种假说,并不能解释许多种蝴蝶迁飞的现象。这是蝴蝶迁飞的第一个谜。

弱不禁风的小小蝴蝶,为什么有飞越崇山峻岭、漂洋过海、行程3000~4000千米的巨大能量?这股能量是从哪里来的?从动力学角度来看,蝴蝶是飞不了那么远的,这是蝴蝶迁飞的第二个谜。

蝴蝶在天空中是靠什么来定向导航、克服种种恶劣天气、奔向目的地的呢?这是蝴蝶迁飞的第三个谜。早期有一种解释认为,蝴蝶每年按照同样路线往返迁飞是与人类一样,靠记忆识别地形来导向的。后来鸟类学家发现,蝴蝶迁飞时常常跟"暖气流"一起移动。细心的科学家又发现,蝴蝶和蛾子的触角能在水面上振动,以保持正确的飞行方向,是一种天然的"导航仪"。不过蝴蝶聚会这一壮景产生的原因到底是什么,目前还没有一个确切的定论。

希腊——西法罗尼岛的"毒蛇朝圣"

有谁听过毒蛇也"朝圣",且坚定执著之心丝毫不逊于人类呢?世界之大,无奇不有,这件事不是人们凭空编造出来的,事情就发生在希腊的西法罗尼岛上。

传说在很久以前,希腊有一个美丽的小岛,人们安居乐业,过着自由自在的生活。突然有一天,祸从天降,一帮强盗袭击了这个小岛,并不怀好意地将年轻漂亮的修女关押起来。圣母显然明白这帮强盗的歹意,为使纯贞的修女们免遭强暴,于是就把她们都变成了毒蛇。眼看着美女变成了毒蛇,强盗们吓得落荒而逃,可是毒蛇却再也不能变回成美貌的女子了。为了报答圣母的恩德,每年在希腊人纪念上帝和圣母的日子里,毒蛇们都会不约而同地到这个小岛"朝圣"。它们从居住地爬出来,一直爬到这个小岛上的两座教堂里,最后停靠在教堂的圣像下面,像是受谁指挥似的,在这里盘结10多天后,才渐渐离去。

这种毒蛇带有剧毒,被它咬了,毒性会扩散全身致死。但它们却似乎颇通人性,世代与小岛居民和平共处,从不伤害这里的居民。岛上的居民也敢触摸它们,或将它们缠绕于身上,据说这样可以驱邪治病,保佑岁岁平安。

然而,让人百思不得其解的是毒蛇"朝圣"的日子,为什么都选在希腊的重

要节日,而它们又是怎么知道纪念上帝和圣母的日子的呢?难道教堂会在这几日发出吸引它们的特殊气味引诱它们前来?更奇怪的是,前来"朝圣"的毒蛇头上都有一个跟十字架极为相似的标记,难道它们会发出同类能识别的声音,让同类成群结伴来此"朝圣"?据说这种"朝圣"现象已持续了100多年,难道毒蛇也会言传身教,教育自己的后代继续去"朝圣"吗?

希腊毒蛇"朝圣"之谜虽然至今仍未揭开,但对蛇类成群结队聚居到一起活动还是有据可查的。人们发现在蛇的发情期,成千上万的蛇会涌向某一特定的地点,互相纠结在一起进行争夺和完成传宗接代的工作。希腊岛上的毒蛇"朝圣"据说也是这种"恋爱盛会"的变体。不过毒蛇"朝圣"的谜底究竟为何,至今仍不得而知。

地外文明——长期困扰人类思索的UFO

UFO自发现那天开始就成为人们关注的焦点,每一次相关事件的发生都会引来无数的目光。人们的争论从来没有停止过。茫茫的宇宙深处到底有没有地外文明,那里的生物会不会驾驶着高科技的设备造访地球,这个问题到现在还无法明确知晓……

认为UFO是外星人的飞行器者,据此提出了种种理由,归纳起来有以下几条:

第一,外星人之所以不与地球人进行公开的正面接触,是由于我们地球人的文明程度比他们低得多,他们还不能与我们直接沟通,正如人不能与猴子沟通一样。

第二，外星人已掌握无限延长生命的方法。同时，他们已不像地球人那样依靠食物维持生命，他们已能利用气功辟谷来维持生命，并且已能利用宇宙射线作为飞行器动力（能巧妙地转化宇宙的能量），因此不必携带食品和燃料。

第三，人类的历史在宇宙的演化中只是短短的一瞬，现有的科技水平只是人类认识自然世界过程中的一个阶段，并不是认识自然世界的顶点。客观世界的更为广泛、更为基本的运动规律尚未被人类揭示，因此我们不能用我们现有的科技水平来判断外星人的科技、文化发展概况，外星人的文明程度很可能遥遥领先于我们。

第四，按照宇宙全息统一论的观点，宇宙各处是全息的。既然在太阳系这个较为年轻的天体系统中能产生高级生命，那么我们就没有理由怀疑在无穷无尽的宇宙中某些星球上也能形成与地球相似的条件，其生物也必然从低级向高级逐渐发展，最后产生出高级智慧的生命体。如果外星人比地球人早诞生几千年、几亿年，其智慧可能远远高出我们。

地球之外有没有文明的人类，换言之，我们地球人能否在地球外找到自己的同类，他们究竟是什么样？这是自从进入文明社会以来，人类所殷切希望了解的。

自从美国人福兰克·德瑞克第一次将射电望远镜对准与地球相邻的星球，幻想能够意外收到来自外星球文明问候的那一天起，距今已过去40多年了。其间，美国政府不断投巨资扩建庞大专门设施，从事对天外文明的研究工作。但可惜的是，在这40多年里，除了几次"虚惊"之外，任何有价值的发现都没有得到。于是，近来有人质询，怀疑目前这种始终把目光盯在无线波段和红外波段的做法是否明智。一个高度发达的外星文明群体若采用与我们相同的方式同外界沟通，即使信号以光速传播，从信息发出到地球上能够接收到，至少也需要几十年到几百年的时间。如果他们根本不是用我们熟悉的方法，而是以其拥有的另外一种更先进的信息传输技术尝试与我们联络，我们岂不是白白地傻等了40多年？

这个想法得到部分科学家的认同。有人回忆起很久以前，卡尔·萨根曾经

[我用眼睛去旅行]

在他的游记中提到,他在婆罗洲与当地土著居民联络时,用的是信使或橡皮鼓,可他自己的国家当时早已在使用无线电了。如此说来,今天的情况是不是也类似呢?按理说,处在遥远距离两端的文明社会要进行沟通,最好预先约定一种彼此都能接受的方式,只是事实上没有这种可能。因此,如果外星人早已放弃使用无线电,他们已发明了更先进的通讯工具,或者他们掌握了更高深的物理学原理……那我们纵使再苦苦地等上几个世纪,也只能是一厢情愿,永无收获了。

不过,人类也必须承认,浩瀚宇宙间还有许多我们不懂的事物。科学没有终点,探索永无止境。若按照爱因斯坦的相对论,宇宙间运行最快的就是光速,也就是说,当今人类已经掌握了顶级的信息传输手段,不可能再有比光通讯更高的技术了。但相对论是否就意味着物理学的最高境界,仍需要时间和未来科学来加以检验。至于究竟是爱因斯坦的结论显得有些武断,还是根本不存在什么外星人,抑或他们根本就没有那么高明,如我们想象般掌握了超越相对论原理的技术,恐怕一时也很难断定。

一位研究人员这样形容他内心的沮丧:"我们就像一个站在悬崖边的小孩,成天举着玩具望远镜在无边的大海中寻觅,希望能看到深海里的一群小虾,结果可想而知。"在这种悲观情绪感染下,对当前的研究是否应继续下去,人们一时还拿不定主意。

"如果宇宙的其他地方确实存在生命,那么我们,甚至我们的后代,在有生之年找到外星人的可能性有多大?搜寻外星人——不论是否属于智慧生命,都需要坚定的信念,你必须相信生命存在的条件(液态水、适宜的温度、抵御致命辐射的保护条件)不是地球独有的;在适宜的环境下,生命的产生比较容易,如果外星生命确实发展到足以表明自身存在的高等阶段,则不会在向地球发出信号之前自我毁灭于某次核战争或环境灾难。"在2000年4月10日出版的美国《时代》周刊一篇文章里,作者弗雷德世克·戈尔登这样写道。

我们能找到外星人吗?对外星生命存在持怀疑态度的科学家们认为,这个问题有太多的"如果"。正如物理学家恩单科·费密经常说的那样,如果宇宙中存在许多的外星生命,为什么我们至今没有收到他们的任何信息?

另有一些根本不相信有外星生命存在的科学家认为,关于外星人的种种谈论都是非常幼稚无知的。例如,进化生物学家厄恩斯特·迈尔认为,地球之外存在任何形式生命的可能性几乎是零,他说:"无论宇宙有多少亿颗行星,可能已经数次发生这种不大可能的现象(生命的产生)的几率极小。"

古生物学家彼得·沃德和天文学家唐纳德·布朗利都赞同迈尔的观点。在一本引起争议的图书《罕见的地球》中,他们认为,在地球以外的大部分宇宙空间,辐射程度和温度都太高,适合生命生存的星球极少,而且宇宙轰击(类似6500万年前致使恐龙灭绝的那一次)极为严重,即使有生命形式存在,也可能是生活在深层土壤中的类似细菌的生物。他们认为,存在技术高度发展的社会的几率微乎其微。

但是,这种悲观看法很可能只代表科学家中少数人的意见,至少,只能代表那些把眼光放在其他恒星上的科学家的意见。

为此,射电天文学家弗兰克·德雷克说:"在这个研究领域,你必须保持乐观。"1960年,德雷克发起了搜寻地外文明的"奥兹玛计划"。

然而,40多年以来,尽管科学家们投入1亿多美元的资金,以无数个频率信号、成千上万小时对天空进行扫描,还是没有发现任何可信的信号。但是这也情有可原,因为他们探测的最遥远的恒星到地球的距离还不足银河系范围的1%。

德雷克曾经设计出一种用于计算银河系中可能有技术发达的文明社会数目的权威方程式,他仍然坚信,在他的有生之年,最终能等到地外文明向人类发出信号。他说:"我们的搜寻只是刚刚开始。"他还估算,大约有1万个技术高度发展的社会散布在银河系的无数颗恒星之中。

在美国,多年以来,国会曾为各种各样的地外文明探索计划提供资金。直到1993年,出钱寻找"小绿人"(持怀疑态度的人对外星的称呼)的政治恶名使联邦拨款取消了。然而,美国航天局打着政治上更受欢迎的"天体生物学"招牌,仍在继续寻找着地球外的生命,即便寻找的只是"小绿虫"。

然而,一个消息又使人们的希望很快落了空:在南极洲发现的、曾被大肆宣扬的火星陨石,显然并不像先前认为的那样含有能证明火星上存在微生物的令人信服的证据。

事实上,即便是对能否成功找到外星人持怀疑观点的科学家,也不想让人们失望。他们都肯定了继续搜寻的重要性,不仅是搜寻火星上是否有微生物,而且还搜寻来自一些遥远的星球的微弱信号——即便仅仅是为了强调生命的珍贵以及保护可能是唯一形式的地球生命的重要性。为此,德雷克曾坦言:"即便是一个否定的答案,也比没有强。"

我们能否找到外星人?且让我们拭目以待。

链接:外星人最喜欢"旅游"的十个国家

由于电视和电影题材之多,很多人认为,外星人会访问美国,但这并不正确。不明飞行物已经在世界各地留下痕迹,虽然美国拥有飞碟垄断,但它并没有特权。

10.印度尼西亚

没错,印度尼西亚。你一定不会猜到,但每年印尼的飞碟目击报告数量却非常高,可能与该国的高人口密度有关。遗憾的是印度尼西亚从来没有过什么特别有趣或著名的不明飞行物目击事件;但规模较小的目击数量之多,足以让它入榜。在2004年印度洋海啸后,印度尼西亚出现了大量的不明飞行物目击者,致使有人猜测外星人正试图警告他们把自己的泳裤穿上。

9.法国

法国拥有丰富的遭遇不明飞行物的历史,有些可以追溯到中世纪。2007年,法国政府做出了有关决策,向公众提供过去、现在和未来可获得的不明飞行物文件。

8.德国

现代时期飞碟出没最早的地方是二战时的德国。在纳粹德国的天空和太平洋战场上,参加战争的双方飞行员被莫名的称为"富战士"的飞行机攻击。据谣传,纳粹德国不仅用飞碟作实验,还用非人力量伪造外星人。

自此以后,德国人民一直在关注着天空。

7.加拿大

作为美国的北方邻国,加拿大目睹了相当多的过界飞碟。就像意外飞出围栏的球一样,他们通常降落在一些灌木或花坛中,但有时他们也会打开一扇窗,偶尔也会有人受伤。例如,1967年斯特凡·米夏拉克就声称由于飞碟燃烧反应堆而受伤并遭受辐射中毒。当年晚些时候,一个不明物体落入沙格港。对海港的搜索立即开始,但未能发现任何飞机坠毁的证据。有谣言称贪婪的美国人在参与搜索时秘密地将残骸带走。为何外星人会访问加拿大?只能有两个原因:要么他们只是路过,要去美国;或他们要嘲笑愚蠢的加拿大警察。

6.英国

在英国,同样拥有大量不明飞行物的报道,特别是在该国西南部和威尔士接壤处。索尔兹伯里平原,是著名的外星人出没点。索尔兹伯里以北的古老的巨石阵遗迹,据说是外星人的交通枢纽。但外星人要去哪里?或许他们要到另一个更阳光和更有趣的空间里度假。

2008年英国国防部公开了长期封存的4000页不明飞行物调查报告。英国国防部"不明飞行物办公室"已收到数以千计的不明飞行物报告,但并没有时间去考察。已经审理的案件有80%已通过理性的手段做出解释,其他20%笼罩在神秘之中。英国国防部目前正在销毁那些堆积如山的文件。

5.墨西哥

墨西哥是著名的飞碟热点国家之一。墨西哥也会像加拿大那样看到越界的飞行器,似乎外星人对墨西哥本身也感兴趣。墨西哥城是一个外星游客特别喜欢的地方。有证据表明,外星人喜爱古迹。像所有的游客一样,来访的外星人情不自禁地想探索墨西哥的金字塔和废墟。

4.中国

中国与外星人和平共处的历史很悠久,甚至可以追溯到几千年以前。古代神话所讲的飞行器有时由人,但更经常由神制造。一些UFO专家,特别是哈特维希·豪斯多夫,曾推测中国神话中的"龙"可能就是指外来飞行物。中国皇帝偶尔骑在飞行的龙背上上天,神本身就是龙的后人,皇帝和龙飞到天上就可以长生不老。哈特维希·豪斯多夫甚至表明,整个中华文明都建立在外星生物文化上。

3.俄国

俄罗斯军方对不明飞行物的困扰和美国空军一样。在冷战的黑暗日子里,美国许多人都指责苏联基于纳粹"飞碟"计划的飞行试验,苏联人以牙还牙的反击。俄罗斯与中国接壤的阿尔泰山被认为是世界上不明飞行物活动最活跃的地区之一,当地居民总能在天空中看到奇怪的灯光。不幸的是,在这样偏远荒野的位置,目击者根本无法及时报告,并几乎无法核实。

当然,俄罗斯UFO专家面临的最大问题是政府和军方对信息的严格控制。但幸运的是,现在一切发生了变化,俄罗斯的飞碟历史终于被发现。2009年俄罗斯海军解密档案揭示了追溯到苏联时期的飞碟目击事件。该文件解释了不明飞行物覆盖了俄罗斯潜艇,让它浮出水面,然后带他们带上天。

海军解密文件中最令人难以置信的故事,讲述了1982年贝加尔湖上遇到外星人的事。一群军事潜水员正在湖中训练,在50米深的水下遇到了穿着银白色西装的人形生物。潜水员开始追截,在随后的水下混战中,有3人丧生。

2.巴西

也许最令人不寒而栗的事,就是巴西政府和武装被迫对不明飞行物动武。在1996年,当不明飞行物蜂拥而至时,瓦尔任阿市的巴西空军战斗机紧急升空,警察、消防队和军队动员起来,据说捕获了两个外来生物。虽然这一事件的细节保密,巴西空军还是发布了大量关于UFO的资料,包括所谓的"不明飞行物之夜",令人难以置信的是,在此期间,战斗机拦截了20架不明飞行物。

1.美国

不可否认的,美国是外星人活动的温床。随着每年数百个不明飞行物的报道,让人们以为美国是世界上外星人的首都。也许最引人注目的外星人证据是在美国领空的"大量群众目击",许多证人看到了这些不明飞行物。1997年3月的"凤凰灯"事件,在3月13日晚,有超过100名证人站出来说看到三角或"V"字形状的机器在亚利桑那州菲尼克斯市徘徊。5%至10%的美国人口已经看到了他们口中的飞碟。美国也拥有最高的绑架外星人纪录。